En haut des marches

Du même auteur
dans la même collection

Par qui la mort arrive (n° 4)
Le petit chien riait (n° 44)
Un pied dans la tombe (n° 49)
Obédience (n° 70)
Le Noyé d'Arena Blanca (n° 76)
Pente douce (n° 79)
Le Garçon enterré ce matin (n° 104)
Un pays de vieux (n° 155)
Le Livre de Bohannon (n° 214)

Joseph Hansen

En haut des marches

Traduit de l'américain par
Émilie Chaix-Morgiève

Collection dirigée par
François Guérif

Rivages/noir

Titre original : *Living Upstairs*

106, bd Saint-Germain – 75006 Paris

ISBN : 2-7436-0556-1
ISSN : 0764-7786

C'est un dimanche matin de juillet. En 1943. Hoyt est en train de s'habiller. Non pas dans cette chambre, où les branches des arbres entrent par les fenêtres. Ailleurs dans l'appartement. En cachette. Du lit où il somnole dans les draps chiffonnés, Nathan l'entrevoit à travers ses yeux miclos. Hoyt a enfilé le costume. Il est bleu marine, ils l'ont acheté vingt-cinq dollars, en solde. Ils ont la chance d'avoir à peu près la même taille. Ils n'auraient jamais pu se permettre de dépenser cinquante dollars. Toujours est-il que Nathan ne l'a porté qu'une fois. Apparemment c'est surtout Hoyt qui en a besoin. Le voilà qui entre dans la chambre. Nathan ferme les yeux et fait semblant de dormir. Hoyt l'embrasse doucement et quitte la pièce, l'instant d'après Nathan l'entend ouvrir délicatement la porte et descendre l'escalier extérieur.

Nathan bondit hors du lit, court aux toilettes, se coiffe, saute dans son jean et enfile en se contorsionnant une chemise en flanelle défraîchie. Il attache ses vieilles sandales mexicaines, et s'élance dans l'escalier. Hoyt ne se hâte pas le moins du monde. Il a une avance de cinquante mètres sur Nathan. Très élégant, il descend Highland Avenue en direction de Hollywood Boulevard. Traversant Highland en courant, Nathan rafle deux bananes dans un cageot à la devanture d'une petite épicerie, puis jette une pièce de dix *cents* dans la main du commis épicier interdit. Il reste là à manger ses bananes, tout en surveillant Hoyt du regard. Nathan a toujours faim, c'est un jeune homme de vingt ans – il aura vingt ans la semaine prochaine – efflanqué et affamé. Il se lance au pas de course dans Yucca Street, puis dans McCadden, vers l'est.

Dissimulé dans le renfoncement de la porte de la boîte de nuit Suzie-Q, il attend le tramway au coin sud de Hollywood Boulevard et Las Palmas. Comme il s'y attendait, Hoyt est dans le tramway. Nathan se faufile à travers les automobiles, grimpe dans le long wagon peint en rouge, et laisse tomber sa pièce dans le réceptacle en acier et verre. Il s'assoit à l'arrière, d'où il peut surveiller la nuque de Hoyt. Depuis pratiquement une semaine, Hoyt est triste et muet. Ça ne lui ressemble guère. Quelque chose ne va pas, mais il ne veut pas en parler à Nathan. Les rares fois où Nathan a réussi à le tirer de sa torpeur, Hoyt s'est contenté de sourire d'un air mélancolique et de lui caresser les cheveux en disant : « Ne t'inquiète pas. Je t'aime. »

Nathan le croit sur parole. Souvent, Hoyt sort seul. Peu de temps après leur rencontre, alors que Nathan venait d'installer ses livres, ses vêtements et sa machine à écrire dans l'appartement de

Hoyt, celui-ci a prévenu Nathan qu'il devrait parfois s'absenter, et qu'il ne faudrait pas lui poser de questions. Et Nathan ne lui en a jamais posé. Nathan fait confiance à Hoyt. Il ne pourrait pas vivre sans lui faire confiance. Il a compris cela une fois pour toutes. Hoyt l'aime, et n'aime que lui. Et Nathan aime Hoyt. Mais il ne l'a jamais vu aussi abattu ; et cela l'inquiète. Hoyt n'est pas sorti de la semaine. Il est resté à la maison, il a lu, écouté la radio, passé des disques, dormi, et n'a quasiment pas dit un seul mot.

Et puis soudain lorsque arrive le dimanche matin, il se met sur son trente et un et va à un rendez-vous important. Où ? Pourquoi ? Nathan déteste l'idée d'espionner Hoyt ou qui que ce soit, mais d'un autre côté si Hoyt et lui sont une et même personne, il est en droit de savoir. Dans un coin de sa tête la voix de sa mère lui chuchote *la curiosité est un vilain défaut*. Il pense à la femme de Barbe-Bleue et à cette histoire de portes effrayantes. Il imagine Hoyt se mettre en colère contre lui et le jeter dehors, et cette vision le fait tressaillir. De toutes les personnes qui ont compté pour lui, aucune ne lui a jamais témoigné autant de gentillesse que Hoyt, pas même Frank, son père. Si Hoyt le surprenait ce matin en train de le suivre et se fâchait contre lui, Nathan en mourrait, il se traînerait quelque part dans les collines et resterait là sous le soleil et sous la pluie en attendant la mort. Ses yeux se voilent de larmes. Il lève la main et s'apprête à tirer le cordon pour arrêter le tramway et descendre au prochain croisement, mais en fin de compte il ne le tire pas. Il s'affale sur son siège, penche la tête, pose ses mains sur ses yeux, et prie pour que Hoyt ne se retourne pas.

Ils roulent longtemps. Ce n'est que lorsque le conducteur crie « Westlake Park » que Hoyt se lève. Nathan baisse brusquement la tête pour ne pas être vu, tandis qu'une femme de couleur aux airs de grand-mère le regarde, surprise, méfiante. Le wagon s'arrête dans un crissement de pneus. Les portes centrales coulissent et se referment avec un bruit sourd. Nathan reste tapi jusqu'au prochain arrêt, puis se précipite vers les portes. En se laissant tomber au bas des marches, il se retourne et croise le regard de la femme de couleur qui continue à l'observer avec suspicion. Il s'élance vers le parc. Mais il n'aurait pas dû se presser.

Hoyt est assis sur un banc au bord du sentier qui traverse en diagonale les pelouses ondoyantes du parc. Il sort un livre de sa poche, incline la tête, et se met à lire. Taches blanches parmi les roseaux verts du lac, les canards cancanent. Deux petits enfants endimanchés leur lancent des miettes de pain. Sur un banc à l'ombre d'un arbre, un vieux monsieur distribue aux pigeons du maïs séché qu'il puise dans un grand sac froissé. À ses pieds, les pigeons dodelinent de la tête. Nathan se sent triste. La dernière fois qu'il l'a vu, Frank était en train de nourrir les pigeons. Sur le trottoir, Nathan allume une cigarette, s'adosse à la vitrine d'un drugstore, et attend de voir ce que Hoyt va faire.

Quelque part à l'autre bout du parc, l'horloge d'une église sonne dix coups. Nathan est assis sur le trottoir, appuyé contre la maçonnerie en brique de la vitrine du drugstore, les genoux emprisonnés dans ses bras. Il a fumé toutes les cigarettes qui restaient dans le paquet froissé rouge et noir. Mais voici qu'en entendant l'horloge Hoyt se lève du banc et empoche son livre. Il pivote sur ses talons, mais pas vers Nathan. Il oblique vers le nord et traverse une pelouse en pente, puis un trottoir, puis une rue au milieu d'un pâté de maisons.

Nathan se met debout et le suit, esquivant les voitures, ignorant les feux rouges. Hoyt entre dans un bâtiment d'un étage avec des portes-fenêtres en façade et des balcons en fer forgé. Un panneau indique LE MANOIR DU PARC. Soudain affolé, Nathan hésite, se met à marcher de long en large, à l'affût. Puis, le cœur battant, il se décide à franchir la porte ouverte et se retrouve dans une sorte de hall d'entrée qui débouche des deux côtés et au fond, sur plusieurs salles de réunion. Les portes sont toutes vitrées. Personne dans les salles excepté une femme de ménage avec son balai à franges et son seau. Mais une voix lointaine – quelqu'un en train de prononcer un discours, on dirait – résonne dans la cage d'un escalier en fer forgé, et Nathan se laisse guider par la voix.

À l'étage, les portes d'une salle de réunion sont ouvertes. Devant les portes, un panneau d'affichage est posé sur un chevalet. OFFICE FUNÈBRE EN MÉMOIRE D'EVA SCHAFFER, DIMANCHE 13 JUILLET, 10 HEURES. Dans la salle, des gens sont assis sur de longues rangées de chaises pliantes, ils tournent le dos à Nathan. Depuis l'encadrement de la porte, il examine attentivement les têtes jusqu'à ce qu'il repère Hoyt, à l'avant, face à une estrade qu'encadrent de grands paniers de fleurs et deux chevalets, chargés de couronnes de fleurs. Il y a aussi des drapeaux – celui des États-Unis et celui de l'URSS. Et au mur, de grandes photographies de Lénine et de Staline. Nathan est surpris, mais il entre sur la pointe des pieds et va s'asseoir au dernier rang.

L'homme qui fait un discours sur l'estrade a quitté sa veste et roulé les manches de sa chemise. C'est un bel homme à la mâchoire carrée, avec une poitrine large et des avant-bras musclés. Il parle des travailleurs de tous les pays, et a l'air d'être des leurs – peut-être débardeur, charbonnier ou bûcheron. Il dit que la mort ne peut pas être un obstacle au pouvoir des travailleurs. Parce que pour chaque travailleur tué par les patrons, deux travailleurs se dresseront pour réclamer leur droit à un salaire, à des horaires et à des conditions de travail décents, et accéder enfin à la propriété des moyens de production.

L'homme dit qu'Eva Schaffer croyait aux travailleurs, qu'elle croyait à un État de travailleurs et au prochain renversement du système capitaliste, et qu'elle était convaincue de la nécessité de mettre un terme à la distribution de la richesse et des privilèges à une minorité, tandis que ceux-là mêmes qui créaient cette richesse restaient condamnés à la pauvreté et aux salaires de misère.

De toutes les fibres de son être exalté, elle croyait aux splendeurs du système socialiste soviétique, et elle avait inlassablement, et avec abnégation, enseigné, écrit et tenu des conférences, afin de donner naissance en Amérique au même jour nouveau et resplendissant.

Un petit homme gris avec une casquette donne un coup de coude à Nathan et le dévisage. Il murmure avec un fort accent : « Vous savez qui c'est ? C'est Gus Hall, voilà qui c'est. Souvenez-vous-en. » Il agite un doigt noueux. « Vous pourrez le dire à vos enfants. »

Nathan prend un air surpris et impressionné et hoche la tête à l'intention du petit homme, même s'il ne sait pas qui est Gus Hall, et que la probabilité d'avoir des enfants lui semble très faible.

Gus Hall dit que notre vaillante camarade Eva nous manquera, mais que nous serrerons les rangs et poursuivrons la lutte pour le socialisme dans le monde. Cela aurait été son souhait. Elle n'en aurait pas attendu moins de nous aujourd'hui.

Un Noir imposant et chauve dénommé Pettis Perry délivre plus ou moins le même discours, agrémenté d'exhortations aux Noirs d'Amérique – bien qu'il soit le seul Noir dans la salle – à se réveiller et à reconnaître leurs amis, leurs seuls vrais amis, ceux qui les mettront sur un pied d'égalité avec l'oppresseur blanc. La voix de Perry commence à trembler d'émotion. Depuis trop longtemps le Noir a été foulé aux pieds. Depuis trop longtemps il a dû se contenter de la consolation vide de la religion, qui n'a fait que lui promettre monts et merveilles. Aujourd'hui, une armée de frères et de sœurs de toutes races lui tend la main pour l'aider à briser ses fers – le Parti communiste américain.

Puis c'est au tour d'Elizabeth Gurley Flynn, une grosse femme joviale, de parler de la contribution des femmes à la lutte contre le fascisme dans le monde ; et même si elle n'a pas pu, à l'instar des femmes russes, prendre les armes et se battre aux côtés de ses frères soldats, notre défunte sœur Eva a cependant participé de manière tout aussi héroïque au combat du peuple pour mettre fin au pouvoir capitaliste vicieux des Krupp et autres monstres industriels qui ont créé Adolphe Hitler et l'ont lâché sur le monde dans une ultime et frénétique tentative pour détruire à jamais les espoirs et les aspirations des prolétaires, et les réduire à l'esclavage.

Voulant prendre de l'avance sur Hoyt, et comme cette Flynn est manifestement la dernière à parler, Nathan se lève avant la fin de son discours en se demandant pourquoi il est resté si longtemps.

Hoyt a l'art de confectionner des repas peu coûteux – haricots au piment, lentilles au lard, choucroute et saucisses de Francfort. Lorsque à midi, il monte les marches jusqu'à l'appartement, Nathan est encore sous le coup de cette réunion, et se torture l'esprit pour essayer de comprendre pourquoi Hoyt y est allé. Mais il a faim et ses pensées vont aussi à l'épaisse soupe aux pois cassés avec de gros morceaux de jambon en boîte, qui refroidit au réfrigérateur dans un grand bol en céramique ébréché. Hoyt l'arrose de curry et la laisse mijoter des heures. Rien que d'y penser, Nathan a l'impression d'en goûter la saveur. Il en a l'eau à la bouche.

Arrivé en haut de l'escalier, il trouve la porte ouverte et s'engage dans le couloir. Il entend la voix de Reggie Poole, et jette un œil dans l'appartement à travers la porte entrouverte. Il la pousse. La pièce est remplie de meubles récents de mauvaise qualité, fabriqués pendant la guerre. Les étagères sont bourrées de mémoires de duchesses, de comtesses et de reines. Vêtu de son plus beau costume, Reggie est assis devant un bureau ministre en bois brut. Il fume et lit à haute voix les pages d'un manuscrit tapé à la machine. Avec un haussement de sourcils, il lève les yeux vers Nathan, puis sourit. « Ah, Nathan. Entre. » C'est un homme d'une quarantaine d'années, grand, un peu empâté, le nez fort et la mâchoire carrée ; il a le port d'une impératrice douairière. Il sous-loue le logement sur rue – deux pièces et une petite cuisine – à Hoyt et Nathan, bien qu'il ne leur ait jamais versé de loyer. « J'ai rencontré le soldat Schaffer en allant à l'église, et je n'ai pas pu répondre à ses questions. Peut-être que toi, tu en seras capable. »

Nathan entre dans l'appartement. Un jeune homme vêtu d'un uniforme d'été en coton beige est assis sur le divan, face à Reggie. Il se retourne pour regarder Nathan avec des yeux d'un brun lumineux. À vue d'œil, il a une vingtaine d'années. Il se lève. « Ma mère vivait ici avant la pénurie d'essence, dit-il. Ensuite elle a dû déménager dans le centre, mais j'ai perdu sa nouvelle adresse. Elle flotte quelque part dans l'océan, avec tout le reste de mes affaires. Quand ma mère est morte j'ai reçu un télégramme, mais j'étais trop loin pour pouvoir revenir tout de suite. Impossible avec ces putains de bureaucrates. En tout cas, quand je suis arrivé, j'ai trouvé cette lettre qui m'annonçait qu'il y aurait un office funèbre pour elle aujourd'hui. Mais ils ne savaient pas où. Moi je viens d'arriver à L.A. ce matin et personne ne répond au numéro de téléphone qu'on m'a donné. Vous la connaissiez ? Vous savez où ça a lieu ? »

Nathan fait non de la tête. « Je ne la connaissais pas. » Il est au courant pour l'office funèbre, mais il ne peut pas lui dire devant Reggie, qui pourrait le répéter à Hoyt. Et puis de toute manière, quel est l'intérêt d'en parler à présent ? C'est fini, n'est-ce pas ? « Peut-être que mon ami Hoyt est au courant. »

« Quand je t'ai entendu, j'espérais que c'était lui », dit Reggie. Nathan ne compte pas beaucoup à ses yeux. Il est trop jeune. Hoyt n'a que vingt-six ans, mais Reggie le considère comme le plus responsable des deux. Non sans raison. Nathan n'a aucune envie d'être responsable de quoi que ce soit. Reggie demande avec humeur : « Où est Hoyt ?

– Je ne sais pas », dit Nathan. Et au soldat Schaffer : « Je suis désolé pour votre mère. »

Schaffer hausse les épaules. « Merci. Mais nous n'étions pas très proches. Elle n'avait pas le temps d'être mère. Elle devait mettre le monde en garde contre Hitler. » Il a un rire bref, mi-figue, mi-raisin. « Elle avait raison, mais pour ce que ça a servi, elle aurait mieux fait de me lire des histoires pour m'endormir. »

Nathan regarde Reggie. « C'est ta pièce ? » Nathan ne l'a jamais dit à Reggie bien sûr, mais en son for intérieur il pense que sa pièce est stupide. Ça se passe à Paris à la fin de la guerre, quand les Alliés auront mis les nazis en déroute – c'est la rencontre fortuite et improbable entre Hitler et la romancière française Colette. Nathan trouve ça embarrassant.

« Je lui faisais la lecture pour passer le temps... » dit Reggie d'un ton suffisant, « en attendant Hoyt. »

Nathan l'observe d'un œil soupçonneux. « Tu crois que Hoyt connaissait Eva Schaffer ? »

Reggie incline la tête. « Je crois que tu la connaissais, toi. Tu es le seul à avoir prononcé son prénom. »

Nathan avale sa salive. « Quelqu'un a dû le prononcer devant moi.

– C'est une bonne pièce, dit Schaffer. J'ai pris beaucoup de plaisir à l'écouter.

– Tu vois ? dit Reggie à Nathan. Tu penses que c'est du bla-bla inculte, n'est-ce pas ? Mais ça va être un succès, mon petit, attends un peu et tu verras.

– C'est passionnant, dit Schaffer. J'ai envie de connaître la fin. »

Nathan le regarde. « C'est possible, mais je parie que vous préféreriez manger. »

Schaffer regarde Reggie, gêné. « Euh, écoutez, je...

– Allez venez, dit Nathan. Je meurs de faim. »

Schaffer sourit jusqu'aux oreilles et ramasse son sac à dos.

« J'espère que tu peux digérer les clous », dit Reggie en rangeant sa pièce de théâtre.

Nathan est déjà dans le couloir. « Tu es invité toi aussi, Reg.

– Merci, dit Reggie en se levant. Mais j'ai un rendez-vous. Déjeuner al fresco chez Grady Sutton à Beverly Hills. » Sutton est un acteur comique aussi gros qu'efféminé, très demandé au cinéma.

« Merci, monsieur Poole », crie Schaffer.

Reggie apparaît dans l'encadrement de sa porte, il boutonne son col et redresse sa cravate. « Tout le plaisir est pour moi. Mais laissez-moi vous expliquer quelque chose. » Il regarde Nathan durement. « Je ne vous ai pas proposé à manger et à boire pour la simple raison que le placard est vide. Comme la plupart des auteurs de Hollywood, je ne vis que d'espérance. » Il esquisse un pauvre sourire. « Cela nourrit l'esprit à défaut de nourrir la chair. »

Schaffer ne sait pas quoi dire.

Nathan marmonne : « Je suis désolé, Reg. »

Reggie Poole ferme sa porte derrière lui. Ses doigs effleurent la tête de Nathan d'un geste conciliant ; puis il se penche dans le soleil de midi et commence à descendre les escaliers telle une belle dame en jupe longue, pinçant le pli d'une jambe de pantalon.

Dans la pièce principale de l'appartement de Hoyt – c'est ainsi que Nathan le considère, bien qu'il y vive depuis maintenant huit ou dix semaines – dont les murs sont lambrissés de bardeaux verts, comme l'extérieur de la maison, il y a un tapis élimé jusqu'à la corde, deux chaises trop rembourrées à moitié effondrées, des cageots d'oranges chancelant les uns par-dessus les autres sous le poids des livres, un petit phonographe sans élégance sur lequel sont empilés des disques, et, punaisés aux murs, des dessins, ceux de Hoyt – représentant pour la plupart Nathan, son modèle, pas tout à fait nu mais presque. Or il faut savoir que dans ce cours d'académie il n'y a pas d'autre étudiant que Hoyt, et que tout se passe dans cette pièce qui sert d'atelier.

Schaffer laisse tomber son sac à dos. « Quel bel endroit. Des arbres tout autour, des livres, des disques, des dessins. J'aimerais bien vivre ici. » Il ramasse un livre sur une chaise, celui que Nathan est en train de lire. « *Les Liaisons dangereuses*. Qu'est-ce que tu en penses ?

– Le mal contre l'innocence ? dit Nathan. C'est naïf.

– Naïf ne veut pas toujours dire bête.

– J'ai préféré *Le Rouge et le Noir*.

– Parce que c'est un meilleur livre, dit Schaffer.

– Je vais réchauffer notre déjeuner », dit Nathan, et il s'y met, en écoutant Schaffer vaquer dans les pièces délabrées. Puis ils se retrouvent tous deux assis à la cuisine devant la table encombrée. Ils mangent à la cuiller l'épaisse soupe de pois parfumée et mâchent des biscottes en buvant du lait.

« Poole connaît beaucoup de gens célèbres ? demande Schaffer.

– J'imagine que oui, dit Nathan. Mais certains sont assez mal en point. Fay Bower par exemple – elle vient le voir de temps en temps. »

Schaffer cligne des paupières. Ses cils sont noirs et veloutés. « J'ai bien peur de ne pas connaître Fay Bower.

– Une grande star de jadis, dit Nathan. Avant notre époque. »

Schaffer sourit. « Poole écrivait pour le cinéma ?

– Un studio lui a fait quitter l'université – Yale, le fameux cours d'écriture dramatique du Dr Baker, dit Nathan. Tu sais, le même qu'a suivi Thomas Wolfe ? C'était à la fin des années 1920. Ils se sont dit qu'ils allaient avoir besoin d'auteurs lettrés, puisque le cinéma était devenu parlant. Mais Reggie a été cité au générique d'un seul film – un documentaire sur la mode de la caméra invisible.

– Ça remonte donc à pas mal d'années, dit Schaffer.

– Je suppose qu'il a travaillé sur d'autres projets, mais le studio a réduit sa production parce que les ventes à l'étranger ont chuté. Ils ont laissé tomber Reggie. Il ne pouvait pas entrer dans l'armée, mais comme il est très patriote, il s'est engagé dans la marine marchande. Comme cuistot.

– Long Jane Silver[1], dit Schaffer.

– Tu as quelque chose contre les homosexuels ? » demande Nathan.

Schaffer lâche sa cuiller et ouvre de grands yeux. Le rouge lui monte aux joues et colore sa peau satinée. Il secoue vivement la tête, ramasse sa cuiller, marmonne « Non », penche son visage au-dessus de son bol, et engloutit son repas à toute vitesse.

« Mais son navire a été torpillé, dit Nathan. Et après avoir nagé pendant des heures au milieu de la nuit, dans une mer froide et huileuse, il a décidé qu'il n'était pas fait pour la guerre, et il est revenu à Hollywood.

– J'aurais bien aimé avoir le choix moi aussi, dit Schaffer. Mais quand mon navire a été coulé, ils m'ont simplement remis un nouveau fusil et m'ont dit : "Continue, Soldat." » Schaffer observe Nathan en fronçant les sourcils avec perplexité. « Comment ça se fait que tu sois passé au travers ? »

Nathan hausse les épaules. « Des cicatrices aux poumons. Je leur ai dit que c'était juste les suites d'une pneumonie, mais ils ne m'ont pas cru.

– Si tu as vraiment envie de tirer sur des gens, dit Schaffer, je te passe cet uniforme et mes papiers. Tu y retournes à ma place, et moi je reste ici. »

Nathan imagine la surprise de Hoyt. L'idée de Hoyt se glissant nu dans le lit ce soir et trouvant

1. Allusion à Long John Silver, un personnage de *L'Île au trésor* de Robert Louis Stevenson. *(N.d.T.)*

Schaffer à sa place l'excite, et sa queue se dresse. Il se demande pourquoi. Il sourit. « Désolé, mais je n'ai pas envie d'y aller.

– C'est la chance de ta vie, dit Schaffer. Qui sait quand il y aura une autre guerre ?

– Comment ça se fait que tu sois au front ? dit Nathan. Pourquoi tu n'es pas dans un bureau quelconque, en train de penser à la place d'un colonel obtus ?

– C'est ça l'Armée, dit Schaffer. Si tu sais taper à la machine, ils te donnent un fusil. Si tu as lu un livre ou un peu réfléchi, ils te confient le nettoyage des latrines.

– Qui êtes-vous ? » Hoyt se tient dans l'encadrement de la porte de la cuisine.

« Steve, dit Schaffer. Le fils d'Eva Schaffer. »

Hoyt pâlit. « Merde », dit-il.

« Je te présente Hoyt Stubblefield », dit Nathan.

Schaffer lui tend la main et Hoyt la serre. Il hoche la tête sans rien dire. Il se passe la langue sur les lèvres.

« C'est la dernière adresse que j'avais pour ma mère. » Schaffer explique à nouveau pourquoi il est arrivé en retard. « Monsieur Poole m'a dit que vous la connaissiez peut-être, et que vous étiez sans doute au courant de son enterrement. »

Hoyt regarde Nathan. « Est-ce qu'il y a des cigarettes ? »

Nathan fait non de la tête. Hoyt plonge ses mains dans les poches de son costume et en sort de la monnaie qu'il pose dans la main de Nathan. « Tu pourrais descendre en acheter ? »

Il veut parler à Schaffer en privé, c'est ça ? Ça ne se passera pas comme ça. « J'ai des cigarettes, dit Schaffer en se levant d'un bond. Je ne fume pas, mais je sais que les civils ont du mal à en avoir, et le PX[1] croule sous les cigarettes, alors j'en ai pris pour les distribuer. » Il va dans le salon. Les sangles du sac à dos cliquettent. Il revient et leur tend à chacun un paquet de Chesterfield. Il demande à nouveau à Hoyt : « Vous connaissiez ma mère ? »

Hoyt hoche la tête de mauvaise grâce. « Oui. Lorsqu'elle a déménagé elle s'est arrangée pour que je reprenne cet appartement.

– C'était une amie, alors ? » dit Schaffer.

Nathan regarde Hoyt avec curiosité, et Hoyt évite son regard. « J'ai suivi ses cours », dit-il en allumant sa cigarette avec une allumette en carton, qu'il tend à Nathan pour qu'il allume la sienne. « À l'École des ouvriers. » Il agite l'allumette pour l'éteindre. « Elle aimait mes questions. Nous discutions beaucoup. C'était une femme intelligente. Je suis désolé qu'elle ne soit plus parmi nous.

– Où aura lieu l'office funèbre ?

– C'est terminé, dit Hoyt. Ça s'est très bien passé. Tout le monde l'aimait et l'admirait. Gus Hall est venu de la côte est pour y assister. Elizabeth Gurley Flynn aussi. Votre mère était quelqu'un d'important.

1. Post Exchange, magasin des forces armées américaines. *(N.d.T.)*

– D’après ce qu’ils m’ont écrit, elle a été renversée par un tramway, dit Schaffer.

– C’est difficile d’avoir de l’essence, dit Hoyt. C’est pour ça qu’elle a déménagé dans le centre. Pour se rapprocher de l’école. Elle prenait le tramway. Comme beaucoup de gens.

– Ces foutus talons hauts y sont sûrement pour quelque chose, dit Schaffer. Elle était si petite qu’elle portait toujours des chaussures à très hauts talons. Elle ne supportait pas d’être petite. Mais les talons hauts peuvent être dangereux. Elle est tombée plusieurs fois. Un jour elle s’est même cassé le poignet. » Il regarde Nathan. « Pourquoi tu n’es pas allé avec lui ?

– Je ne la connaissais pas », dit Nathan en regardant Hoyt.

Schaffer demande : « Mais vous vivez ensemble ?

– À cause de la crise du logement », dit Nathan.

Schaffer est amusé. « Vous n’êtes pas amis ? »

Hoyt dit d’une voix cassante : « La crise du logement n’a rien à voir là-dedans. Nathan n’a jamais rencontré votre mère, ça s’est trouvé comme ça, c’est tout. » Il lance un regard furibond à Nathan. « Bien sûr qu’on est amis.

– C’est bien ce que je pensais. » dit Schaffer avec un petit sourire ironique. « Vous n’avez qu’un lit. »

Hoyt lit à haute voix des passages des *Caves du Vatican*, et Nathan des pages de son propre roman. Ils écoutent un quatuor de Mozart, puis à seize heures trente Nathan et Hoyt accompagnent Schaffer à la gare routière, et le regardent grimper dans un autocar Greyhound, son sac à dos à l'épaule. Il s'assoit derrrière une vitre poussiéreuse et leur sourit. Le moteur du bus vrombit. La fumée noire de son pot d'échappement assombrit l'immense hall en brique qui sent les pneus roussis et les routes désertes. Le bus sort en marche arrière dans la rue. Schaffer leur fait signe. Ils lui répondent. Nathan se sent triste.

« Peut-être qu'on ne le reverra jamais, dit-il.

– Tu voudrais le revoir ? dit Hoyt.

– Ce que je veux dire, c'est qu'il pourrait se faire tuer, dit Nathan. Ça arrive qu'ils se fassent tuer, les GI. Je l'ai entendu dire. Pas toi ? »

Hoyt se détourne et se dirige vers la salle d'attente bleue et blanche tellement bondée qu'il n'y a pas assez de sièges et que les gens sont assis par terre. Des femmes, des enfants, des gens âgés – et des matelots, des soldats de troupe, des marines. Ils ont l'air pâle et fatigué. Certains d'entre eux dorment, le menton sur la poitrine. Partout des bagages sur lesquels on bute. Hoyt pousse les portes et sort sur le large trottoir. D'autres gens attendent, enfoncés jusqu'aux genoux dans les valises et les cartons ficelés. Hoyt et Nathan se faufilent parmi eux et commencent à monter l'avenue Cahuenga en direction de chez eux. Hoyt a les mains dans les poches. Il traîne le pas, ses yeux sombres fixés sur le trottoir. « Il y en a qui meurent, grogne-t-il, et d'autres qui ne meurent pas.

– Pourquoi tu ne l'aimes pas ? dit Nathan.

– Pas besoin, tu l'aimes à ma place », dit Hoyt.

Nathan le rattrape et scrute son visage. Il rit. « Je n'arrive pas à y croire. Tu es jaloux. Où sont passés ta logique, ton sang-froid, ta faculté de raisonnement ?

– Je les ai utilisés pour observer ton comportement, répond Hoyt.

– Je l'aime bien, dit Nathan, mais c'est toi que j'aime, Hoyt. »

Hoyt l'observe pendant une minute. Puis il compte l'argent qu'il a dans sa poche. « Tu veux un hamburger ? » dit-il.

Nathan dit : « Et l'École des ouvriers ?

– C'est un des endroits où je vais le soir. » Hoyt pousse la porte du drugstore Owl. « Oublie ça, tu veux ? » Il s'avance dans un couloir de vitrines, jusqu'au comptoir dans le fond du magasin, où l'on peut déjeuner. Nathan le suit en faisant claquer ses vieilles sandales.

« Mais c'est fini maintenant, tu n'iras plus ? dit-il. Enfin, c'était bien Eva Schaffer que tu allais écouter ?

– Je vais écouter toutes sortes de gens. » Hoyt s'assied sur un tabouret tournant à coussin rouge, et allume sa cigarette d'un air morose. « Moins tu en sais, moins ça pourra te nuire.

– Et toi ? dit Nathan. Ça ne peut pas te nuire ?

– Par ma seule faute. » Hoyt souffle sur l'allumette et se force à sourire. Il allonge le cou, cherchant des yeux la serveuse. « Tu veux des oignons ? » dit-il.

« Je ne veux rien du tout », dit Nathan.

Il se réveille tôt. Il est réglé ainsi. Hoyt est couché contre lui, profondément endormi, un bras en travers de son corps. Nathan se dégage doucement de son étreinte, titube jusqu'à la salle de bains, utilise les toilettes et, en l'absence de douche, s'accroupit dans la vieille baignoire à pieds de griffon. Et s'asperge d'eau froide à l'aide d'un tuyau à lavements en caoutchouc rouge. Il fait déjà très chaud, l'eau est agréable et lui éclaircit les idées. Dans la cuisine il remplit la bouilloire, lave le filtre ébréché, y verse plusieurs cuillers de café – une marque dont personne n'a jamais entendu parler, mais ces temps-ci il ne faut pas se montrer trop difficile.

De retour dans la chambre, il enfile un slip propre – en loques, puisqu'ils ont cessé d'en fabriquer à cause de la pénurie de caoutchouc – et passe dans la pièce d'à côté, où Hoyt entrepose son matériel à dessin et sa peinture, et où lui-même a installé sa machine à écrire sur une table. Il s'assied sur une chaise de cuisine branlante et relit ce qu'il a écrit depuis vendredi. Il s'inspire d'une pièce sur son enfance qu'il a écrite deux ans plus tôt, pour en faire un roman. Les romans n'ont pas besoin d'acteurs ni de metteurs en scène, et encore moins de théâtre – simplement de papier et d'un ruban de machine à écrire. Il glisse une nouvelle page dans la machine qui se met à crépiter sous ses doigts. Il est tellement absorbé par ce qu'il fait que le sifflement de la bouilloire le fait sursauter. Il court éteindre le gaz et verse l'eau bouillante dans la cafetière. Lorsqu'en retournant travailler il passe à côté de Hoyt, qui est censé dormir, celui-ci tend la main et saisit l'élastique détendu du slip de Nathan.

« Docteur, dit-il, c'est vous ?

– Il est très tôt, dit Nathan, rendors-toi.

– Docteur », dit Hoyt, les yeux écarquillés, l'air effrayé, « j'ai cette horrible turgescence. Regardez. » Il soulève les draps.

« Ça m'a l'air d'aller, dit Nathan. Ça m'a l'air d'aller très bien. »

Hoyt tire de nouveau d'un coup sec sur la ceinture du slip, Nathan perd l'équilibre et lui tombe dessus. Hoyt s'empare de sa main et la guide. « Tu sens comme c'est dur ? Ça n'est sûrement pas normal. Tu n'as pas un moyen de le faire diminuer ?

– Hoyt, c'est mon heure de travail. Tu m'avais promis...

– Que dirais-tu d'un massage ? Comme ça ?

– Je préférerais l'embrasser, dit Nathan, pour lui faire du bien. »

La librairie T. Smollett est sur Hollywood Boulevard. Sa haute façade raffinée de style colonial espagnol est déjà en plein soleil ce matin. La journée promet d'être torride. Nathan donne un tour de clef dans un cadenas, puis un autre dans une serrure Yale, fait coulisser un verrou dans un sens, puis un deuxième dans l'autre sens, et hisse l'immense porte sur ses armatures rouillées et ses ressorts vibrants. Il pousse entre les étalages une table roulante couverte de livres soldés et abîmés, jusque dans l'entrée. Il allume les néons qui sifflent et clignotent au-dessus de sa tête, et parcourt cent mètres jusqu'à l'arrière-boutique de ce lieu caverneux, où il trouve un balai. Il balaye la poussière de la veille et les mégots de cigarettes. Il balaye aussi le trottoir désert. Il tourne la manivelle qui baisse le vélum. Et en rentrant à nouveau dans la librairie, il rencontre Angus MacKenzie en train de déposer de l'argent dans le tiroir d'une vieille caisse enregistreuse.

« Bonjour, monsieur MacKenzie », dit-il en passant avec son balai.

Grand et voûté, les cheveux ondulés d'un roux clair à l'implantation très basse, MacKenzie a toujours une cigarette qui se consume au coin des lèvres. Il fait entendre un grognement et dit : « Ma voiture est là-bas derrière, pleine de bouquins. » C'est une berline Chevrolet 1937, d'un vert terne, à tel point bourrée de livres que la seule place libre est celle du conducteur. La voiture sent le vieux papier. Les bras chargés de livres, Nathan descend les marches en ciment qui mènent à l'arrière-boutique, entre dans le magasin où il les porte par brassées jusqu'au troisième étage en empruntant de longues volées d'escaliers en bois. Là-haut, aussi loin que porte son regard, des montagnes de livres s'élèvent et attendent – quoi ? Nathan ne le sait pas. Il doute qu'Angus MacKenzie le sache. Il doute que Dieu le sache.

Lorsqu'il a fini de vider la voiture, il est onze heures moins le quart, la journée vient à peine de commencer, et il est fatigué. Il ôte sa chemise, sa cravate et, dans les toilettes, s'asperge d'eau pour laver la sueur. Lorsqu'il sort de la petite pièce en se séchant avec des serviettes en papier raides et rugueuses, M. Constance est debout près de la table d'expédition des marchandises. M. Constance est un bel homme, toujours hâlé, faisant ce qu'il faut pour rester en forme. À l'exception de ses rides, rien ne laisse supposer qu'il a dépassé la quarantaine. Ses yeux bruns caressent le torse nu de Nathan, mais il se contente de dire :

« Vous savez, Nathan, il n'y a pas que vous qui ayez besoin de vous soulager de temps en temps.

– Je pensais que vous étiez au-dessus de ce genre de choses, Connie », dit Nathan en renfilant sa chemise.

Pour toute réponse, M. Constance entre dans les toilettes et claque la porte.

C'est l'heure des livraisons. De nouveaux livres. Expédiés par les éditeurs de New York, Boston, Indianapolis. Le camionneur du service des colis postaux est un Noir boiteux et gai. Son visage dégouline de sueur sous sa casquette élégante. Il n'en finit plus d'apporter des cartons. Il devrait y avoir un commis, mais chaque fois ils sont appelés sous les drapeaux, et comme il est difficile de les renouveler, c'est donc Nathan qui se charge en ce moment d'ouvrir les cartons, de déballer les livres, de les pointer sur les bordereaux d'emballage, et de comparer les bordereaux aux relevés qu'Angus MacKenzie a piqués à un crochet au-dessus de la table. Il est en train de s'affairer lorsque

Constance sort des toilettes, ses cheveux jaunes lissés à l'eau.

« Vous seriez plus vigoureux, dit-il, si vous ne vous adonniez pas à une sexualité aussi dégénérée. Au train où vous allez, vous et ce Texan vagabond, vous allez mourir de débauche avant d'avoir vingt-cinq ans.

– Mais quelle belle mort », dit Nathan avec un regard narquois.

« Non, maintenant écoutez-moi », dit sévèrement Constance. « Je sais de quoi je parle. J'ai vécu ça moi aussi. Je vous ai raconté comme ça m'a rendu malheureux. Si Wilma ne m'avait pas prêté secours à point nommé, je me serais tranché la gorge. Changez de vie, Nathan. Ce n'est pas naturel, ce n'est pas viril, ce n'est pas une attitude mature. » Il s'adosse à l'encadrement de la porte du magasin. Tout en pointant les titres sur les listes, Nathan fait une grimace. Constance ajoute : « Ne jouez pas à l'adolescent qui-sait-tout avec moi. Je vous parle avec la sagesse de l'âge. La perversion n'engendre que la souffrance, la maladie et la mort. Sans parler de la solitude – oh ! l'atroce solitude ! Nathan, trouvez-vous une femme, épousez-la, faites-lui des enfants. C'est la seule manière d'être vraiment heureux. C'est la voie de la nature. Vous êtes sur une mauvaise piste. » Nathan lui lance un coup d'œil indulgent. Les yeux de l'homme sont brillants de larmes. « Si seulement vous saviez comme ça me fait souffrir de voir un beau jeune homme, bien élevé et intelligent comme vous, gâcher...

– Monsieur Constance, demande Angus MacKenzie de l'intérieur de la boutique, pourriez-vous aider cette dame, s'il vous plaît ? »

Lorsque Constance s'éloigne, Nathan ferme les yeux et s'appuie à la table, s'efforçant de respirer lentement et profondément. Il n'est pas partisan de frapper les gens, mais dans des cas comme celui-ci il n'en est pas loin. Il préfèrerait ne pas avoir à travailler avec M. Constance. Pour dix-huit dollars par semaine, cela ne vaut guère la peine. Il regrette de ne pas avoir tenu sa langue à ses débuts, mais cet homme semblait vouloir être son ami, il lui laissait entendre qu'il le comprenait et l'encourageait à se confier. Maintenant il regarde Nathan fixement, le frôle à la moindre occasion. Il suffit que Nathan soit en train d'envelopper les livres d'un client, ou de faire des additions sur la machine à calculer, pour que M. Constance s'approche de lui et lui masse les épaules, en essayant de l'exciter. Le vieux Connie est un imposteur. Wilma existe-elle vraiment ? A-t-il seulement une femme ? Si c'est le cas, elle doit être aveugle et sourde.

Samedi midi. Il ne travaille pas cet après-midi. Il a eu sa paie. Une petite paie – il a dû emprunter cinq dollars à M. MacKenzie mardi dernier. Les cent dollars de Hoyt n'arrivent qu'une fois par mois – sa famille les lui envoie d'Amarillo – et Nathan et lui sont toujours à sec avant de les recevoir. Nathan erre devant le comptoir de boucherie du supermarché en face de leur appartement, espérant trouver une bonne affaire en plus des sacs d'oignons, de haricots et de riz qui sont déjà dans le chariot.

« Je me demande ce qu'on va devenir », dit Rick Ames en se coulant auprès de lui. C'est un homme ventru au visage rouge et aux cheveux blancs, ondulés, vêtu d'un tricot rouge défraîchi de la taille d'une tente, d'un pantalon en velours flottant, et de chaussures de tennis. « Si ce vieil Hitler n'arrête pas bientôt ses massacres, il ne restera plus une miette de nourriture sur les étagères. » Il porte de gros sacs à provisions. Nathan n'a pas besoin de regarder pour savoir que la cargaison est principalement composée de vin. Autrefois Ames était peut-être, comme il le revendique, un écrivain. Maintenant, c'est un buveur. De ses yeux bleu porcelaine aux cils blancs, il a une manière de lancer un regard oblique et préoccupé à son interlocuteur. « As-tu des nouvelles de New York ? À propos de ton roman ? »

Nathan répond tristement : « Je regarde deux fois par jour dans la boîte aux lettres. Mais ça ne sert à rien.

– Ne t'inquiète pas », dit Ames en le tapotant d'une main rouge et bouffie. « Je suis sûr que les nouvelles seront bonnes quand elles finiront par arriver. » Il s'éloigne sur ses pieds plats tournés en dehors. « N'oublie pas de m'en parler. Je crois en toi. »

En son for intérieur, Nathan se dit qu'il préférerait avoir la confiance de quelqu'un qui ne soit ni un ringard comme Rick Ames, ni un débutant comme Hoyt. Il ne comprend pas vraiment comment il s'est retrouvé dans ce monde bizarre. Peut-être tout simplement en s'installant à Hollywood.

Il aurait dû continuer à travailler dans la pépinière délabrée de Joe Ridpath à Fair Oaks, commençant à l'aube et s'écroulant de sommeil dès le coucher de soleil dans la resserre pleine de toiles d'araignée où Joe le faisait dormir, jouant le dimanche dans la cuisine sur un vieux banjo abîmé tandis que Ridpath chantait ses chants populaires préférés – *Old Joe Clark, Sourwood Mountain* – en dansant et en frappant des mains, et que le chien aboyait et pourchassait ses pieds nus traînants et sales.

Dans la file du supermarché, sa carte de ravitaillement à portée de main, Nathan sourit en lui-même. Après la période douloureuse qui les avait précédés, les dix-huit mois tranquilles en compagnie de Joe Ridpath furent agréables. Sauf qu'il n'avait jamais le temps d'écrire, et qu'il finit par se sentir trop seul. Joe n'était pas quelqu'un à qui l'on pouvait se confier. Nathan lui devait beaucoup – Joe lui avait sauvé la vie un jour. Mais jamais il ne lisait un livre, ni même un journal. Il gagnait de l'argent et payait bien Nathan, mais un jour le jeune garçon eut envie de passer son chemin, ne serait-ce que pour avoir les ongles propres.

Lorsqu'à Noël l'occasion se présenta de travailler dans la grande librairie lumineuse de Sierra Street, il s'en réjouit. Il avait l'habitude d'y acheter des livres, et les gens de la librairie lui avaient parlé et l'avaient trouvé intelligent. Par la suite, ils lui proposèrent de rester et lui offrirent une augmentation, à la condition qu'il vende des agrafes et des rubans de machine à écrire en plus des livres. C'est ainsi qu'il débarqua à Hollywood et à la librairie T. Smollett. mais aujourd'hui, six mois plus tard, ses journées de travail lui semblent interminables et il s'accroche à la pensée qu'il va bientôt vendre son roman.

Lorsqu'il sort du supermarché, les bras chargés de gros cabas et les poches vides, et retrouve le chaud soleil, il manque bousculer Stanley Page. Ancien détenu, ancien alcoolique et ancien turfiste, trapu et couvert de taches de rousseur, Page possédait jadis une célèbre librairie sur Hollywood Boulevard. Il est maintenant agent littéraire, et habite au coin de Franklin Avenue. Comme toujours, il est vêtu avec coquetterie : costume cannelle, chemise à filet rouge, cravate bordeaux à large nœud. Il a même un chapeau. Le seul détail incongru, c'est le bébé qu'il porte dans ses bras. Enveloppé dans une couverture bleue.

« Comment ça va, petit ? demande-t-il d'une voix rauque. Ils t'ont acheté ton livre ?

– Pas encore, monsieur Page, dit Nathan.

– Ne te décourage pas, dit Page. Tu vas y arriver. Tu as toute la vie devant toi.

– Je vieillis vite, dit Nathan. À vingt-trois ans, votre ami Saroyan était déjà un écrivain à succès. » Il s'approche pour jeter un œil au bébé. Il est tout petit. Ses yeux sont fermés. Ses poings minuscules aussi. « Comment s'appelle-t-il ?

– Bill, dit Page. Maud a besoin de sommeil. Ce vieux Bill fait pas mal de chahut au milieu de la nuit. Comme son père.

– Comme son père, avant. » Nathan a entendu les rumeurs.

« Ouais, grogne Page d'un ton renfrogné. Avant. Si celui que j'étais alors me rencontrait aujourd'hui, il mourrait de rire.

– Ça ne vous plaît pas d'être mari et père ?

– J'ai passé un marché, dit Page, donc je m'y tiens. » Il se dirige vers les portes du supermarché. « On m'a envoyé chercher sa nourriture. Je me demande bien pourquoi. Il recrache plus qu'il ne mange. »

Nathan grimpe les escaliers, entre dans la cuisine, et range ses achats. N'étant pas une jolie fille, il se demande avec étonnement pourquoi le boucher, qui a pourtant l'air si coriace, lui a vendu des jarrets de porc sans réclamer ses tickets de rationnement. Sa mère cuisinait souvent du jarret avec des haricots de Lima, et Nathan se dit qu'il pourrait en faire. Ça changera un peu Hoyt, qui fait toujours la cuisine. Nathan ouvre le sac de haricots, les déverse sur la table, les trie à la recherche de petits cailloux, racle les haricots, les met dans une grande marmite, les recouvre d'eau, et les laisse tremper. Il essuie ses mains sur un torchon et se retourne. Un homme se tient dans l'encadrement de la porte. Vêtu d'un costume pâle, il est entre deux âges et ses cheveux sont coupés en brosse.

« Merde, dit Nathan, qui êtes-vous ?

– Mumble[1], dit l'homme, du FBI. » Il tend un portefeuille en cuir qui, en se rabattant, révèle un insigne. « Je voudrais vous parler une minute, s'il vous plaît.

– Pas à moi », dit Nathan, le cœur battant à se rompre.

« Vous n'êtes pas Dwayne Hoyt Stubblefield ?

– Il n'est pas là, dit Nathan.

– Pouvez-vous me montrer votre livret militaire, s'il vous plaît ? »

Nathan sort de son portefeuille la carte cornée.

Mumble la lit, la lui rend. « Vous vivez ici ?

– Oui. » Nathan range la carte.

« C'est l'adresse de Stubblefield », dit Mumble.

« Nous partageons l'appartement », dit Nathan.

Mumble jette un regard par-dessus son épaule. « Et Reginald Poole ?

– Il nous sous-loue le logement sur rue.

– Je vois. » Mumble essaye de sourire. Mais il manque d'entraînement. « Mais vous vivez ensemble, Stubblefield et vous ? Vous êtes amis ? »

Nathan céderait bien à la tentation de renseigner Mumble sur la nature exacte de sa relation avec Hoyt. Il ressent une irrésistible envie de le provoquer – comme un besoin de pisser si impérieux qu'il vous oblige à sauter d'une jambe sur l'autre. Mais il se contrôle parce qu'il ne veut pas causer de tort à Hoyt, encore plus de tort. Il se contente de dire : « Oui.

1. « Mumble » signifie « marmonner », et ici Nathan a confondu « mumble » et « noble », car l'homme a sans doute mâché ses mots. *(N.d.T.)*

– Vous partagez ses centres d'intérêt ? demande Mumble.

– Il est peintre, dit Nathan, et je suis écrivain. En effet, nous aimons les mêmes choses – la musique, les livres.

– Ouais, vous avez beaucoup de livres. » Mumble lance un coup d'œil à la pièce derrière lui. « Pas mal de Marx et Engels, je suppose. » Ses sourcils s'agitent.

« Je suis désolé de vous décevoir, dit Nathan. Nous n'en avons pas un seul. Ce sont vos auteurs préférés, n'est-ce pas ? »

La bouche de Mumble se contracte nerveusement. « Très drôle, dit-il. Ha, ha.

– Pourquoi cet intérêt pour nos lectures ? demande Nathan.

– D'après les fréquentations de votre ami Stubblefield nous sommes en droit d'imaginer qu'il apprécie ces auteurs. »

Nathan hausse les épaules. « Alors vous en savez plus que moi sur ses fréquentations.

– Il ne les amène jamais ici ? demande Mumble.

– Qui ça, Marx et Engels ? dit Nathan. Jamais.

– Je veux dire ses amis du Parti communiste, dit Mumble avec lassitude.

– J'ignorais qu'il en avait. » Cela fait deux mensonges, et Nathan n'aime pas non plus la manière dont sonnent ses réponses lorsqu'elles sont sincères – c'est comme s'il essayait de se désolidariser de Hoyt. « Il n'amène personne ici. » Il y a bien Benbow Harsch, mais si le souriant et mielleux Benbow est communiste, alors pourquoi n'était-il pas aux funérailles d'Eva Schaffer ? « Écoutez, Hoyt n'est pas communiste. De toute façon, les communistes ne sont-ils pas de notre côté ?

– C'est ce qu'ils revendiquent, mais vous savez ce qu'ils veulent ? Ils veulent renverser le gouvernement américain par la force et la violence, voilà ce qu'ils veulent. Et vous vous trompez à propos de Stubblefield. Il va à toutes leurs réunions.

– Je ne le savais pas », dit Nathan.

Mumble l'observe. « Quel âge avez-vous, Reed ?

« Vingt ans. » Depuis hier. Nathan l'avait complètement oublié.

« Dieu du ciel. » Mumble hoche la tête avec compassion, pivote, et s'en va. Il s'arrête devant la porte du couloir. Il crie : « Je pourrais être votre père, et je vais vous donner un conseil. Partez d'ici. Rentrez chez vos parents. Éloignez-vous de Stubblefield. On juge un homme sur ses fréquentations. Et Stubblefield est une mauvaise fréquentation. »

Nathan serre les poings. Il bondit dans le salon, prêt à rétorquer. Mais il ravale ses paroles. Hoyt n'a pas besoin de lui pour se défendre. Le FBI n'apprécie pas ses activités – peut-on en déduire pour autant qu'il a tort ?

Mumble lui tend une carte de visite. « Donnez ça à Stubblefield, voulez-vous ? Dites-lui que je veux lui parler. »

Nathan lit la carte. Le type s'appelle John

F. Noble. « Si je n'oublie pas entre-temps, lui dit Nathan. J'ai une mauvaise mémoire. »

Nathan saute du tramway, attend sur le terre-plein que la circulation diminue, puis s'élance à travers Sunset en direction de l'angle nord-est de Westerly Terrace. Sur le trottoir ensoleillé, il regarde le Café du Chat Noir, en face, à l'angle nord-ouest. C'est un bâtiment délabré, peint en noir. Sur un mur, une silhouette de chat blanc faisant un clin d'œil est dessinée au pochoir. Par la porte ouverte on entend la musique d'un juke-box à plein volume, ainsi que des rires masculins. C'est un bar homo. Nathan n'a jamais mis les pieds dans ce genre d'endroits, et ça l'intrigue. Mais le moment est mal choisi. Il lève la tête vers Westerly Terrace. La rue étroite grimpe à pic, avec beaucoup de virages aigus. La maison à plusieurs niveaux de Benbow Harsch, pleine de coins et de recoins, est presque tout en haut, et Nathan n'a guère envie de se taper ça par une journée si chaude, mais John F. Noble lui a fait peur, il ne sait pas où est Hoyt, il a besoin de conseils, et Benbow est la seule personne vers laquelle il puisse se tourner.

Haletant et en sueur, il arrive au bas du grand escalier extérieur qui s'élève parmi les broussailles et les arbres jusqu'au haut porche d'entrée de Benbow, lorsqu'il entend de la musique. Quelqu'un s'acharne sur un piano. Un prélude de Rachmaninov. Nathan monte l'escalier au rythme de la mélodie. La porte d'entrée est ouverte.

Nathan toque sur le dormant de la porte, mais comme personne ne l'entend, il entre. Dans le salon bas de plafond, tout maigre et petit, George Lafleur est allongé sur un canapé à la housse défraîchie avec un volume de l'*Encyclopaedia Britannica,* qu'il lit consciencieusement de A à Z pour essayer de compenser son abandon de l'école à treize ans. Benbow, avec qui il vit depuis, est un homme cultivé – voire trop cultivé, si l'on en croit Hoyt. À portée de main de Lafleur, un verre et une bouteille de bière sont posés sur le tapis. Il abaisse l'énorme volume et cligne des yeux.

« Nathan », crie-t-il par-dessus la musique, tout en allongeant le cou pour regarder derrière le jeune homme. « Hoyt est avec toi ?

– Je me suis dit que j'avais des chances de le trouver ici, répond Nathan en criant.

– Dieu merci, il n'est pas là. » George laisse tomber sa lecture, s'assoit, et tend la main. « C'est une merveilleuse occasion. Viens au lit avec moi. »

Une nuit de beuverie, en essayant de trouver la sortie de cette maison compliquée, Nathan s'était trompé de porte, et avait découvert Lafleur au lit avec un marin, dont les vêtements blancs étaient répandus à terre. Tout frêle qu'il est, Lafleur a une queue qui ressemble à la vergue d'un puissant navire. C'était aussi le cas du marin. En les regardant se livrer à leurs acrobaties sexuelles, on avait l'impression qu'ils essayaient de s'assommer mutuellement à coups de gourdin. Nathan aime bien Lafleur, mais pas sa queue monstrueuse. Il aime la queue de Hoyt. C'est une queue moyenne, si tant est que quelque chose soit moyen chez Hoyt. En aucun cas il ne coucherait avec Lafleur. Il ne coucherait avec personne d'autre que Hoyt. Sa bouche se crispe en un sourire préoccupé, et il continue son chemin.

« Merci, mais j'ai besoin de parler à Benbow.

– Fie-toi à tes oreilles », dit Lafleur, avant de s'affaisser dans le divan et de s'emparer à nouveau de l'encyclopédie.

Se fier à ses oreilles, c'est descendre une volée de marches. Il y a là une autre salle commune, où se trouve une épinette. Elle est installée contre le mur du fond, entre deux fenêtres ouvertes. Un homme solide d'une trentaine d'années, aux cheveux sombres et clairsemés, martèle les touches. Il est assis de dos. Nathan lui tapote l'épaule. Il termine une phrase avant de se retourner. Il a un nez romain et les yeux brillants. Il sourit. « Nathan. Voici mon piano.

– Il est enfin arrivé », dit Nathan.

Benbow se lève. « Assieds-toi, dit-il. Essaye-le. »

Nathan s'assied et l'essaye. « Mon Dieu », dit-il en regardant Benbow bouche bée. « Qu'as-tu fait à la mécanique ?

– Je l'ai réglée aussi dure que possible, dit Benbow.

– Je vois ça, dit Nathan.

– Pour fortifier mes doigts, dit Benbow, et mes poignets. »

Nathan essaye de jouer le morceau favori de

Frank, *In a mist*[1]. Le piano émet à peine un son. Il renonce et se lève du banc. « Alors comme ça tu comptes vraiment abandonner l'enseignement de la philosophie pour devenir pianiste concertiste ?

– C'est ce dont j'ai envie aujourd'hui, en tout cas, dit Benbow. Qu'est-ce qui t'amène par cet après-midi radieux ?

– Je suis inquiet, dit Nathan.

– Veux-tu une bière ? lui demande Benbow en sortant de la pièce.

– D'accord, si tu en prends une. Nathan le suit dans une cuisine. Mais c'est pour avoir ton avis que je suis venu. »

Benbow prend dans le réfrigérateur une bouteille de bière brune, de l'Acme, la laisse tomber lourdement sur une table installée dans un renfoncement ensoleillé, sort deux gobelets d'un placard. « Assieds-toi. » Il s'assied lui-même, décapsule la bouteille, emplit les deux verres. « Qu'est-ce qui se passe ?

– Hoyt est recherché par le FBI », dit Nathan.

Benbow s'étrangle et crache de la mousse sur la table. « Quoi ? Pourquoi donc ?

– L'agent affirme qu'il est communiste », dit Nathan. Il résume sa conversation avec John F. Noble. « Tu connais Hoyt depuis plus longtemps que moi. Est-ce que c'est vrai ?

– Je le connais depuis plus longtemps, dit Benbow, mais pas mieux.

1. Morceau célèbre du musicien américain Bix Beiderbecke, 1903-1931. *(N.d.T.)*

– Noble dit qu'il assiste à toutes leurs réunions. » Nathan allume une cigarette, goûte la bière, essuie la mousse du dos de sa main. « C'est vrai ?

– Ne me demande pas ça à moi, proteste Benbow. Comment le saurais-je ?

– Il sort beaucoup, dit Nathan. Et il ne me dit jamais où il va. Lorsque j'ai commencé à vivre avec lui, il m'a dit de ne pas m'inquiéter, de ne pas lui poser de questions. Et j'ai obéi. Mais maintenant ça m'inquiète.

– Pourquoi ? demande Benbow en se moquant gentiment. Tu es anticommuniste ? »

Nathan fait la grimace. « Tout ce que je sais du communisme, c'est que le gouvernement est censé veiller à ce que tout le monde ait du travail, à manger, et un toit au-dessus de sa tête. Mon père dit que ce qui ne va pas là-dedans – Nathan tapote sa cigarette dans un gros cendrier en verre –, c'est que la nature humaine n'est pas comme ça. Ce n'est qu'une théorie. Dans la vraie vie, les gouvernements gardent tout pour eux. » Il boit une gorgée de bière. « A-t-il raison ? »

La bouche de Benbow se contracte avec amusement. « Tu pourras me remplacer à l'université, dit-il, lorsque j'aurai commencé mes concerts. »

Nathan se sent rougir. « Bon, je n'y connais rien. Mais je ne pense pas que Hoyt soit communiste.

– Mais tu n'en es pas sûr à cent pour cent », dit Benbow.

Nathan regarde au loin. « Tu crois qu'il pourrait l'être ? »

Benbow hausse les épaules. « Son esprit curieux est ce qu'il y a de plus excitant chez lui. Toujours est-il que si j'étais lui, je ne sortirais pas le soir en laissant seul un beau garçon comme toi. Il ne connaît pas sa chance.

– Ça ne m'intéresse pas de savoir où il va, dit Nathan, tant qu'il revient. » Il regarde Benbow avec anxiété. « Que va-t-il se passer ? Ils ne peuvent quand même pas l'envoyer en prison ?

– C'est la police secrète. Ils ont tous les pouvoirs. Tu le sais. Mais – Benbow sourit et tapote la main de Nathan sur la nappe – prends mon avis pour ce qu'il vaut, je ne pense pas qu'ils le fassent. » Il hausse les sourcils. « D'accord ? »

Allongé près de Hoyt qui dort, Nathan réfléchit en écoutant sa respiration lente, douce et calme. La nuit est fraîche sans être froide. Les fenêtres sont ouvertes. De temps en temps une brise fait frémir les feuilles du vieil arbre à caoutchouc. Tout est tranquille. On n'entend plus les voitures passer sur Highland Avenue. Il est très tard ou peut-être très tôt. Cela n'a pas d'importance. Hoyt a une nouvelle fois étonné Nathan. Lorsqu'il est rentré de chez Benbow, l'appartement fleurait bon les haricots de Lima et le jarret. Hoyt avait repris la cuisine là où Nathan l'avait interrompue. C'était assez normal en soi. L'étonnant, c'est que Hoyt ait attendu le milieu du repas pour sortir d'une poche de chemise la carte de John F. Noble, la poser devant Nathan, et demander :

« J'ai trouvé ça sur la table. Ça vient d'où ? »

Nathan lui raconta la visite de Noble.

« Pourquoi tu ne m'as pas attendu ?

– Je ne sais jamais à quelle heure tu rentres. J'étais inquiet. Je ne savais pas quoi faire. Alors je suis allé voir Benbow. Je pensais qu'il saurait peut-être. »

Hoyt le regarda pensivement pendant un moment, avant de ramasser la carte et de la remettre dans sa poche. « Et qu'a dit Benbow ?

– Il pense qu'ils ne te feront rien.

– Donc ils ne me feront rien. » Hoyt prit une bouchée et se mit à mastiquer.

« Tu veux dire qu'il peut court-circuiter le FBI ? dit Nathan.

– Il a des amis haut placés, dit Hoyt. Tu te souviens ?

– Ce gros type ? dit Nathan. L'Arménien ? » En allant chez Benbow avec Hoyt, il avait rencontré à plusieurs reprises pas mal d'inconnus. Mais cet homme était resté dans la mémoire de Nathan. Peut-être parce qu'il n'avait pas l'air influent. Il ressemblait plutôt à un épicier.

« C'est le directeur de cabinet du sénateur Skipworth, dit Hoyt, et il est marié à la sœur de Benbow. Il sourit. Ne t'inquiète pas pour moi. Ça ira.

– Benbow m'a dit que le FBI est une police secrète, dit Nathan. Et qu'ils peuvent faire tout ce qu'ils veulent. » Il frissonna. « Ça m'a fait peur.

– Benbow aime bien effrayer les gens. C'est un de ses jeux favoris. » Hoyt essuya son bol avec un morceau de pain. « Il a beaucoup de petits jeux. Celui-ci est inoffensif. Ils ne le sont pas tous. »

Nathan le dévisagea. « Qu'est-ce que tu veux dire ? »

Tout en mâchant son pain, Hoyt lui lança un regard soutenu. « Ce que je veux dire, c'est : ne retourne pas là-bas à moins que je sois avec toi. »

Nathan rit. « Qu'est-ce qu'il pourrait me faire ?

– Te manipuler – pour voir ce qui se passe, dit Hoyt. Pourquoi ? Tu ne peux pas comprendre. Tu n'es pas attiré par le pouvoir. »

Nathan dit : « Hoyt, es-tu communiste oui ou merde ?

– Si je ne l'étais pas, est-ce que j'irais à toutes ces réunions ? » Hoyt se leva et prit le bol de Nathan. « Tu en veux encore ? »

Allongé tout éveillé dans son lit, Nathan observe la silhouette des feuilles qui se détachent dans la pâle lueur des fenêtres, et en conclut qu'il n'y a pas de réponse. Hoyt veut qu'il continue à se poser des questions. Aime-t-il le pouvoir, lui aussi ? Est-ce pour cela qu'il comprend Benbow ? Hoyt joue-t-il à manipuler Nathan ? Cette idée lui fait horreur. Pour s'en libérer il se retourne brutalement sur le côté et ferme les yeux. Il ne veut pas se méfier de Hoyt. Il l'aime trop.

Mais que sait-il de lui ? Rien. Il prétend être originaire du Texas, une famille aisée, le pétrole, impossible de s'entendre avec eux, il s'est enfui le soir où il a terminé ses études au lycée. Il a travaillé à El Paso dans les parcs à bestiaux, conduit un camion à Denver, frit des hamburgers à Reno, découpé des poulets à Seattle, empilé du bois à Portland, tout en prenant des cours de peinture le soir. À San Francisco il a déchargé des cageots aux halles et suivi des cours de littérature. À L.A. il a assisté aux conférences de Benbow sur l'histoire de la philosophie, et un jour en entrant par hasard dans la librairie T. Smollett, il a rencontré Nathan.

Grand et maigre, un peu dégingandé, sans la moindre trace de féminité, il était beau comme un diable, et habile parleur. Une fois la journée de travail de Nathan terminée, ils allèrent manger un goulasch dans un restaurant hongrois de Vine Street, revinrent en marchant jusqu'à l'appartement, grimpèrent les escaliers, et couchèrent ensemble. Le vendredi suivant, Nathan quitta sa chambre de Yucca Street à sept dollars la semaine et s'installa chez Hoyt. Il se renfrogne soudain. Ça s'était fait trop vite, n'est-ce pas ? Il voulait, il voulait. Il avait oublié de faire marcher sa tête. Il aurait aussi bien pu ne pas avoir de tête.

Mais il était heureux. Plus heureux qu'il ne l'avait jamais été dans sa vie. Pendant huit ou dix semaines, même son boulot lugubre a été supportable. Puis Eva Schaffer est morte, et Hoyt est entré dans le mutisme et l'accablement ; il fallait que Nathan sache pourquoi, et maintenant ? L'espace d'un instant, le visage de Steve Schaffer, avec ses yeux doux et brillants, flotte dans son esprit. Il dit quelque chose d'un ton suppliant, mais Nathan n'arrive pas à discerner ses paroles. Puis c'est au tour de George Lafleur. Nu sur le divan, tout grimaçant, il fait signe à Nathan avec son énorme queue raide. Une marionnette gambade, comme celles que Lucille Bekker fabriquait il y a longtemps à Fair Oaks, des personnages de comptines. La marionnette se retourne. C'est Hoyt. Et la personne qui actionne ses ficelles n'est pas la petite et grosse Mme Bekker, mais Benbow Harsch. *Pour fortifier mes doigts,* dit-il, *mes poignets.* Frank dit à Nathan, qui a dix ans, *Entraîne-toi, entraîne-toi.*

Nathan s'endort.

Hoyt dit : « Attends. Quelle est la dernière chose que tu mets avant d'aller au travail ? » Il est assis à la table de la cuisine avec une tasse de café et un livre – *Les Caves du Vatican*. Nathan vient de sortir de la salle de bains, nu. Il dit : « Ma cravate. Pourquoi ? »

Hoyt se lève. « Pourquoi toujours faire les choses dans le même ordre ? » Il prend Nathan par le bras. Ils vont dans la chambre. Hoyt ouvre l'armoire. « Pourquoi ne pas tout faire à l'envers, pour une fois ? » Il lance une cravate à Nathan, qui l'attrape maladroitement. « Tu es fou, dit-il.

– Combien de cravates portes-tu d'habitude ? » dit Hoyt.

Nathan rit. « Une.

– C'est exactement ce que je veux dire. » Hoyt sort toutes les cravates de Nathan. Ce qui ne fait pas beaucoup. Cinq. Il s'approche de Nathan, noue la première autour de son cou. « Non, non. Ne bouge pas.

– Hoyt, je dois aller travailler.

– Ça ne prendra pas longtemps, dit Hoyt.

– Qu'est-ce que tu fais ? »

Hoyt attache une cravate autour du bras de Nathan. Il fait un nœud, et laisse pendre les extrémités de la cravate. Il attache une cravate autour de l'autre bras de Nathan, de la même manière. Puis il s'agenouille et noue une cravate autour de chaque jambe, juste en dessous du genou. Il se lève d'un bond, recule, juge de l'effet. Il hoche la tête. « Très joli », dit-il.

Nathan rit. « Espèce d'idiot, je vais être en retard. » Il détache les cravates et les laisse tomber sur le lit. Il se penche pour défaire les cravates autour de ses jambes, et se rend compte en se redressant que le visage de Hoyt est couvert de larmes. « Qu'est-ce qui se passe ?

– Tu vas me manquer, dit Hoyt.

– Qu'est-ce que tu racontes ? Je finis à cinq heures.

– Je ne peux pas continuer à te laisser vivre avec moi, dit Hoyt.

– Quoi ? glapit Nathan. Quoi ? Qu'est-ce que j'ai fait ?

– Rien. C'est ce que j'ai fait, moi... » Il ne termine pas sa phrase. « Nathan, je porte la poisse. Qu'est-ce que tu crois – que le FBI rend visite à tout le monde comme ça ?

– Non, mais je ne pense pas non plus que tu sois communiste. » Nathan ouvre un tiroir d'un coup sec, sort un slip, l'enfile, met une chemise. « Hoyt, je ne fourrerai pas mon nez partout, je te le promets, je ne... »

Hoyt pose une main sur sa bouche pour l'empêcher de parler. « Tu as le droit de savoir ce qui se passe, dit-il, mais je ne peux pas t'en parler, et ce n'est pas une vie pour deux personnes qui s'aiment. »

Nathan s'écarte de lui, s'assied au bord du lit pour enfiler des chaussettes. « Ça ne m'a jamais dérangé. Est-ce que je me suis plaint ? Tu allais à... bref, je ne sais où, et je n'ai jamais posé de questions. Tu m'as dit de ne rien te demander, et c'est ce que j'ai fait, n'est-ce pas ?

– Il se pourrait que j'aie de gros ennuis, dit Hoyt.

– Mais tu as dit que Benbow...

– Oui, mais Benbow pourrait aussi me laisser tomber. Et si je tombe, je ne veux pas t'entraîner dans ma chute. »

Nathan rit avec gêne. « Tu n'en fais pas un peu trop ?

– Non. » Hoyt s'accroupit face à Nathan, pose ses mains sur les genoux du jeune homme. « Tu as la possibilité d'être un grand écrivain. Je ne peux pas te laisser foutre en l'air ton avenir à cause de... »

Nathan l'empoigne par les épaules et l'embrasse violemment. « Je t'aime, Hoyt. Tu es tout pour moi. Tes problèmes sont aussi les miens. C'est comme ça et pas autrement. » Il se lève, ébouriffe les cheveux de Hoyt. « Nous ne faisons pas partie du monde, Hoyt. Si nous en faisions partie, nous serions en uniforme. » Il saute dans son pantalon. « Arrête de t'inquiéter. Il ne va rien nous arriver. Pas à nous. »

Et rien n'arrive. Signe que l'ami arménien de Benbow a appelé John F. Noble. Hoyt se remet à sortir seul le soir. Nathan trime sans joie à la librairie et c'est avec de moins en moins d'espoir qu'il empile les pages à côté de sa machine à écrire. Les jours passent, les semaines passent.

Puis quelque chose arrive. C'est un jour où Nathan doit travailler jusqu'à vingt et une heures, si bien qu'il a sa matinée de libre.

« Tu as déjà vu *La Chair et le Diable*[1] ? » demande Hoyt.

En maillot de bain, assis sur une serviette de plage toute déchirée en haut de la colline escarpée derrière chez eux, ils s'imprègnent de soleil. Ils mangent de la pastèque en laissant le jus couler sur leur poitrine, et en recrachant les graines. Peut-être que certaines graines prendront racine, que des plantes grimpantes pousseront ici, et que l'été prochain ils auront leurs propres melons.

Hoyt dit : « C'est un vieux film de Garbo.

– Je ne vais pas au cinéma pour regarder les femmes », dit Nathan.

Hoyt porte un chapeau de cow-boy renversé en arrière. Il regarde Nathan avec des yeux écarquillés. « Les femmes ? Garbo ? Garbo est un travesti. Tu ne sais rien de la vie, ou quoi ? »

Nathan rit. « Ce que je ne sais pas, tu me l'apprendras. De quoi parle ce film – machin chose à la diable ?

1. Film muet de Clarence Brown, 1927. *(N.d.T.)*

– *La Chair et le Diable*, dit Hoyt. Ça parle de John Gilbert et Lars Hanson. Deux jeunes gens splendides qui s'aiment depuis l'enfance. Garbo essaye de s'immiscer dans leur relation et de les séparer, mais leur amour est trop fort. Elle tombe et passe à travers la glace et se noie. Dans un manteau de vison.

– Je ne savais pas qu'ils faisaient ce genre de films, dit Nathan.

– Demande-moi n'importe quoi, j'ai réponse à tout », dit Hoyt.

Nathan se lève. « Peut-être le courrier est arrivé. » Il dégringole au bas du talus, fait le tour de la maison, enfonce la main dans la boîte aux lettres verte et rouillée fixée au revêtement en bardeaux verts. Hoyt et lui reçoivent peu de courrier. De temps à autre, Nathan a des nouvelles de Frank. Et de Dan Monroe, un ancien camarade de classe qui fait son service chez les garde-côtes à Astoria, dans l'Oregon, où il s'ennuie à mourir. Hoyt reçoit son chèque mensuel en provenance d'Amarillo. C'est à peu près tout. Mais aujourd'hui il y a une enveloppe dans la boîte. Nathan la saisit d'un mouvement brusque. Ça vient bien de Craven & Hyde à New York. La maison d'édition. Il l'attend depuis si longtemps qu'il se sent pris de vertige. L'ombre de l'arbre à caoutchouc refroidit sa sueur, et il frissonne. Il crie : « Hoyt », mais sa voix est inaudible. Il se met à courir vers Hoyt. « Hoyt. » Il bondit sur le talus, tombe sur le derrière, grimpe en se traînant sur ses mains et ses genoux, puis se dresse sur ses jambes tremblantes et, penché au-dessus de Hoyt, lui tend l'enveloppe. « Regarde. Ils m'ont enfin écrit, nom de Dieu. »

Hoyt louche à cause du soleil. « Qu'est-ce qu'ils disent ?

– Je ne sais pas. Nathan s'assoit à côté de lui. Je ne l'ai pas ouverte. J'ai trop peur. »

Hoyt considère l'enveloppe. « Pourquoi ? Ils ne t'ont pas renvoyé tes chapitres. L'enveloppe est trop petite.

– Effectivement. » Nathan hoche la tête.

Hoyt attend, le regarde. « Alors ? Ouvre-la.

– Je ne peux pas, dit Nathan. J'ai envie de vomir.

– Nathan, ce sont des bonnes nouvelles. Et puis zut, donne-moi ça. » Hoyt s'empare de l'enveloppe et la déchire, pendant que Nathan s'éloigne en rampant pour vomir.

« Allons donc, dit Hoyt. Arrête ça. » Il y a une pause pendant laquelle l'estomac de Nathan se soulève et libère dans les herbes sèches une aigreur rose et douce, et Hoyt lit, puis annonce : « Ils aiment ton texte. *Original, fourmillant de vivacité, drôle, sage et d'une écriture subtile. Si ces trois premiers chapitres tiennent leur promesse, nous serons fiers de publier votre livre.* Regarde. Un contrat d'option. »

À genoux, essuyant sa bouche sur un coin de la serviette, Nathan lève les yeux. « Un contrat ? » Il tend la main et attrape les pages. Ses yeux sont humides. Il les frotte. Il lit avec attention. « Hé ! Ils vont m'envoyer cinq cents dollars.

– Alors tu vois, dit Hoyt en s'autorisant un rare sourire, est-ce que je ne t'avais pas dit de ne pas t'inquiéter ? Tu es le meilleur. Je te l'avais dit. »

Nathan s'assoit, regarde fixement le contrat. Mais la réalité l'empêche d'être heureux. « C'est une victoire par défaut, Hoyt, dit-il. Tous les autres jeunes écrivains sont dans l'armée.

– Merde, dit Hoyt. Tu te sens encore coupable ? Tu veux y aller ? L'Arménien pourra peut-être t'arranger ça. »

Nathan secoue la tête. « Je veux rester avec toi. »

L'homme que tout le monde connaît sous le nom de James Hawker, mais qu'à Hollywood on appelle Gentleman Jim[1], attend tous les matins au coin de la rue devant le supermarché, que la même voiture s'arrête et le conduise, *via* Cahuenga Pass, au studio de cinéma pour lequel il écrit des scénarios en ce moment. Selon Angus MacKenzie, le conducteur de la voiture qui le ramasse est lui aussi un célèbre écrivain. Cependant il n'est pas aussi célèbre que Jim-le-Gentilhomme. Seul Hemingway est aussi célèbre que Gentleman Jim. Nathan est intimidé d'avoir Hawker pour voisin. Hawker habite à deux pas de leur appartement, vers le sud, dans un hôtel qui gravit la colline dans un zigzag de boîtes en stuc blanc. Nathan a vu le

1. Référence à *Gentleman Jim*, un film de Raoul Walsh sorti en 1942 à Hollywood, d'après la vie de James Corbett, premier champion du monde de boxe poids lourd. *(N.d.T.)*

petit homme au nez aquilin et aux cheveux gris sortir de l'hôtel, traverser la rue, et attendre qu'on vienne le chercher, vêtu d'un complet de cheviotte de mauvaise qualité. Bras croisés. Pipe entre les dents. Certains jours, en sortant de bonne heure pour aller acheter du lait, des céréales ou des cigarettes, Nathan l'a croisé là et s'est hâté de passer devant lui, penaud, les yeux baissés.

Hoyt : « Pourquoi tu ne lui parles pas ? Dis-lui que tu as lu ses livres. Dis-lui qu'ils t'ont plu. »

Nathan : « Qu'est-ce que ça peut bien lui faire ?

– Dis-lui que tu es écrivain, toi aussi. »

Nathan, d'un air sombre : « Je ne suis pas un écrivain. Pas encore. »

Mais ce matin, il en est un. En tout cas, un éditeur est prêt à parier de l'argent qu'il en est un. Hier au travail il était encore sous le choc et n'a eu aucun mal à garder la bonne nouvelle pour lui. Il avait l'intention de démissionner de la librairie, mais il ne pouvait pas encore tout à fait croire à sa chance, et il a décidé d'attendre que l'éditeur lui envoie le chèque. Cependant le soir venu il était dans un tel état d'excitation et de joie que c'était une bonne chose que les clients soient nombreux et que M. MacKenzie, entouré d'un halo de fumée de cigarette, soit occupé à son bureau. Sinon Nathan n'aurait pas pu tenir sa langue.

Après avoir baissé le rideau de l'immense porte d'entrée, éteint la lumière et fermé les verrous, il est rentré en courant à l'appartement. En arrivant, il était bien trop tendu pour pouvoir dormir. Et pour laisser Hoyt dormir. Il l'a réveillé sans arrêt pour qu'ils fassent l'amour. À présent Hoyt est dans les bras de Morphée, mais Nathan n'est pas fatigué. Diable, il ne s'est jamais senti aussi bien. Il sourit largement. Il rit tout haut dans la baignoire à pieds de griffon, il rit tout haut en se rasant. Debout dans la cuisine, auréolé d'une odeur de savon Ivory et de Barbasol[1], il décide qu'un vrai écrivain mérite un vrai petit déjeuner – et pas des flocons d'avoine.

Il rôde dans l'appartement à la recherche de monnaie au fond des fauteuils, récolte par terre des pièces de dix *cents*, de cinq *cents* et de vingt-cinq *cents* égarées. Avant de les compter, il souffle dessus pour enlever la poussière. Ce n'est pas assez. Il enfile son jean et farfouille dans les poches. Une pièce de dix *cents* et un penny. Il regarde dans son portefeuille. Rien. Et dans la chemise d'hier ? Un dollar oublié, peut-être ? Eh non. Il ramasse le jean de Hoyt. Deux pièces de cinq *cents*, trois pences. Le portefeuille de Hoyt ? Mais c'est la dernière semaine du mois. Le chèque envoyé par la famille de Hoyt n'arrivera pas avant la semaine prochaine. Le portefeuille de Hoyt est vide.

Tant pis. Il a presque assez. Sa dernière chemise propre n'a plus tous ses boutons, mais il s'en fiche. Chemise battant au vent, il court jusqu'au marché en face. Avec un air de chien battu, il dépose à la caisse du lard, des œufs, et de la confiture, saluant tristement une godiche aux dents chevalines du

1. Crème à raser. *(N.d.T.)*

nom d'Ethel. Il compte sa monnaie, tourmenté, un vrai petit orphelin mendiant dans les rues enneigées. Il lui manque douze *cents* – comme il l'avait prévu.

Ethel est touchée. « Ça n'a pas d'importance, Nathan mon chou. Tu me les donneras plus tard. » Elle décolle des timbres de sa carte de ravitaillement qu'elle laisse tomber au milieu des achats, et lui tend son sac. « Si tu m'écoutais et faisais un bout d'essai, tu serais riche. Tu es beau comme un dieu.

– Mais les nuits de la pleine lune, dit Nathan d'un air menaçant, il me pousse des crocs et des griffes, et j'attaque les jeunes filles.

– Je serai au rendez-vous, dit Ethel, et je t'attendrai. »

Nathan quitte gaiement le marché avec les ingrédients de son petit déjeuner de vrai écrivain, et tombe sur Gentleman Jim Hawker, qui attend qu'on vienne le chercher et le conduire à son travail. Nathan prend une profonde inspiration et dit : « Bonjour, monsieur Hawker. »

La peur se lit dans les yeux de Hawker. « Je ne crois pas vous connaître. » Sa voix est douce et il prononce les mots d'une façon lente et sucrée comme le sorgho. Il regarde la rue d'un air désespéré.

« Je m'appelle Nathan Reed. Nous sommes voisins. » Il montre du doigt. « J'habite juste là. »

Le regard de Hawker se pose sur la maison en bardeaux verts derrière le vieux platane, et il hoche la tête. « Je vous ai déjà vu. Enchanté. » Il tend sa main et Nathan la serre. La main de Hawker est petite, et son étreinte rapide et molle. Il retire sa main et sort sa pipe de sa bouche. Il penche la tête. Il n'a pas encore souri. Ses yeux sont toujours méfiants. « Vous souhaitiez me dire quelque chose ? »

Le visage de Nathan s'empourpre. « Simplement... simplement que j'admire vos livres. Je... je vous aperçois souvent et je voulais vous le dire depuis longtemps mais... » Il se tait.

Hawker cligne des yeux. « Oui ?

– Mais tout le monde doit vous dire ça. Je voulais attendre... attendre... » Une voiture klaxonne. La De Soto bleu marine qui ramasse Hawker tous les matins s'arrête le long du trottoir, devant une grosse boîte aux lettres verte de l'US Mail. Soulagé, Hawker répond : « Merci, monsieur ; bonne journée à vous », et commence à s'éloigner, tandis que le conducteur de la voiture se penche pour lui ouvrir la portière.

Nathan suit Hawker : « ... attendre d'être moi-même écrivain. »

Hawker hausse ses sourcils touffus. « Ce jour est-il arrivé ?

– Craven & Hyde viennent de prendre une option sur mon roman.

– Votre premier, je suppose ? » Hawker monte dans la voiture.

Nathan rit. « Je n'ai que vingt ans. »

Hawker hoche à nouveau la tête. « Félicitations. » Il claque la portière. « Je vous souhaite beaucoup de succès. » La voiture s'éloigne.

« Pourquoi crois-tu qu'il vive ici ? » Hoyt regarde Nathan en fronçant les sourcils. Il tient entre ses dents deux pinceaux fins à longs manches, et un troisième à la main. La pièce empeste la térébenthine et l'huile de lin. Il est en train de faire le portrait de Nathan. Il a acheté des rubans de satin rouge, jaune, vert. Comme il l'avait fait avec les cravates, il a noué les rubans – par groupes de trois, chacun d'une couleur différente – autour du cou, des bras et des jambes de Nathan, en faisant de gros nœuds lâches dont les extrémités traînent par terre. « Il doit se faire pas mal de fric. C'est une sommité.

– Selon Stanley Page il a de la famille à Savannah, dit Nathan. Une femme malade. Peut-être des enfants, je n'en suis pas sûr. D'autres parents. Il règle les factures de beaucoup de gens. Alors il dépense le moins possible et envoie le reste chez lui.

– Les familles, grogne Hoyt.

– La tienne est assez généreuse, dit Nathan.

– Tant que je reste loin d'eux. »

Il fait chaud ce dimanche et Nathan, bien qu'un peu embarrassé, ne regrette pas vraiment de ne rien porter d'autre que les rubans. Hoyt a enlevé tous ses vêtements à part un slip kangourou en loques. Mais voici un bruit de pas sourd dans les escaliers, et la voix de Benbow Harsch qui crie : « Maison des poètes, bonjour. » Nathan détale. Il n'y a aucune intimité ici ; une partie de la porte de la chambre est en verre. Sans tenir compte des rubans attachés à ses jambes, il réussit à enfiler son jean avant que la tête de Benbow surgisse du couloir. « Qu'est-ce qui se passe ?

– Attention travaux, dit Hoyt. Tu n'as pas vu le panneau ?

– Ni celui-là, ni “Peinture fraîche”. » Vêtu d'une gabardine de coton froissée, Benbow entre dans l'appartement. Des mèches de cheveux humides sont collées à son crâne en forme de dôme. Il scrute la toile posée sur le chevalet, et la montre du doigt. « Puis-je me permettre de suggérer un autre emplacement pour les rubans ?

– Tu veux gâcher le meilleur ? » Hoyt pose son pinceau et le dévisage. « Tu es malade ou quoi ?

– Les anges dissimulent leur visage – ce serait une manière de rendre hommage à la fragilité humaine. » Benbow s'assied. « J'étais en train de penser à ton talent, à ta pauvreté, et à l'infatigable perversité que tu déploies pour décourager les galeries d'exposer ton travail.

– Heureusement pour toi », dit Hoyt. Une remarque sybilline. Tout en se dépouillant des rubans qui ceignent ses bras et son cou, Nathan se demande ce qu'il a voulu dire. Hoyt trempe un gros pinceau dans la peinture et frotte un gris rose dans un coin supérieur de la toile, en demandant à Benbow : « Une bière ? »

Benbow hausse les sourcils. « Ah ! tu as repéré un connaisseur débauché, et tu es en fonds, dit-il. Il est rare que tu proposes autre chose que de l'eau.

– Nous passerons au champagne, dit Hoyt, quand les éditeurs enverront son chèque à Nathan.

– Les éditeurs ? » Benbow s'est emparé d'un livre et l'a ouvert. Arthur Waley. Traductions du chinois. Il le pose et relève la tête. « Expliquez-moi ça »

Enfin débarrassé des neuf rubans, Nathan entre dans la pièce. « Craven & Hyde ont pris une option sur mon roman. » Pieds nus, il s'élance avec agilité vers la cuisine, sort du réfrigérateur une grande bouteille couverte de goutelettes d'humidité, et cherche des yeux les verres. Ils sont tous sales. Il en rince trois dans l'évier, trois pots de confiture différents. Benbow arrive, s'adosse à l'encadrement de la porte, l'observe. Tout en essuyant les verres, Nathan remarque que le professeur de philosophie est renfrogné. « Quelque chose ne va pas ?

– Tu considères que cela va de soi, n'est-ce pas ? dit Benbow.

– Bon sang, c'est l'impression que je donne ? » Nathan pose un verre et en prend un autre. « Qu'est-ce que tu veux dire ?

– C'est un miracle qu'ils aient accepté ton livre, Nathan, ne le comprends-tu pas ? Tu es encore un enfant. La plupart des écrivains luttent pendant la moitié de leur vie pour être publiés. Et certains n'y parviennent jamais. Et pourtant tu n'es ni surpris, ni reconnaissant, ni humble.

– Je suis heureux. » Nathan raccroche le torchon. « Ça te suffit ? »

Benbow rit avec découragement et retourne dans le salon. « Que penses-tu des *Caves du Vatican ?* » demande-t-il à Hoyt.

« Gide n'y va pas de main morte avec l'ironie », dit Hoyt.

Benbow se rassoit. « Et l'*acte gratuit*[1] ? »

Nathan entre dans la pièce, pose la bouteille sur une table, donne un verre à Benbow, en tend un à Hoyt, mais Hoyt est en train de s'essuyer les mains sur un chiffon imbibé de térébenthine, et fait un geste de refus. Hoyt répond à Benbow :

« Il ne laisse jamais sa chance à l'*acte gratuit*. Le gosse pense que le type qu'il pousse hors du train est un parfait étranger, et qu'on ne pourra pas lui attribuer le meurtre qu'il a commis dans la mesure où il n'a pas de mobile – il a juste voulu faire une expérience. Mais il apparaît que la victime était en fait liée à presque tous les autres personnages du livre. Il est dans la merde jusqu'au cou.

– Tu n'as pas fini de le lire, dit Benbow.

– Comment tu le sais ?

– À cause de ce que tu viens de dire. » Benbow lève son verre et observe Nathan le remplir. « Gide n'est pas pressé. Au début Lafcadio réagit comme Raskolnikov, il ne veut pas toucher à l'argent, il éprouve du dégoût pour lui-même. Mais ensuite il se passe quelque chose de plus intéressant. La vieille pédale est plus rusée que tu ne le dis.

– Bon d'accord, je le lirai jusqu'au bout. Mais ce n'est pas un roman. » Hoyt prend le verre que Nathan lui tend, et Nathan le remplit de bière. « C'est une plaisanterie. »

1. En français dans le texte. *(N.d.T.)*

Nathan dit : « Tu as aimé le passage sur l'homme qui va à Rome pour sauver le Pape – l'idiot qui n'est jamais sorti de sa petite ville. Les punaises, le bordel, les faux prêtres ? Le passage que tu nous as lu à Steve Schaffer et à moi. »

Benbow se redresse. « Schaffer ?

– Le fils d'Eva, dit Hoyt. Il est venu à L.A. pour l'office funèbre. De l'autre côté des mers. Seulement l'armée a semé la pagaille. Alors il est arrivé trop tard. Il a passé l'après-midi ici avec nous. »

Nathan est alarmé et demande à Benbow : « Tu connaissais Eva Schaffer ? »

Benbow regarde Hoyt de travers. « Je croyais qu'elle était seule au monde. » Il a l'air bouleversé, même furieux, et il rit pour le cacher. « Ce n'était pas la sainte Vierge. C'était la Liberté guidant le peuple[1]. Impossible de l'imaginer avec des enfants. »

Hoyt est assis jambes croisées sur le tapis. « Sans doute une erreur de jeunesse. » Il allume une cigarette. « En tout cas, ce n'est plus un enfant.

– Après la mort de son père, c'est sa grand-mère qui l'a élevé. » Nathan s'assoit lui aussi par terre, se sert de la bière, et allume une cigarette. « Eva n'était presque jamais là. »

Benbow est agité. Il se lève, regarde l'arbre à caoutchouc en face des fenêtres ouvertes, et revient. « Pas de frères et sœurs ?

1. Célèbre tableau de Delacroix. *(N.d.T.)*

– Enfant unique, dit Nathan, comme moi. »

Hoyt dit : « Nathan est persuadé qu'il va se faire tuer. »

Benbow regarde Nathan en haussant les sourcils. « Et qu'est-ce qui motive cette prophétie sinistre, jeune Tirésias – l'espoir ou la peur ? »

Avant que Nathan puisse répondre, Hoyt dit : « La peur. »

Nathan boude. Lorsque ces deux-là sont ensemble, ils lui donnent toujours l'impression d'être stupide. La Liberté guidant le peuple ? Raskolnikov ? Tiresias ? Hoyt avait raison. Il devrait déménager.

« Que se passe-t-il, Nathan ? dit Benbow. Je croyais que tu étais heureux. On ne dirait pas, à te voir.

– Raconte-lui un limerick, dit Hoyt.

– Oh, excellente idée, dit Benbow.

– Benbow connaît des centaines de limericks, dit Hoyt.

– J'avais un ami comme ça, un professeur, dit amèrement Nathan. C'était l'homme le plus triste qui soit. Il s'est fait sauter la cervelle. J'ai découvert son corps. Je n'aime pas les limericks.

– Alors celui-ci sera pour Hoyt, dit Benbow. C'est à propos d'un peintre. “Pendant que Le Titien mélangeait de la teinture de garance, Son modèle grimpait à l'échelle. Sa position vis-à-vis du Titien était une invitation au coït, Si bien qu'il monta l'échelle et la prit”. »

Se souvenant de ce pauvre Stone mort dans le canyon par un petit matin pluvieux, Nathan baisse la tête, et fixe des yeux le plancher. Mais il sent le regard de Hoyt sur lui, et ne peut s'empêcher de le regarder lui aussi. Hoyt dit d'un air collet monté :

« Ce n'est pas ici que ça pourrait arriver, n'est-ce pas ? »

Et malgré lui Nathan entre dans son jeu. Il écarquille les yeux et prend un air désenchanté. « Tu veux dire que je ferais mieux d'abandonner tout espoir ? »

Benbow rit. « Pas avant d'avoir essayé le coup de l'échelle. »

Lorsque huit mois plus tôt, par un matin nuageux, Nathan réclama un boulot à la librairie T. Smollett, Angus MacKenzie le fit asseoir de l'autre côté de son bureau encombré, et lui demanda : « Avez-vous l'intention de faire votre carrière dans la librairie ?

– Eh bien non, pas vraiment », dit Nathan.

MacKenzie parcourut la lettre que Nathan lui avait apportée. « Votre précédent employeur dit que vous êtes doué pour ça.

– Je vais être écrivain, dit Nathan.

– Oh non, gémit MacKenzie, encore un.

– Mais il me faut un boulot jusqu'à ce qu'un éditeur prenne mon livre, dit Nathan. Et je travaille dur. Vous verrez. »

Et MacKenzie, après avoir proposé à Nathan le salaire le plus bas qu'il avait osé, s'en rendit compte en effet. Nathan avait fait plus de choses pour Frank et Alma qu'ils n'en attendaient de lui, nettoyant la maison et lavant le linge, et pour Joe Ridpath à la pépinière il avait agi de la même manière – aussi continua-t-il chez T. Smollett. À l'école, Donald Donald s'était moqué de sa « mentalité d'esclave ». Aussi affreux que cela puisse paraître, c'était peut-être vrai. Le temps se traînait misérablement lorsqu'il n'était pas occupé. Si bien que chez T. Smollett, il n'attendit pas qu'on lui donne des instructions. Un magasin de livres d'occasion attirait poussière et désordre. Il avait rangé et trié les milliers de titres sur les étagères, peint les toilettes douteuses, remplacé les ampoules grillées, estampillé de nouvelles étiquettes sur les étagères, et chaque semaine il changeait le décor de la vitrine.

Plus important, il avait un truc. Dès l'instant où il avait eu un livre entre les mains, il se souvenait du titre, de l'auteur, et de l'endroit exact où il ramassait la poussière sur les étagères. Pour les nouveaux livres, il connaissait aussi l'éditeur et le prix. C'était un don. Il était né avec plusieurs talents inutiles – comme par exemple celui de jouer de n'importe quel instrument. Il tenait ça de son père. Quant à ce don avec les livres, qui sait à qui il le devait ? Peut-être à sa mère, qui n'oubliait jamais une carte astrologique ni aucun de ses aspects planétaires. Angus MacKenzie s'émerveillait du don de Nathan – et M. Constance faisait circuler l'histoire. Mais MacKenzie prenait garde de ne pas faire l'éloge du jeune homme devant lui, de peur que Nathan ne lui réclame une augmentation.

Aujourd'hui lundi, après avoir balayé le sol de la boutique et le trottoir, déballé les nouveaux titres dans l'arrière-boutique, et empaqueté les livres pour les expédier aux clients, Nathan se lave les mains, déroule ses manches de chemise, boutonne son col, arrange sa cravate, enfile sa veste, et s'approche d'Angus MacKenzie qui est penché au-dessus des bons de commande et des catalogues de maisons d'édition qui jonchent son bureau.

« Excusez-moi, dit Nathan, pourrais-je vous montrer quelque chose ? »

MacKenzie se redresse et le regarde en clignant des paupières à travers la fumée. Une cigarette se consume au coin de sa bouche. Il aperçoit la lettre que lui tend Nathan. Le patron de la boutique la prend, la déplie, faisant tomber un chèque qui volette à terre. Nathan le ramasse et le lui donne. Il l'examine, et relève brusquement la tête. « Cinq cents dollars ?

– Lisez la lettre », dit Nathan.

À nouveau MacKenzie regarde le chèque de près, puis il lit la lettre. Ce n'est pas une longue lettre. Elle n'est pas aussi chaleureuse que celle que Nathan a reçue après avoir envoyé ses remerciements à l'éditeur, avec les contrats signés. Cette lettre-ci a été écrite par un comptable. Très guindée. Mais elle énonce les faits essentiels aussi clairement que nécessaire.

« Eh bien. » Écrasant sa cigarette dans un cendrier surchargé, MacKenzie se lève, sourit et tend la main. « Félicitations, Nathan.

– Vous pensiez que je rêvais, dit Nathan. Vous ne m'en croyiez pas capable.

– Je pensais que ça prendrait plus de temps », dit MacKenzie.

Nathan sourit. « J'étais pressé. De partir d'ici. »

Le visage de MacKenzie s'allonge. « Vous ne pouvez pas.

– Je ne pouvais pas. Il fallait que je mange. » Nathan s'empare de la lettre et du chèque. « Mais maintenant je peux. Et je ne vais pas me gêner.

– Ces cinq cents dollars ne vont pas durer éternellement.

– Ce ne sera pas nécessaire. Quelques mois suffiront.

– Nathan, ne me faites pas ça. » MacKenzie a l'air accablé. « Comment pourrais-je vous remplacer ? Vous savez que j'essaye depuis longtemps de trouver un commis.

– Vous n'avez pas vraiment cherché, dit Nathan. Pas pendant que vous m'aviez. Deux boulots au prix d'un.

– Nathan, tout le monde est en uniforme. Soyez juste.

– Vous croyez que dix-huit dollars par semaine étaient un juste salaire ?

– Je vous donnerai vingt-cinq dollars, dit MacKenzie. À dater d'aujourd'hui. Ça prend effet ce matin à neuf heures.

– Je suis désolé. » Nathan secoue la tête. Il a une mine d'autant plus grave qu'il lutte pour ne pas rire. « Mais je n'ai pas le temps. Le livre n'est pas terminé. Il faut que je l'écrive. » C'est à lui maintenant de tendre sa main. MacKenzie la serre, et on dirait qu'il va se mettre à pleurer. Nathan dit : « Au revoir, monsieur MacKenzie » et, fourrant chèque et lettre dans sa veste, il se dirige avec nonchalance vers la porte d'entrée illuminée par le soleil.

Il est midi, et voici M. Constance qui vient travailler. « Vous partez déjeuner ? dit-il.

– Je ne reviendrai pas, dit Nathan. J'ai vendu mon livre.

– Vraiment ? » Constance est sacrément surpris, et pas ravi du tout. « À qui ? Ils savent que vous n'avez que vingt ans ?

– À Craven & Hyde. Qu'est-ce que ça peut leur faire ?

– Vous êtes inconscient, dit Constance. Les gens de vingt ans n'écrivent pas des romans.

– Ah bon ? dit Nathan. Et qu'écrivent-ils ?

– Des grossièretés dans les toilettes », dit Constance.

Ces temps-ci Reggie Poole remue la salade et fait le serveur pour Drossie, une femme minuscule qui ressemble à Polichinelle, et que Reggie a rencontrée il y a longtemps à New York, où elle a tenu plusieurs cafés, notamment à Greenwich Village. Lors de son arrivée récente à Los Angeles, Reggie a organisé une fête de bienvenue. Même si Drossie n'a qu'un filet de voix, et si certains fêtards parlaient très fort, Nathan a tout de même réussi à comprendre qu'à une époque elle nourrissait pas mal d'artistes, écrivains et acteurs – souvent à crédit. Ne pouvant payer ses factures, elle était obligée de déménager sans cesse. À présent elle possède un sous-sol à L.A., et Reggie rapporte ses pourboires en pièces de monnaie dont il remplit des bocaux en verre dans sa cuisine. Son travail fini, il lui arrive aussi à l'occasion de ramener chez lui un jeune et beau client. Hoyt et Nathan le savent, bien qu'ils les croisent rarement. Ils entendent parfois deux paires de pieds grimper les escaliers tard le soir. Et le matin il arrive que des voix inconnues glapissent lorsqu'ils essayent d'utiliser les toilettes.

Mais aujourd'hui, lorsque Nathan rentre à la maison après avoir déposé le chèque de l'éditeur – c'est la première fois de sa vie qu'il met de l'argent à la banque – la porte de Reggie est ouverte, et Reggie l'appelle. Depuis que la maison d'édition a signé un contrat à Nathan, Reggie le traite avec plus d'égards. Nathan entre et ne voit personne. Puis la tête de Reggie surgit de la chambre. Il sourit jusqu'aux oreilles. « Nathan, viens que je te présente quelqu'un », dit-il.

Le quelqu'un en question est un jeune homme musclé que Reggie a habillé de son vêtement favori, un immense kimono noir, et fourré dans son lit. Le jeune homme a des cheveux blonds et bouclés, des yeux bleus, de longs cils, de grandes oreilles, et un gros rhume. Il empeste le menthol, et le lit est jonché de Kleenex froissés. Son nez coule, il a une toux affreuse, mais il tend la main à Nathan avec un sourire. Un sourire énorme. Qui fait presque l'effet d'un coup de poing. Ses grosses dents sont bien droites et resplendissantes. Et il a des fossettes. Le lit de Reggie appartenait sûrement à une reine jadis, ou au minimum à une comtesse, toujours est-il qu'il occupe toute la pièce et qu'il n'y a pas de place pour s'asseoir, comme Nathan le souhaiterait. Plus chanceux, Hoyt s'appuie au pied du lit, et Nathan remarque qu'il s'y agrippe pour ne pas tomber. Il est manifestement aussi abasourdi que Nathan par ce malade improbable.

« Mike Voynich, dit Reggie. Nathan Reed. »

Voynich dit d'une voix rauque : « Comment allez-vous ?

– Enchanté », dit Nathan.

Mais cinq minutes plus tard, parce qu'il est bourré d'aspirine et de sirop à l'éther pour la toux, Voynich a besoin de dormir, et Reggie rejoint Hoyt et Nathan dans leur cuisine, et tous trois boivent du café, en mangeant des biscuits secs et du beurre de cacahuète. Les yeux de Reggie pétillent.

« À qui vous fait-il penser ?

– Aux anges qui sont apparus devant Loth à Sodome ? dit Hoyt.

– Qu'as-tu fait de tes facultés d'observation ? dit Reggie avec indignation. Réfléchissez. Il est dans l'Aviation en ce moment. Pas sur les écrans. »

Hoyt prend un air ahuri. Il aime taquiner Reggie.

« Clark Gable, dit Reggie. Ces fossettes, ces oreilles, ce sourire. Même sa voix.

– Comment peux-tu le savoir avec le rhume qu'il a ?

– Il n'était pas enrhumé quand on s'est rencontrés, dit Reggie. Je l'ai vu entrer dans le restaurant, et je me suis dit : "Mon Dieu, voici la prochaine grande star." C'est un miracle qu'il reste à Drossie encore un peu de faïence. Mes mains tremblaient tellement que j'ai tout laissé tomber.

– Et voilà ce que tu as ramassé », dit Hoyt.

Les narines de Reggie frémissent. Il s'assied tout droit sur sa chaise et prend une pose altière. « Je n'ai rien à faire de tes insinuations. Il est seul au monde. Sa famille vit à Pittsburgh. Il est malade. Il a besoin de soins. Quelqu'un doit l'aider à recouvrer la santé.

– Comment peut-on attraper un rhume par un temps pareil ?

– En se faisant arroser par des tuyaux de pompe à incendie de studio, dit Reggie. En ce moment à la Warner ils tournent *Le blé est vert*[1]. Les gars du village gallois attendent John Dall qui doit rentrer d'Oxford après ses examens d'entrée. Il attendent sous la pluie. Ils n'ont pas arrêté de refilmer la scène, dès six heures du matin. On peut se demander comment il n'a pas attrapé une double pneumonie. »

Nathan dit : « Reggie, est-ce qu'il n'est pas un peu petit ?

– Qu'est-ce que tu racontes ? Alan Ladd est pratiquement nain.

– Oui, mais son couple est bien assorti, dit Nathan. Voynich n'a pas de Veronika Lake.

1. Film de Irving Rapper, 1945. *(N.d.T.)*

– S'il travaille dans le cinéma, dit Hoyt, c'est qu'il a un agent. Pourquoi son agent n'en a pas déjà fait une star ? »

Reggie lève les yeux au ciel, prend une profonde inspiration, et explique patiemment, comme on le ferait à un enfant. « Il a besoin de leçons particulières. Il vient de la classe ouvrière. Les aciéries. Il n'a aucune éducation. Il ne sait même pas tenir une fourchette. Sa diction est effroyable. Sa grammaire est tout simplement inexistante.

– Et tu vas rectifier tout ça ? » dit Hoyt.

Nathan cite Leslie Howard dans le rôle du professeur Higgins[1]. « "Je ferai une duchesse de cette souillon".

– Pourquoi pas ? » dit Reggie avec un regard furibond.

Plus tard dans l'après-midi, alors qu'ils sont nus dans leur lit, n'ayant pu imaginer manière plus agréable de profiter de la nouvelle liberté de Nathan, les airs insolents du *Façade* de William Walton dérivent jusqu'à eux dans l'air tiède. Ils accompagnent la déclamation élégante et saccadée des vers amphigouriques d'Edith Sitwell. « Lorsque Don. Pas. Quito arriva au bord de la mer, où chevauchaient des dames couleur vanille... » C'est le disque préféré de Reggie.

1. Référence au film *Pygmalion* de A. Asquith (1938), d'après une pièce de George Bernard Shaw, dont s'inspira également George Cukor pour réaliser en 1964 son film *My Fair Lady. (N.d.T.)*

« Regarde-moi danser la polka / A dit M. Waggs – tel un ours... » Mais c'est un disque retors. « Dans une chambre du palais / la noire Mme Behemoth / céda à la colère / et à la malice la plus impétueuse... » Bien qu'il l'ait souvent entendu, Nathan ne comprend toujours pas tout, et en son for intérieur il parie que Reggie n'est pas plus avancé que lui.

Dans l'ombre du feuillage, Nathan pose sa tête sur le ventre plat et chauffé par le soleil de Hoyt, et rit. « J'aimerais bien voir la tête de ce pauvre niais en ce moment.

– Il lui faudrait *La petite poule rouge*, et Reggie lui fait écouter *Façade*. Ça va l'endormir plus vite que... » Le corps efflanqué de Hoyt sursaute brusquement. « Hé, qu'est-ce que tu fais ? » Il s'agrippe aux cheveux de Nathan, retient son souffle. « Bon sang. Tu es fou ? Non, non – ne t'arrête surtout pas. »

Une lettre de Frank :

Ta mère et moi nous sommes fiers de ton succès. Nous sommes d'autant plus fiers que tu as continué à écrire sans te laisser décourager par le mauvais coup que t'ont fait tes drôles d'amis dans ce petit théâtre. Tu te souviens sans doute que je n'ai jamais eu une haute opinion d'eux. J'avais essayé de te mettre en garde.

Tu sais à quel point j'adore les boulots stables, aussi je serai le dernier à te reprocher d'avoir quitté cette librairie. Le salaire était honteux. Il faut que tu cesses de permettre aux gens de t'exploiter financiè-

rement. Joe Ridpath a fait la même chose. Tu es jeune, mais tu travailles dur, tu l'as toujours fait. Tu dois faire en sorte que les gens te payent en conséquence.

Mais peut-être as-tu définitivement renoncé à travailler au service de quelqu'un à présent. Je l'espère. J'espère que les éditeurs aimeront ton livre lorsqu'il sera terminé et que le pays entier l'achètera et le lira (sauf ta mère, bien sûr), et que tu n'auras plus jamais à te soucier d'argent. Non pas que je m'en sois moi-même soucié autant que je l'aurais dû. J'en ai conscience, et je le regrette. J'aurais dû faire mieux, pour ta mère et toi. En tout cas, fais durer ces cinq cents dollars aussi longtemps que possible. Renonce aux blondes et aux belles voitures.

Il semble que de plus en plus de femmes sottes veulent qu'on leur dise la bonne aventure, si bien que ta mère peut mettre de l'argent de côté pour l'hiver, en prévision de cette période où la tribune de l'orgue de St. Barnabas se fait glaciale et où ma jambe malade se bloque et m'interdit de me servir des pédales des basses. Alors je dois déterrer la vieille canne, qui peut se révéler traîtresse sur les trottoirs gelés. Toujours est-il que Minneapolis est cent fois mieux que la Californie, et je ne peux pas m'empêcher d'espérer que tu t'en lasseras et que tu finiras par rentrer à la maison.

Ta mère a peur que tu ne manges pas assez bien, et elle me dit de te dire de t'habiller chaudement au lit. Je suis d'accord. Mets des pulls et des chaussettes. Tu sais bien que tu attrapes froid facilement, et qu'ensuite ça peut mal tourner ! Je fais encore des cauchemars de cette fois où tu es rentré si malade de ta randonnée dans le canyon avec Stone. Dans mes rêves, tu meurs toujours. Et c'est vrai que tu n'es pas passé loin. Alors s'il te plaît, prends soin de toi. Et encore toutes nos félicitations. J'espère que ta bonne fortune durera éternellement. Ta tante Marie t'embrasse. Elle est assez faible ces temps-ci, mais elle refuse toujours que quelqu'un fasse la vaisselle à sa place.

Ils sont assis dans un bar qui s'appelle le Cercle. Il est tard. Ils ont bu de grands verres de whisky, fumé des cigarettes, et écouté chanter Herb Jeffries et Ivie Anderson. Jeffries est un grand Noir à la voix pleine, beau comme un dieu. Petit et espiègle, Anderson peut vous briser le cœur sans effort. Avec Frank, Nathan avait vu leur spectacle deux ans plus tôt dans l'un de ces vastes théâtres croulants sur Broadway, dans le centre de L.A. Aujourd'hui les deux chanteurs finissent par *La fille à la peau mate en robe de calicot*, avant de quitter la petite estrade. Les musiciens continuent de jouer – piano, basse, batterie. Hoyt se laisse glisser au bas de son tabouret, se faufile à travers l'obscurité enfumée, les rires et le tintement des glaçons, pour prendre des cigarettes au distributeur du fond. Il se rassoit sur le tabouret, défait le paquet. « Quel est le problème avec la jambe de ton père ? » Il tapote le paquet sur le revers de sa main, les cigarettes sortent et il tend le paquet à Nathan.

« Il s'est fait tirer dessus. » Nathan prend une cigarette. « Tu te souviens de l'ami dont j'ai parlé l'autre jour, Stone, ce professeur qui s'est suicidé ? » Il incline la tête vers l'allumette de Hoyt. « Il a tiré sur Frank – c'était un accident. Mais le problème, c'est que Stone a cru qu'il l'avait tué. »

Hoyt allume sa propre cigarette, secoue l'allumette. « Et c'est pour ça qu'il s'est suicidé ?

– En partie. » Nathan raconte la longue histoire, et à nouveau il se sent triste, et furieux de ne pas avoir pu prévenir Stone à temps que Frank allait s'en sortir. Au fond de son verre il ne reste qu'une goutte d'eau tiède. Il le repousse de la main. « Allons-y. »

Il est une heure du matin sur le boulevard désert, et Hoyt dit : « J'irais bien chez Moon.

– C'est fermé maintenant. » Nathan remonte le col de sa veste et se dirige vers Highland Avenue, en faisant face au vent, les mains dans les poches. « Moon est morte. Elle n'était pas vieille, mais elle buvait beaucoup. La dernière fois que je suis passé devant avec le camion de Joe Ridpath, les chaises étaient retournées sur les tables. Les fenêtres étaient sales. Il y avait un panneau À vendre. »

Ils continuent à avancer péniblement, en silence. Puis Hoyt dit : « Même si elle était vivante et si c'était encore ouvert, ce serait fermé. Ce genre d'endroits, c'est comme ça. On ne peut pas y retourner. »

Nathan lui lance un sourire ironique. « Je ne t'ai jamais entendu parler avec autant de profondeur.

– *In vino veritas* », dit Hoyt.

Nathan s'arrête devant un panneau posé sur le trottoir, à l'entrée d'un bar en étage appelé le Montmartre. « Regarde. » Il y a la photo d'un Noir grisonnant au visage doux, vêtu d'un smoking, une clarinette à la main. « Jimmy Noone. »

« Tu connais beaucoup de musiciens obscurs, dit Hoyt.

– Une fois que tu l'auras entendu, dit Nathan en se remettant à marcher, il continuera à jouer dans ta tête pour toujours. Sa musique a quelque chose de très pur. C'est la vérité même. Rien de superflu. »

Ils tournent dans Highland Avenue et Hoyt dit : « Et si je refuse d'aller l'écouter ?

– J'essaye d'élargir ton horizon culturel, dit Nathan. Tu m'as donné Stendhal, je te donne le jazz. Demain Jimmy Noone, ensuite Jack Teagarden et Ray Bauduc au Suzie-Q.

– Les Texans ont tendance à être un peu mal à l'aise avec les Noirs.

– Teagarden est un Indien de l'Oklahoma, Bauduc est un Français originaire de La Nouvelle-Orléans. Il faut que tu entendes chanter Teagarden. Il ne sait pas chanter. Et c'est parfait. Allez, Hoyt, garde l'esprit ouvert.

– Fais-moi plaisir, dit Hoyt. Ne t'achète pas un cor. »

« Si je ne t'admirais pas autant, dit Rick Ames, et si je ne te plaçais pas au-dessus du commun des mortels, je serais en colère contre toi.

– Pourquoi donc ? », dit Nathan.

Ils se sont croisés au marché, comme d'habitude. Ames, vêtu de son tricot flottant, de son pantalon en velours flottant, et de chaussures de tennis crasseuses, est chargé des habituels sacs à provisions qui tintent lorsqu'on les agite. Nathan porte la chemise à laquelle il manque des boutons, et Ames ne peut pas s'empêcher de regarder fixement son torse avec ses yeux bleus larmoyants. En amadouant le boucher coriace, Nathan a obtenu des biftecks et du poulet. Et maintenant, sourcils froncés, il est au rayon des fruits et légumes. Après Pearl Harbor, le gouvernement a interné tous les cultivateurs japonais dans des camps, si bien qu'il ne reste plus personne pour faire pousser des légumes en Californie. Les casiers en zinc du marché ne contiennent rien d'autre que du sable et des feuilles flétries.

Ames dit : « Tu m'avais promis que tu me préviendrais quand tu aurais vendu ton livre. Mais si je n'étais pas passé hier chez T. Smollett, je ne serais toujours pas au courant. »

Nathan s'empare d'une malheureuse branche de céleri. « Ça ne m'inspire pas beaucoup.

– Qu'est-ce que tu comptes faire à manger ? »

Nathan le lui explique.

« Achète du riz et fais-le cuire dans du bouillon de poulet, en ajoutant de la ciboulette hachée. Avec le biftek, fais réchauffer des cœurs d'artichaut avec du beurre fondu. Délicieux. »

Après avoir payé leurs achats et quitté la caisse, Nathan commence à s'éloigner quand soudain

Ames lui dit : « Attends-moi, s'il te plaît », en faisant une embardée vers le rayon des alcools. Nathan l'attend dehors. Ames le rejoint au soleil et dit : « Craven & Hyde est une bonne petite maison. Le roman de Rosamond Lehman qu'ils ont publié a très bien marché. Des semaines sur les listes de meilleures ventes. Ils doivent avoir plein d'argent pour te payer.

– Ils en gardent la plus grande partie », dit Nathan.

« Regarde », dit Ames en exhibant une bouteille. Nathan lit l'étiquette. C'est du champagne. « Nous allons célébrer cette excellente nouvelle.

– Maintenant ? dit Nathan.

– Pourquoi pas ? » Ames lance un regard de l'autre côté de la rue. « Va chercher ton ami. Je t'attends. Nous irons chez moi à pied tous ensemble. Il y a un temps fou que je voulais vous inviter. »

Hoyt n'est pas à la maison. L'autre matin, alors qu'il fourrageait dans une solderie de la Selma Street à la recherche d'un grand miroir, Nathan lança un coup d'œil à travers la vitrine et eut la surprise d'apercevoir Hoyt qui sortait d'un bureau en face, les bras chargés de piles d'enveloppes retenues par des élastiques. Sur la porte qu'il venait de fermer derrière lui, Nathan lut COMITÉ PROGRESSISTE DE HOLLYWOOD POUR LES ARTS. Il baissa instinctivement la tête derrière un comptoir de bijoux ternis. Il ne fallait pas que Hoyt s'imagine qu'il était en train de le suivre.

Après cela il se sentit trop troublé pour continuer à chercher le miroir. Il ne pouvait pas s'empêcher d'imaginer que John F. Noble était tapi tout près, peut-être même dans ce magasin aux odeurs de naphtaline, en train de le surveiller cadré derrière les portemanteaux chargés de vieilles robes usagées et autres costumes en tweed fatigués – et il rentra à la maison. Mais Hoyt a manifestement oublié Noble, et en ce moment même il est peut-être de nouveau en train de remplir des enveloppes pour le compte des progressistes. Nathan range le poulet et les biftecks dans la glacière, entre dans l'atelier, s'empare des pages qu'il a écrites la veille, fronce les sourcils, se penche, commence à biffer des mots au crayon. Il meurt d'envie de s'asseoir devant sa machine à écrire, sachant que s'il le fait, il oubliera Rick Ames en l'espace de quelques minutes. Alors il retourne une page, griffonne au dos un pense-bête à propos du chapeau d'Alma, et sort à contrecœur.

Au nord de Franklin, la grosse maison surgit de derrière un araucaria haut et touffu, une grande et vieille demeure en stuc avec des fenêtres en saillie, de profondes vérandas, une porte cochère. Alentour se dressent une demi-douzaine de maisons de taille identique, d'imposantes demeures de jadis, probablement construites grâce à l'argent du cinéma, transformées aujourd'hui en maisons de rapport. Avec résolution, Ames grimpe en haletant des marches de ciment lézardé, guide Nathan vers la véranda en façade et jusqu'en haut d'une nouvelle volée d'escaliers en ciment. Il fait frais à l'ombre de la véranda. Une grosse porte est ouverte sur un vestibule béant et obscur dans lequel s'élève une cage d'escalier sculptée. Un étroit corridor court à gauche de l'escalier, le long de portes fermées dont les numéros sont inscrits sur des plaques en métal.

Ames pose ses sacs à provision contre un mur tendu de papier peint et déverrouille à tâtons une porte avec le chiffre 2 recouverte d'un vernis blanc écaillé. Pendant ces opérations, Nathan entend un craquement dans son dos, et lance un regard derrière lui. De l'autre côté du couloir un œil apparaît dans l'entrebâillement de portes coulissantes. « Tu ne vas pas me croire, dit une voix de femme. Il en a déjà ramené un autre. » Et les portes se referment.

« Ne fais pas attention », dit Ames en ouvrant sa porte et en ramassant les sacs. « On m'espionne à longueur de journée. » Il entre, attend que Nathan fasse de même et ferme la porte avec fracas. C'est une pièce ensoleillée en forme de L, pleine de livres, et lorsque Nathan arrive dans la partie principale, une autre surprise l'attend. Du fond d'un lit froissé, un jeune homme nu le dévisage. Nathan s'arrête. Ames se cogne à lui, dit « Oups ! », puis glapit : « Tu m'avais promis de partir avant mon retour.

– Ouais, désolé. Je me suis endormi. » Le jeune homme sort du lit et commence à s'habiller, saisissant des sous-vêtements et des chaussettes de l'armée. Son uniforme est posé sur une chaise. « Je m'en vais. Je m'en vais. » Il est trapu, sa peau pâle est couverte de poils, et ça ne lui ferait pas de mal de se raser. Ses yeux sont injectés de sang, et ses mains tremblent tandis qu'il enfile ses vêtements. « Merde, t'as quelque chose à boire ? Je suis mal en point. » Assis au bord du lit, il prend sa tête dans ses mains. « Putain, quelle gueule de bois. »

Ames regarde Nathan. « Je ne sais pas comment m'excuser de cet incident. Je ne sais pas quoi dire. »

Nathan se dirige vers la porte. « Je reviendrai une autre fois.

– Non, attends s'il te plaît. » Ames se penche et farfouille dans ses sacs à l'aveuglette. « Ne t'en va pas. On n'a pas fêté ton livre, et le champagne... »

Soudain on frappe à la porte à grands coups. Nathan fait un bond en arrière. De l'autre côté de la porte, une voix hurle : « Ouvrez. Police militaire. Le soldat Ernest Delmar est chez vous ? »

Ames pose un doigt sur ses lèvres. Ses yeux bleus et troubles supplient Nathan de garder le silence. Tout en rentrant les pans de sa chemise dans son pantalon, le jeune homme du lit s'approche, et regarde fixement la porte par-dessus l'épaule de Ames. Il a l'air terrifié – et pris au piège.

« On sait que t'es là, Delmar. Ouvre la porte. L'armée veut te récupérer. C'est pas drôle quand t'es pas là. »

Ames pousse le jeune homme vers une large fenêtre ensoleillée, et crie en direction de la porte : « Il n'est pas là. Il était là, mais il est parti. »

Le jeune homme se démène pour lever le cadre de la fenêtre. Qui est coincé. Il frappe le chambranle du tranchant de la main. La fenêtre ne cède pas. Gagné par la panique, il frappe le chambranle de ses deux mains, et l'une d'elles traverse la vitre. Grêle de verre brisé. Le soldat regarde d'un air hébété le sang qui gicle de son avant-bras, avant de s'effondrer sur le sol. Comme mort.

« Oh, mon Dieu. » Ames plaque ses deux mains sur sa bouche.

Nathan tourne le bec-de-cane et ouvre la porte. Deux hommes jeunes et rasés de près apparaissent, vêtus d'uniformes et coiffés de casques, chargés de fusils, gourdins, menottes. « Vous feriez mieux d'entrer, dit Nathan. Il s'est blessé. » Tandis qu'ils passent devant lui d'un pas lourd, Nathan aperçoit, sur le seuil de la porte en face, une femme d'âge mûr, immense et outrageusement fardée, dans une robe hawaïenne fleurie, accompagnée d'une très belle jeune femme blonde, grande elle aussi – une vraie Sybille de Michel Ange. Pieds nus. Ames se précipite vers Nathan et claque la porte.

« C'est elle qui les a appelés. » Il s'adosse au mur, pantelant. « Vieille sorcière cupide et malfaisante. Elle ferait n'importe quoi pour me chasser d'ici. Pour pouvoir subdiviser cette pièce magnifique et la louer à un quelconque détenu recherché par la police. Elle l'a fait pour les autres appartements de la maison. Tu sais qu'elle perçoit des loyers pour des pièces pas plus grandes que des placards ! Certaines n'ont même pas de fenêtre, ce qui est illégal, bien sûr. Comme nous sommes les plus anciens locataires – c'est-à-dire que nous sommes là depuis des années et des années – je me suis toujours refusé à penser que nous courrions un risque. Jusqu'à aujourd'hui. Nous étions amis. Nous avions un accord. Mais maintenant je me rends compte qu'elle est prête à n'importe quelle bassesse.

– Excusez-moi, Monsieur », crie l'un des MP. Ils sont tous les deux agenouillés au chevet de Delmar, qui n'a toujours pas bougé ni ouvert les yeux. Après avoir déchiré la manche de sa chemise, ils ont fabriqué une sorte de garrot avec un lambeau de tissu et un gourdin, et l'ont fixé sur le bras dont l'artère a été tailladée. Celui qui a parlé se lève. « On va avoir besoin d'une ambulance ici. Où est votre téléphone ? »

« Il se trompe, dit le MP. Elle ne nous a pas appelés. Personne ne nous a appelés. » Nathan et lui sont en haut des marches qui plongent vers le trottoir. Ils attendent l'ambulance. L'autre MP est à l'intérieur avec Delmar qui n'a toujours pas repris connaissance. Quant à Ames, lorsqu'ils sont sortis, il était en train de traîner ses sacs à provisions dans le vestibule, pressé de mettre ses achats au réfrigérateur. « On contrôle les bars. C'est la routine. On montre des photos aux tenanciers. Aujourd'hui on a eu de la veine. Un bar de tapettes appelé le Slim Gaylord's, sur le Boulevard. Ils connaissent Ames là-bas. Ils ont vu Delmar partir avec lui hier soir.

– Et vous avez trouvé Ames dans l'annuaire ? » dit Nathan.

La bouche du MP se crispe en un bref sourire. Ses dents sont petites et usées. « C'est pas grand-chose. » Il observe Nathan avec curiosité. « Comment ça se fait que vous connaissiez Ames ?

– C'est un écrivain, dit Nathan, et je suis écrivain.

– C'est tout ? dit le MP.

– Comme on est voisins, on se rencontre parfois au marché. Aujourd'hui, il a appris que je venais de trouver un éditeur pour le roman que j'écris en ce moment. Il a acheté une bouteille de champagne et m'a proposé de venir fêter cette bonne nouvelle chez lui.

– C'est un pervers, dit le MP. Il faut ouvrir l'œil. La ville grouille de pervers.

– Ils se déplacent debout, dit Nathan, comme vous et moi.

– C'est justement pour ça qu'il faut faire gaffe, dit le MP. Montrez-moi votre livret militaire. »

Nathan l'extrait de sa poche et le lui tend.

Le MP le lui rend. « Qu'est-ce qui cloche chez vous ?

– Les poumons », dit Nathan en rangeant le livret.

Le MP dit : « Ça veut dire quoi, un roman ?

– Un livre, dit Nathan, une histoire. »

Le MP fronce les sourcils. « Une histoire sur quoi ?

– Mon père, ma mère et moi quand j'étais enfant.

– Ah ouais ? Et ils vous paient pour ça ? »

Nathan hausse les épaules. « C'est ce qu'ils disent.

– Merde. » Le MP hoche la tête. « J'veux dire, tout le monde a été gosse, tout le monde a eu un père et une mère. J'veux dire, je pige pas. Pourquoi ils voudraient publier ça ? Qui voudrait lire un livre comme ça ? »

Nathan ne trouve rien à répondre, mais il n'a pas besoin de se creuser la tête car l'ambulance arrive, et le MP descend dans la rue pour lui faire signe.

« Bien entendu ce fut une vive émotion, dit Rick Ames, de recevoir une lettre de Whit Burnett, une lettre qui non seulement faisait l'éloge de mon travail, mais m'annonçait que le magazine *Story* allait le publier. » Il est affalé dans une bergère, un élégant verre de champagne dans sa patte, et cligne des yeux à cause d'un rayon de soleil oblique qui traverse la vitre brisée. Posée sur une table près de lui, la bouteille de champagne d'un vert étincelant est vide. « Mais bien sûr ce n'était rien à côté de mon excitation le jour où le magazine est arrivé dans les kiosques, avec mon nom sur la couverture. »

Le vin a renforcé son accent. Nathan n'arrive pas à situer cet accent. Le vrai nom de Richard Sheridan Ames est Emil Bilharz, il est originaire de l'Iowa, d'une lignée de robustes immigrants allemands. Ses deux prénoms sont un hommage à l'auteur de théâtre irlandais, et son nom de famille fait référence à la ville où il a été à la faculté. Cet après-midi il a beaucoup parlé de lui à Nathan, sans pourtant mentionner qu'il a vécu dans le Sud. Nathan n'envisage pas de lui poser la question. Il a l'esprit embrumé. Il y a encore du champagne dans son verre, mais il n'a pas l'intention de le boire. Il a l'intention de partir. Il est déjà resté trop longtemps.

Comme Ames en semblait incapable, Nathan a frotté le tapis à la brosse pour enlever le sang du soldat Delmar, avant d'aller rincer seau, brosse et chiffon dans un baquet sur la véranda la plus éloignée. Il pensait s'en aller tout de suite après. Mais la grande jeune femme aux pieds nus était assise dans la cuisine en train de boire du Coca-Cola. Lorsqu'il passa elle lui fit un sourire espiègle, puis vint le regarder, déhanchée dans l'encadrement de la porte, les joues creusées, le sourcil dressé, un doigt enroulé dans une mèche de cheveux blonds. Elle voulut connaître son nom.

« Nathan », dit-il en renversant l'eau sanguinolente dans l'égout. « Et toi ?

– Linnet, dit-elle. C'est un petit oiseau marron. »

Il ferma le robinet, essora le chiffon, et lui lança un sourire. « Ça ne te ressemble pas.

– Ricky t'a ramené chez lui pour coucher avec toi ? » dit-elle.

Il cligna des paupières. « Non. Quel âge as-tu ?

– Seize ans, dit-elle, mais je suis mariée. À Percy Hinkley. C'est le propriétaire de la maison.

– La vieille dame avec qui tu étais – Nathan étendit le chiffon à sécher sur la paroi du baquet – j'ai cru que c'était elle la propriétaire.

– C'est ma mère, dit Linnet. Flora Belle Short. La gérante.

– Je vois. » Nathan posa la brosse sur une étagère en dessous du baquet. Il s'approcha de la porte, mais elle ne bougea pas d'un pouce. « Pardon.

– Tu es si beau garçon, dit-elle en caressant son bras. Tu ne devrais pas fréquenter des "tantes". Ça va gâcher ta réputation.

– Tu peux me laisser passer, s'il te plaît ?

– Il y a encore du Coke. Elle s'écarta de la porte. On pourrait en prendre et aller à la plage avec le pick-up de Percy ? Tu sais conduire, non ? Il y a plein d'essence. J'ai envie de te connaître. Je te raconterai mon voyage au Mexique. Percy ne se lasse jamais de voyager. Il est opérateur radio sur un navire, toujours en mer, mais dès qu'il rentre, il faut qu'on parte quelque part. Tu aimes le Mexique ?

– Je n'y suis jamais allé, dit Nathan.

– Percy adore. Il veut que j'apprenne le mexicain, mais je peux pas. Il m'a acheté des livres, mais j'y arrive pas, c'est tout.

– Tu aurais peut-être besoin d'un professeur », dit Nathan.

Elle prit deux Coca-Cola dans la glacière. « Je déteste l'école.

– Mon ami Hoyt vient du Texas. Il est souvent allé au Mexique. Il parle espagnol. Peut-être qu'il pourrait t'aider.

– Oh, chouette ! Tu pourrais lui demander de ma part ? Il faut que j'apprenne un peu. Avant que Percy revienne. »

Ames apparut dans la cuisine. « Ah, te voilà. » Il lança un regard furieux à Linnet et attrapa Nathan par le bras. « J'avais peur de t'avoir perdu. C'est tellement dur de garder quelque chose pour soi dans cette maison. » Il entraîna Nathan à l'écart, élevant la voix pour être sûr que Linnet l'entende. « Par exemple les achats que l'on fait et que l'on range dans le réfrigérateur. Certains individus sont tout bonnement incapables de comprendre le concept du "tien" et du "mien".

– Il faut que j'y aille, dit Nathan.

– Mais nous n'avons pas bu notre champagne festif », dit Ames.

Et des heures plus tard, Nathan est encore là. Ames avait besoin de parler, n'est-ce pas ? Il ne voulait pas lâcher Nathan. Et maintenant il est tard.

« Tu verras quand ton livre sortira. » Ames hoche la tête et le regarde en louchant à cause du soleil. « Il n'y a pas de chose plus exaltante que de tenir pour la première fois entre tes mains ton livre imprimé. Ça donne l'impression d'être un conquérant. Tu te souviens de ce merveilleux passage dans le roman de Thomas Wolfe[1], quand George Weber monte sur le toit d'un grand immeuble à Manhattan pour regarder la ville, le soir où son livre... » Soudain il se rend compte que Nathan vient de poser son verre et de se lever. « Tu ne t'en vas pas ? » Il s'extrait péniblement de

1. Il s'agit du roman *You can't go home again* (*L'Ange banni*). *(N.d.T.)*

son fauteuil. « Mais je n'ai fait que parler de moi. Je veux que tu me parles de toi.

– Tu es bien plus intéressant, dit Nathan. Merci. » Il se dirige vers la porte. « Le champagne était très agréable. Et je reviendrai avec Hoyt. » Il ouvre la porte et se heurte à un homme haut comme une montagne, vêtu d'une salopette avec l'inscription BONNE HUMEUR. « Excusez-moi », dit-il, avant de crier par-dessus la tête de Nathan d'une voix pleine de détresse : « Rick ?

– Tony ? » Ames arrive en se dandinant avec empressement. « Ah, tu es rentré. Puis-je te présenter Nathan Reed. Il écrit, tu sais. Il vient de vendre son livre. On a fêté ça avec du champagne.

– Rick, il faut que je m'assoie. » Tony s'écroule dans les bras de Ames, qui le soutient clopin-clopant jusqu'à la chaise que vient de quitter Nathan. Ils avancent tels deux éléphants blessés. Tony s'affaisse sur la chaise, les yeux fermés, visiblement en proie à une terrible souffrance. De sa grande main, il tâtonne à l'aveuglette. « À boire, à boire. »

Ames va chercher du whisky dans une armoire, en verse un plein gobelet, et le place dans la main désespérée. « Oh, mon pauvre chéri. Ça va mal aujourd'hui, n'est-ce pas ?

– Pire que jamais », dit Tony d'une voix épuisée en renversant la tête en arrière pour vider le verre. Puis il pose le menton sur sa poitrine et tend le verre pour qu'on le remplisse à nouveau. « Je ne sais pas combien de temps je vais pouvoir supporter ça. »

Nathan devrait partir. Mais il ne peut pas. C'est comme un rêve.

Tandis que Tony geint doucement, Ames va lui chercher un autre verre de whisky. Puis il regarde Nathan : « Il travaille dans une chambre froide, et soulève toute la journée d'énormes cartons d'esquimaux. Le problème, c'est ses jambes. »

Il s'accroupit et retrousse la jambe de la salopette blanche et sale. Dessous, la jambe est plâtrée et du sang séché a suinté à travers le plâtre. Ames entreprend d'ôter les chaussures à revers de Tony. « Des varices. Des abcès. Plus il travaille, plus ça empire.

– Rick... N'importune pas ce garçon avec nos problèmes. » Ayant englouti le deuxième verre, Tony ouvre lentement les yeux. Ils sont grands et noirs. Ils ressemblent aux yeux d'un jeune homme de la Grèce antique, dont le portrait existe.

Nathan dit : « Pourquoi ne quittez-vous pas ce travail ? »

Tony déboutonne la salopette. Dessous il porte plusieurs épaisseurs de chandails. « Je perdrais ma retraite.

– Mais vous allez devenir infirme », dit Nathan.

Tony se force à sourire. « Ça va aller. » Ames l'aide à se lever et à se dépouiller de la salopette. Ils s'y prennent à deux pour faire passer les chandails par-dessus la tête de Tony. Debout, massif dans ses caleçons longs et les plâtres qui recouvrent ses jambes, il dit à Nathan : « Félicitations. C'est merveilleux pour votre livre. » Ames a rangé la salopette et les chandails dans un placard. Il revient avec une gigantesque robe de chambre en éponge blanche dans laquelle il emmitoufle Tony.

Tony noue la ceinture du peignoir et se laisse de nouveau tomber sur la chaise. Qui sous son poids émet un craquement sinistre. Il dit à Nathan : « Lorsque Rick m'a parlé de vous, il était persuadé que vous alliez vendre votre livre. » Il lève les yeux vers le visage rouge de son gros ami indolent. C'est un regard d'adoration sans réserve. « Rick sait ce genre de choses. Il détecte le talent. C'est un don surnaturel. » Ses yeux se posent à nouveau sur Nathan. « Il est lui-même un merveilleux écrivain, vous savez. Je travaille pour qu'il puisse écrire.

– Tony était danseur lorsque nous nous sommes rencontrés, dit rêveusement Ames. Un soir au Hollywood Bowl. Mince. Magnifique. Ah, ces *entrechats*[1]. J'aurais tant aimé que tu le voies. »

L'appartement de Stanley Page est situé au-dessus d'un garage, à l'arrière d'un pavillon en stuc d'un gris inégal, trottoir sud de Franklin, juste à l'est de Highland. Le sol est nu. Il y a deux chaises en osier, deux cageots d'oranges posés à la verticale et pleins de livres. Sur les cageots, des lampes bon marché. Des manuscrits aux couvertures en papier de couleur sont entassés pêle-mêle dans un coin. Une minuscule cuisine est aménagée derrière un comptoir. À gauche, la porte de la chambre est entrebâillée. La matinée est chaude, et bien que les fenêtres soient ouvertes il n'y a aucun courant d'air, et l'atmosphère est impré-

1. En français dans le texte. *(N.d.T.)*

gnée de l'odeur douceâtre et aigre de bébé et de lait. Dans la kitchenette, Page déballe ses achats et les range. La porte du réfrigérateur s'ouvre dans un bruit de succion, et se referme lourdement. Il revient dans le salon en desserrant sa cravate. Il lance son chapeau dans la chambre. Une voix de femme s'élève, mais il ne répond pas. Il pose sa veste sur le comptoir, replie deux fois ses manchettes de chemise, s'assoit sur l'une des chaises qui grince. Il allume une cigarette. « Asseyez-vous. Montrez-moi ce contrat. »

Nathan lui tend le contrat et s'assied.

Affalé sur sa chaise, Page feuillette les pages en grognant, sourcils froncés. « Vous auriez dû me le montrer avant de signer. »

Nathan est alarmé. « Qu'est-ce qui ne va pas ?

– Vous aurez le même à-valoir pour votre deuxième livre », dit Page de sa voix dure et graveleuse. « Il faut rester sur ses gardes. Ce n'est pas qu'ils soient malhonnêtes. Mais ils essayent toujours de privilégier leurs intérêts. S'ils traitaient avec n'importe qui d'autre que des écrivains, ils s'attendraient à la même attitude de la part du vendeur. Mais les auteurs sont des hommes d'affaires médiocres. C'est pourquoi les agents sont indispensables.

– Quel agent voudrait de moi ? dit Nathan. Je n'ai jamais rien écrit avant aujourd'hui.

– C'est ce que vous écrivez aujourd'hui qui compte », dit Page en lui rendant son contrat. « Vous me voulez comme agent ? Parfait. Je vous obtiendrai de meilleures conditions pour votre deuxième livre que celles que vous avez signées ici. En outre, il y a les droits de reproduction, les droits de réimpression, les droits cinéma et radio, sans parler des traductions. » Il observe Nathan. « Vous pensez pouvoir gérer tout ça ?

– Je n'y connais rien », dit Nathan. Il regarde l'appartement nu et s'interroge sur l'étendue des connaissances de Page. On ne peut pas dire que ça l'ait enrichi. « Mais je suis en train d'écrire une histoire tranquille sur des gens simples. Ça ne figurera jamais sur la liste des best-sellers.

– On ne peut pas savoir, dit Page. C'est pourquoi un éditeur n'a pas besoin d'être intelligent. Ce n'est qu'une question de chance. Les gens qui prétendent pouvoir prédire quel livre va marcher sont des menteurs. Regardez *Marionnettes humaines*. Vous parlez d'un livre simple !

– C'est vous qui l'avez vendu ? dit Nathan.

– Saroyan est mon client. Je pensais que vous étiez au courant. Je l'ai aussi vendu au cinéma. C'est là qu'il y a de l'argent à gagner. Ne vous laissez pas abuser par cet appartement. Lorsque je suis sorti de San Quentin[1], je devais encore de l'argent pour la boutique, mais j'ai trouvé un bon bookmaker. Bientôt je n'aurai plus de dettes. Alors on pourra acheter des meubles, et une voiture.

– Et un château en Espagne. » On doit ces mots à une femme menue au teint mat, qui sort de la chambre vêtue d'un peignoir. Elle a l'air fati-

1. Grande prison de San Francisco. *(N.d.T.)*

guée. « Salut. Je suis Maud, la maîtresse de maison. Comme d'habitude Monsieur Hospitalité s'est surpassé, à ce que je vois. » Repoussant ses cheveux emmêlés, elle entre dans la kitchenette. « Vous aimeriez du thé glacé ?

– Merci, dit Nathan, ça va comme ça. »

Le réfrigérateur s'ouvre. « Et toi, Stanley ? dit-elle.

« Tu sais bien que je peux pas supporter cette lavasse », gronde Page.

Et dans la chambre, le petit Bill se met à pleurer.

Le portrait de Nathan nu avec les rubans est posé contre le mur en bardeaux verts. C'est un grand tableau, pratiquement grandeur nature. À l'origine, les couleurs étaient éclatantes. Puis Hoyt s'est mis à les travailler avec un chiffon, de la térébenthine, et une pâte noire. Les nuances chair ont presque disparu. Seuls les reflets des rubans flamboyants se distinguent dans l'obscurité. On pourrait presque croire qu'il s'agit d'un dessin à l'encre. Debout, la tête renversée en arrière, Benbow observe le tableau, un verre de bière à la main. « C'est un rêve, ou un souvenir, dit-il. Indiciblement *triste*[1].

– Mais pas sentimental pour autant », dit le maigre George Lafleur. Assis par terre, il tourne les pages d'un des livres d'art de Hoyt. « "Jette un regard froid..." » dit-il.

1. En français dans le texte. *(N.d.T.)*

« “... Sur la vie, sur la mort...” » ajoute Benbow.

Nathan sort de la cuisine avec un sac de pommes chips en papier paraffiné, en disant « “... Cavalier, passe outre ![1]”

« Épitaphe sur la tombe de Yeats », dit Hoyt en déchirant le sac de chips.

« Dans le cimetière de Drumcliff, comté de Sligo », dit Benbow. Il s'assied sur le divan à ressorts. « Je vois que tu as tenu compte de mon avis et rajouté un assortiment de rubans.

– Mais pas là où tu le souhaitais », dit Hoyt. Les rubans supplémentaires sont attachés autour du front de Nathan, et les nœuds et leurs extrémités traînent d'un côté, au-dessus d'une oreille. Hoyt tend le paquet de chips à Benbow, qui en prend une poignée, et dit :

« Non, ce n'est pas sentimental. La sentimentalité ne fait que combler le vide qu'engendre l'absence d'émotion authentique.

– L'émotion authentique est là », dit George en feuilletant une autre page du livre d'art, et en observant un tableau. « Lorsque j'ai dit “un œil froid”, je ne voulais pas dire un cœur froid. » Il lève les yeux vers Nathan. « Que ressens-tu en regardant ce tableau ? Tu as l'impression que c'est toi ?

– J'ai une impression de solitude. » Nathan frissonne. « L'idée d'être suspendu dans une galerie nuit après nuit ne me plaît pas du tout.

1. Derniers vers du poème *Au pied du Ben Bulben*, l'un des derniers de Yeats, datant de 1938. *(N.d.T.)*

– Ce n'est pas toi. Hoyt l'embrasse. C'est juste de la peinture. »

Nathan s'assoit par terre à côté de George. « Un œil froid ?

– C'est la différence entre un grand peintre comme Manet... » George lui montre un tableau, tourne des pages, lui en montre un autre, « ... et un peintre de second ordre comme Renoir. » Benbow s'est levé du divan et se tient immobile derrière Nathan. George feuillette le livre et revient au premier tableau. « Pour l'essentiel, ce sont les mêmes groupes élégants de jeunes poètes, peintres et compositeurs, avec leurs petites amies – en train de prendre du bon temps. Mais dans les personnages de Manet, tu sais qu'il y en a qui ont la syphilis. » Il tourne lourdement les pages. « Tandis que les sujets de Renoir sont en massepain. »

Nathan lève le regard vers Benbow. « Ton ami est très intelligent. »

Benbow dit : « Il est arrivé à la lettre I, n'est-ce pas ? Dans l'encyclopédie ? I comme "Impressionnisme" ?

– Ferme-la, dit George. Ne l'écoute pas, Nathan. Il me préférait ignorant. »

Nathan est vêtu du costume, celui qu'il partage avec Hoyt, celui qu'avait Hoyt à l'enterrement d'Eva Schaffer. C'est seulement la deuxième fois que Nathan le porte. Il est assis à l'arrière d'un taxi avec Stanley Page et Maud, qui ont le visage fermé et ne disent pas un mot, comme s'ils venaient de se disputer. Page porte un smoking et un feutre souple, et Maud une robe de soirée, et une fleur d'hibiscus jaune dans ses cheveux fraîchement permanentés. Nathan a beau ne pas s'y connaître, il a le sentiment que le smoking comme la robe du soir ont été loués. Ils se rendent à une fête. Les Page sont invités. Mais pas Nathan. Il est venu parce que Stanley a insisté :

« Dans cette ville tu n'es rien tant que personne ne te connaît. Si tu veux arriver quelque part, il faut sortir et rencontrer des gens. Les gens du cinéma.

– Mais je ne suis pas dans le cinéma, a dit Nathan.

– Tu es écrivain. Le cinéma est la seule manière de gagner de l'argent avec ta plume. Qu'est-ce que tu comptes faire – mourir de faim toute ta vie ?

– Le livre n'est même pas écrit, a dit Nathan. C'est trop tôt.

– Mais ce n'est pas trop tôt pour ta beauté. Bon sang, ils vont te trouver splendide.

– Excusez-moi, mais je ne comprends pas le rapport avec mon roman ?

– À Hollywood, ce genre de rapport se passe de commentaires.

– Je crois que je ferais mieux d'attendre la sortie du livre.

– Mon cul. Pour eux, avoir un livre dans la tête et le sortir en librairie, c'est la même chose. De toute manière, ils ne savent pas lire. Ce sont des marchands de ferraille et des presseurs de pantalons. Des youpins ignorants.

– Je ferais mieux de ne pas venir, a dit Nathan.
– Mets un costume sombre », a dit Page.

Et les voilà en train de sortir du taxi au bas de longues marches imposantes qui mènent à une demeure immense aux fenêtres illuminées, musique d'orchestre provenant de l'arrière de la maison et flottant au-dessus des hauts toits de tuile, rires, éclats de voix, voix fortes couvrant les éclats de voix, voix de femmes perçantes, voix d'hommes vociférantes. Des élégants – nombre d'entre eux en grand uniforme, bleu, blanc ou kaki – sont attroupés sur la terrasse où ils déambulent en couple, passant et repassant devant les fenêtres, la plupart avec des verres et des cigarettes à la main. Regrettant d'être venu, Nathan suit Stanley et Maud dans l'escalier. Sur la terrasse, Nathan repère des visages célèbres, mais c'est celui de la grande Alex Morgan, une ancienne camarade d'école, qui attire son attention. Elle lui adresse un sourire sans expression qui signifie certainement qu'elle est devenue une star de cinéma. Il fait bon à l'intérieur de la maison, bien que les magnifiques plafonds à moulures soient très hauts et les fenêtres ouvertes.

On commence à remarquer Stanley, à l'interpeller, à l'arrêter pour lui serrer la main et dire bonjour à Maud. Et Nathan. Il distribue beaucoup de poignées de main. Des hommes trapus, des hommes desséchés, des hommes gris, des hommes rubiconds, des hommes qui jacassent dans ses oreilles d'une voix saccadée, l'appellent « mon petit » et lui donnent des conseils, comme Stanley.

Des producteurs exécutifs, des producteurs, des agents, des Dieu-sait-quoi. On le félicite pour son livre maintes et maintes fois. Tous les hommes disent qu'ils veulent lire son livre. Il doit expliquer et réexpliquer qu'il n'est pas encore terminé. Assis sur un divan et entouré d'hommes attentifs, un homme lourd et chauve aux sourcils menaçants lui fait un signe de sa grosse main, et dit d'une voix éraillée :

« Je n'ai pas besoin du livre. Envoyez-moi deux pages. De toute manière le public ne viendra pas sur une histoire qui ne peut pas se raconter en deux pages. » Il balaie ses troupes de ses yeux noirs rusés et durs, dans l'expectative. « Personne n'a jamais perdu d'argent en pariant sur la stupidité du peuple américain – pas vrai, les gars ? »

Ils rient et hochent la tête. « Vrai, monsieur Dryrot.

Il ne s'appelle pas M. Dryrot[1], mais on pourrait le croire.

« On vous enverra les deux pages », lui promet Page. Il prend le bras de Nathan et le guide jusqu'à une terrasse. En contrebas une grande piscine rayonne, bleue dans la nuit. Des lanternes vénitiennes – et non pas japonaises, à cause de la guerre – sont suspendues à des chênes dans un vaste jardin. C'est là que joue l'orchestre. On a installé une piste de danse, sur laquelle des couples évoluent. On dirait une scène de film.

1. Dryrot signifie « carie sèche » ou « pourriture sèche ». *(N.d.T.)*

Page dit : « Il va falloir trouver un nouveau titre. Les petits youpins croient tous que c'est un western. »

Ils descendent l'escalier. Les tables croulent sous la nourriture et les boissons, et des Philippins en veston blanc font le service. Page se dirige vers le buffet et Nathan le suit. Et sans savoir comment, il se retrouve en train de serrer la main du grand Charlie Laidlaw. Apparemment Laidlaw était un client de la librairie de Stanley Page, avant que ça tourne mal. « Elle me manque cruellement », dit-il de sa voix magnifique. « Tu me manques, Stanley. » Mais ses petits yeux de cochon sont fixés sur Nathan. Il s'étonne : « Si jeune – et déjà publié ?

– Pas encore, dit Nathan. Un éditeur m'a envoyé un peu d'argent pour que je termine mon livre, c'est tout.

– Votre honnêteté est rafraîchissante. » Le visage gras de Laidlaw se contracte exactement comme à l'écran. Il n'arrête pas de cligner des paupières. « Si jeune. Quel âge avez-vous exactement, Nathan ?

– Vingt ans, dit Nathan.

– Imaginez un peu ! » Laidlaw se tourne vers les hommes à ses côtés – comment dit-on déjà, un entourage ? Tous des homosexuels, n'est-ce pas ? Laidlaw drape un bras volumineux autour des épaules de Nathan. « Messieurs, voici Nathan Reed. À l'âge de vingt ans, c'est déjà un maître romancier. Levez vos verres. »

Ce qu'ils font, avec force rires et regards

paillards. Nathan a envie de s'en aller en courant. Il cherche des yeux Stanley Page, mais il a disparu. La main de Laidlaw rampe doucement vers les reins de Nathan. La voix qui vaut de l'or murmure à son oreille : « J'ai une retraite dans les montagnes. » Son haleine sent le gin et les oignons. « Imagine que je t'envoie une voiture samedi prochain, dans la matinée. Nous passerons un week-end tranquille, tout là-haut dans les pins, au bord d'un lac paisible. » La main se pose sur le cul de Nathan, qu'elle presse avec douceur. « Juste nous deux. Tu pourras me lire ton roman. »

Nathan n'arrive pas à reprendre son souffle. « Eh bien, monsieur Laidlaw, je...

– C'est sérieux. Je crois qu'on va bien s'entendre tous les deux. À propos... » dit-il en tirant sur la ceinture de Nathan, « ... n'oublie pas de mettre ça quand tu viendras. Hmm ?

– Ma ceinture ? » Nathan s'écarte et le regarde fixement.

« Oui – au cas où je dépasse les bornes. » La crispation et le clignement de paupières s'accélèrent, comme s'il hésitait entre rire et pleurer. « Ça m'arrive parfois. De dépasser les bornes. Après je dois être corrigé. Sévèrement. » Il regarde les hommes autour de lui, qui ne font plus attention à eux, occupés à empiler sur leurs assiettes de la salade, des tranches de jambon, de rôti de bœuf et de dinde, à se chercher à boire ou des glaçons. « J'ai ce côté écolier vilain et dégoûtant qu'il faut purement et simplement punir. Ce n'est pas un secret pour mes amis. Et... » Il s'approche de Nathan pour l'étreindre à nouveau, mais Nathan se dérobe. « ... nous allons être amis, n'est-ce pas ? »

Nathan recule. « Stanley m'appelle », dit-il.

Stanley ne l'appelle pas. Stanley boit. Et rit. Avec un groupe de durs à cuire en habit de soirée – des bandits, des joueurs, ou quoi ? –, à la lueur rosée des lanternes vénitiennes accrochées dans l'un des grands chênes. Tout en s'avançant vers lui, Nathan aperçoit Maud qui arrive dans l'autre sens. Elle rejoint Page la première. Nathan a beau ne pas discerner ce qu'elle dit, sa voix semble furieuse. L'orchestre joue trop fort. Mais sur la pelouse les gens se retournent et les fixent du regard. Nathan joue des coudes et s'approche. Il voit Maud frapper la main de Page. Son verre s'envole, formant avec les glaçons et l'alcool un arc brillant dans la lumière douce.

Le visage de Page est ahuri de surprise. « Et merde ?

– Tu m'as promis, crie Maud. Le jour où ton fils est né. Tu m'as donné ta parole d'honneur. Tu m'as promis de vivre, Stanley Page. Tu m'as promis de vivre pour le voir grandir. Plus d'alcool. Jamais plus. »

Page n'a pas l'air de savoir à qui il a affaire. « Quoi ? »

Certains des escrocs de haut vol – si tant est qu'ils le soient – restent là à les regarder avec un sourire narquois. D'autres s'éloignent d'un pas lent.

Maud dit : « Tu sais ce qu'a dit le docteur. Si tu recommences à boire, tu seras mort dans un an. Je t'aime, espèce d'œuf pourri. Ne compte pas sur moi pour te laisser faire ça. »

À présent Page revient à lui et comprend où il se trouve, qui elle est, ce qui se passe. Son visage devient rouge. « Pas maintenant, Maud, pas ici.

– Ton foie est gros comme une orange, dit-elle en articulant soigneusement. Il est couvert de crampons, comme la semelle d'une chaussure de football. Il n'en supportera pas plus.

– C'est mon foie et c'est mon affaire », dit Page en la repoussant.

Elle fait un pas en arrière et trébuche. Nathan la retient pour l'empêcher de tomber. Page se dirige droit vers le bar. Elle lui court après, l'empoigne. « C'est mon affaire aussi. C'est l'affaire de Bill. » Il la repousse, et cette fois-ci elle tombe. Il s'élance vers le buffet, prend un verre, saisit brusquement une bouteille des mains d'un Philippin étonné, et l'incline au-dessus du verre. Nathan aide Maud à se relever. « Non, Stanley, arrête ! » Elle court vers lui en trébuchant à cause de ses hauts talons qui s'enfoncent dans le gazon. « Si tu fais ça, je te préviens, je prends Bill et je pars. Et je ne reviendrai pas. » La vodka, le rhum ou autre alcool cascade dans le verre, déborde, ruisselle sur la main tremblante de Page, sur la table puis sur l'herbe. Maud ne va pas plus loin. Elle crie d'une voix entrecoupée : « Je suis sérieuse, Stanley. » Elle reste à le fixer du regard, consternée par ce qu'il fait, le visage plein de larmes, ses petits poings impuissants serrés devant elle. « Cette fois je suis vraiment sérieuse. »

Il se tourne vers elle en ricanant, lève le verre et vide longuement son contenu au fond de sa gorge. Il baisse la tête, la regarde en riant, puis jette le verre sur elle. Il manque sa cible. Toujours est-il que c'est trop pour elle. Elle se retourne, sur le point de tomber à cause de ses talons, ôte ses chaussures d'un coup de pied, fend au pas de course la foule hébétée et bavarde, grimpe la longue pelouse en pente en direction de la maison illuminée. Chancelant sur ses jambes, Page s'immobilise et la regarde partir, un sourire pervers sur son visage – moitié triomphe, moitié désespoir.

« Cours comme un lapin, espèce de pute », crie-t-il.

Nathan ramasse les petites chaussures.

Là où de la bière s'est renversée, le sable colle aux pieds. Un rai de lumière intense filtre à travers la porte ouverte du bar. C'est la lumière que renvoie l'océan. Pour autant elle est loin d'être fraîche. Il suffit de s'y exposer pour dégouliner de sueur. C'est la fin du mois de septembre, il fait plus de trente degrés à Hollywood, trop chaud pour rester là-haut dans leur appartement à écrire et à peindre. Ou pour faire l'amour. Ou même pour écouter des disques. Ils sont venus à Venice Beach.

Ils ont passé la matinée sur la plage parmi des milliers de femmes, bébés, chiens – pas d'enfants en âge d'aller à l'école, parce que l'école a commencé, et presque aucun homme en vue à cause de la guerre – à patauger dans les vagues, à nager, mais ils sont surtout restés allongés sur leur serviette en lambeaux, à lire à haute voix les *Quatre Quatuors* d'Eliot, à sommeiller, à s'imprégner de soleil. Nathan a des élancements dans le dos et les épaules. La peau de Hoyt est d'un rouge ardent. Ils ont mangé des hot dogs. À présent ils dégustent une bière. Et regardent alentour d'un air sidéré. Parce qu'ils sont dans un bar homo. C'est ce qu'a dit Hoyt, et c'est ce qui explique qu'ils ne se soient pas arrêtés plus tôt dans la demi-douzaine d'autres tavernes certainement mieux tenues que celle-ci, où personne ne balaye, n'essuie le bar ni ne ramasse les verres sur les petites tables noires et brillantes, et où sont sans doute entassés plus de corps que ne l'autorise la loi.

Le juke-box passe *Droit dans la gueule du Führer*, *Les Falaises blanches de Douvres*, *Avec une prière à la place du moteur*[1] au milieu d'un vacarme de mots, de hurlements de rire, de cris sans rire. Le juke-box passe *La dernière fois que j'ai vu Paris* et à l'arrière du bar, dans un recoin où n'arrive pas la lumière du soleil, Nathan croit voir des garçons danser ensemble. Il n'y a pas beaucoup d'hommes mûrs ici ; pratiquement tous les clients sont jeunes. Et minces, pour la plupart. Certains sont en uniforme, soldats de troupe,

1. Trois chansons très populaires pendant la Seconde Guerre mondiale. *(N.d.T.)*

marines, matelots, mais près de la moitié d'entre eux ont poussé l'audace jusqu'à se dévêtir presque intégralement. Hoyt va pisser.

Immédiatement quelqu'un prend sa place. Nathan entend gémir les pieds en métal fatigué du tabouret. Odeur d'eau de toilette. « Tu as pris un mauvais coup de soleil », lui dit l'homme. « Et j'ai ce qu'il te faut. De la glycérine et de l'eau de rose. Dans ma voiture. » Le regard de Nathan croise deux yeux marron. Le gosse semble être un Cupidon sorti tout droit d'un tableau français du XVIIIe siècle. Désordre de boucles châtaines. Fossettes. Lèvres couleur cerise. Vilaines dents tachées de brun. « Viens avec moi. Je vais te frictionner le dos. Ce sera tellement rafraîchissant. Ça va te faire un bien incroyable.

– Qu'est-il arrivé à tes dents ? dit Nathan.

– Qu'est-il arrivé à ton nez ? » réplique le garçon.

Nathan hausse les épaules. « Ça remonte au lycée. Des types m'ont sauté dessus dans le noir. Ils m'ont pris pour quelqu'un d'autre.

– Moi, j'ai grandi dans une ferme paumée du Maine où il n'y avait pas assez ou trop de minéraux dans l'eau, ou quelque chose comme ça. » Les épaules blondes et lisses se lèvent et retombent. « C'est la vie. Ton nez te donne un air bourru. Moi je suis mignon tant que je garde la bouche fermée.

– Il n'y a pas de doute, tu l'es, dit Nathan. Mais je suis déjà pris, ce tabouret aussi d'ailleurs, par mon partenaire. Il sera de retour dans une minute, et c'est un cow-boy texan pur jus, extrêmement jaloux.

– Je comprends pourquoi, dit Cupidon. Tu es trop beau pour qu'on puisse te faire confiance. » Et il se laisse glisser au bas du tabouret et se perd dans la foule.

Lorsque Hoyt revient, il a l'air furieux. À moins qu'il soit en train de rire ? Il se hisse sur le coussin déchiré en toile cirée noire, finit sa bière, allume une cigarette.

« Devine qui j'ai rencontré ? demande-t-il.

– Qui ? dit Nathan.

– Ton vieux copain de la librairie, M. Constance. Vêtu d'une chemise hawaïenne et d'un pantalon blanc. »

Nathan regarde autour de lui. « Ici ? Tu me fais marcher.

– Aux toilettes. » Hoyt se dresse sur les barreaux de son tabouret et se penche par-dessus le comptoir pour agiter son verre vide et crier qu'on le remplisse. « Il y a trois pissotières. » Derrière le bar un homme agile à la peau tannée comme du cuir, plus très jeune, passe dans un bruit de froufrou, et cueille le verre de Hoyt. Hoyt se rassoit. « Et Constance est à celle du milieu. Je m'approche de celle de gauche, je baisse mon maillot – tu es obligé, c'est la seule manière – et immédiatement il tend la main, et devine quoi.

– Ça ne pouvait pas être lui, dit Nathan.

– C'était lui. Je le connais... » Le tenancier pose une bière devant Hoyt, attrape des pièces de dix *cents* parmi la monnaie que Hoyt a répandue sur le comptoir mouillé et exécute une pirouette, les pièces de dix *cents* levées au-dessus de sa tête, son poignet osseux pendouillant. Quelques applaudissements fusent. Il exécute une profonde révérence. Hoyt dit : « Mais lui ne savait pas qui j'étais. Tu vois, il n'a même pas regardé mon visage. Ses yeux étaient posés sur une seule chose.

– Sa main aussi, dit Nathan. Alors, qu'est-ce qui s'est passé ?

– J'ai dit : "Connie, tu me surprends." Alors il m'a regardé, je peux te le dire. Merde, tu aurais dû voir la tête qu'il a fait. Il est sorti de là en courant comme un lièvre. »

Il est quinze heures passées. Lassé de dessiner et de lire, Hoyt dort dans la pièce d'à côté. Nathan n'a pas été de bonne compagnie. Il écrit sans interruption depuis le petit déjeuner, et les voix continuent à se parler à l'intérieur de sa tête – la voix de Frank, d'Alma, de tante Marie, et sa propre voix flûtée d'enfant de dix ans – signe qu'il doit persévérer. Ce serait une mauvaise stratégie de s'arrêter maintenant. Mais lorsqu'il tâtonne dans la boîte à la recherche de papier, il n'y en a plus. Il se lève avec raideur de la chaise inconfortable, s'étire pour détendre ses épaules endolories, frotte son derrière engourdi, puis traverse le couloir et frappe à la porte de Reggie Poole. Il se souvient vaguement d'avoir entendu Reggie partir, mais pendant qu'il est plongé dans l'univers de Minneapolis, 1933, il ne perçoit pas grand-chose du monde réel, si bien qu'il n'en est pas sûr. Reggie ne répond pas. Nathan entre, se dirige droit vers le bureau de Reggie, commence à ouvrir des tiroirs. C'est alors qu'il entend un bruit de chaise dans la cuisine.

« Reggie ? Je peux t'emprunter du papier machine ? »

En levant les yeux il aperçoit Mike Voynich, celui qui a de grandes oreilles et un sourire rayonnant, sur le seuil de la porte, drapé dans l'immense kimono noir de Reggie. Une carte à jouer à la main. Il a l'air troublé. « Il est parti chez Drossie. Je peux te parler ? »

Nathan a envie de refuser, mais il accepte.

« Regarde. » Voynich entre dans la cuisine et indique des cartes étalées sur la table. « Reggie m'a tiré les cartes pendant le déjeuner. » Il s'assoit.

Nathan lui prend une carte des mains. « Et ça c'est toi ? » dit-il. C'est le roi de cœur.

« Il est placé ici. » Voynich tapote la table.

« Je sais. » Nathan pose la carte dans l'espace vide.

« Selon lui ça veut dire que je serai le Roi », dit Voynich. « Comme Clark Gable. Mais mon nom est un handicap. Il faut que j'en change. Il veut que je prenne pour pseudonyme "Regent" – qui veut dire roi.

– Par intérim. » Nathan dissimule un sourire. Regent est la marque de cigarettes de Reggie. Elles sont vendues en boîte blanche et plate avec une garniture rouge. Et elles te tapent sur le ciboulot. « Michael Regent ? » dit-il en réfléchissant. « Ça sonne assez bien. » Il se penche au-dessus de l'épaule de Voynich et pose la main sur le cercle de cartes. « Il a raison. C'est une donne très prometteuse. »

Voynich le regarde en clignant des paupières, le front plissé. « Tu t'y connais toi aussi ? Bon sang, je suis vraiment ignorant. »

Nathan s'assoit. « Ma mère gagne sa vie comme ça – en tirant les cartes. » Il ramasse les cartes et les range dans leur boîte. « Tu n'es ignorant que si tu crois les cartes. »

Voynich proteste. « Reg y croit. Et il est allé à Yale.

– Il est également persuadé que Mary Baker Eddy a découvert l'atome.

– Ah ouais ? » Voynich le dévisage. « C'est pas elle ? »

Nathan secoue la tête. « C'étaient les Grecs de l'Antiquité.

– Tu déconnes ou quoi ? » Voynich est impressionné. « C'est quoi un atome ?

– Les atomes sont les particules invisibles qui constituent la matière, dit Nathan. Touche la table. Tu as l'impression qu'elle est solide, n'est-ce pas ? Mais ce n'est pas le cas. Ce sont des atomes qui bougent sans cesse. Qui tourbillonnent comme autant de petits systèmes solaires.

– Oh merde, gémit Voynich. C'est quoi un système solaire ?

– La terre et les autres planètes, dit Nathan, qui tournent autour du soleil. Solaire comme soleil. Système solaire. Tu vois ? »

Voynich louche. « Putain, mais quel âge tu as ?

– Vingt ans, dit Nathan.

– Tu es allé à quelle université ?

– Aucune. Pas besoin d'aller à l'université pour apprendre ce genre de choses. Il suffit d'avoir une soif de connaissance qui te pousse à ouvrir des livres et à les lire.

– Ouais ? C'est ce que dit Reg. » Il soupire et secoue la tête avec dégoût. « Il faut trois livres, c'est tout. » Il se lève, s'éloigne, revient avec le dictionnaire tout déchiré qui était sur le bureau de Reggie, et un autre livre, et les laisse tomber lourdement sur la table. Il dit : « Voici ses instructions : "Ouvre celui-ci et commence à lire la page un, et à chaque fois qu'un mot t'échappe, ouvre celui-là et cherche ce que ça veut dire. Si c'est une personne, un lieu, ou une chose, utilise l'encyclopédie – qui est dans le placard." »

Nathan s'empare du livre et le retourne entre ses mains. « *Les Lettres de Madame de Sévigné*, dit-il. Qui est-ce que ça peut bien être ?

– La femme la plus intelligente qui ait jamais vécu. » Voynich prend le livre d'un air maussade. « C'est ce que dit Reg. Dix-septième siècle français. » Il le pose sur le dictionnaire. « Diable... je ne sais pas de quoi parle cette vieille bonne femme. »

En son for intérieur, Nathan pense que premièrement Reggie est un professeur sans avenir, et deuxièmement, qu'il est en train de parier sur un perdant, mais il dit gaiement à Voynich : « Continue à lire. Tu vas comprendre peu à peu. C'est ce que veut Reggie. Il pense que tu peux y arriver. Il te respecte. » Nathan lui donne une tape sur l'épaule. « Ne le laisse pas tomber. Essaye donc. » Il se lève et revient vers le bureau de Reggie à la recherche de papier. « Il faut que j'y aille. Je suis en train de travailler.

– Faudrait que je m'y mette moi aussi. » Voynich sort de la cuisine. « Si mon vieux me voyait, il mourrait de honte.

– Tu veux dire, s'il savait que tu couches avec Reggie ? » dit Nathan.

Voynich rougit. « Il dirait que je suis une pute.

– Et il aurait raison, à ton avis ? dit Nathan.

– C'est un vieux paysan. Il pige pas grand-chose.

– Tu ne fais de mal à personne, n'est-ce pas ? dit Nathan. Et tu rends Reggie heureux. »

Voynich a l'air renfrogné. « Tu crois qu'il peut faire de moi une star de cinéma, comme il dit ?

– Je crois qu'il essaye en tout cas. » Nathan lui adresse un sourire pour la forme, fait un pas dans le couloir, tend la main pour fermer la porte derrière lui, mais Voynich la retient. Il dit : « Toi et Hoyt – vous le faites parce que vous aimez ça, hein ? Vous êtes des pédales. Comme Reggie. »

Nathan s'arrête et le regarde sans rien dire.

« Eh ben moi, j'aime pas ça, dit Voynich. J'aime les filles. J'ai eu des filles. Chez moi à Pittsburgh. Des tas de filles. Je veux que tu le saches. Je suis pas une pédale.

– Alors peut-être que ton père aurait raison, dit Nathan, n'est-ce pas ? »

Voynich le regarde d'un air menaçant. « Reg ne me donne pas d'argent.

– Seulement parce qu'il n'en a pas, dit Nathan. Mais je parie que d'autres types t'en ont donné, non ? Tu sais te débrouiller. Ce n'est pas pour chercher des filles que les jeunes et séduisants pseudo-acteurs vont dîner chez Drossie. »

Voynich avance la mâchoire. « Je n'étais pas à la recherche d'une vieille pédale riche.

– Et tu ne l'as pas trouvée, n'est-ce pas ? Sois gentil avec lui, Mike. Il n'a pas eu de chance ces temps-ci. Et il veut faire tout ce qu'il peut pour toi, vraiment. »

Au lendemain de la fête de Beverly Hills, il tapa à la machine un synopsis de deux pages de son roman ; puis, sans être vraiment convaincu, il traversa Franklin Street, les feuilles à la main, marcha jusqu'au bout de l'allée, monta les escaliers jusqu'à l'appartement de Stanley Page au-dessus du garage, frappa à la porte et appuya sur la sonnette. Voyant que personne ne venait lui ouvrir, il plia les feuilles et les glissa dans la boîte aux lettres. Les jours ont passé. N'ayant pas croisé Page au marché, Nathan voudrait savoir ce qu'il mijote. Il retraverse Highland, s'engage dans Franklin et s'arrête soudain, alarmé. Les poubelles de l'appartement en stuc gris ont été sorties dans la rue pour le ramassage, et les feuilles de couleur qui dépassent sont les couvertures criardes des manuscrits qu'il a vus la dernière fois dans le salon de Page. En fouillant parmi les manuscrits, il retrouve son contrat avec Craven & Hyde, dans son dossier bleu. Et voici l'enveloppe en papier bulle renfermant le carbone de son roman – la partie achevée du moins, ainsi que les deux pages que Stanley avait promises à M. Dryrot lors de la fête. Nathan ouvre l'enveloppe, glisse à l'intérieur le contrat et le synopsis, et ferme le rabat à l'aide des petites pointes en étain. Renfrogné, il descend l'allée, grimpe les escaliers, frappe à la porte, attend, sonne, attend. Il avance sur le balcon et colle son visage à la vitre, les mains en visière, il scrute l'intérieur. Dans la pièce déserte il ne reste que les deux cageots d'oranges. Il avance et regarde par la fenêtre de la chambre. Pas de lit, pas de commode, pas de miroir. Rien. Une porte de placard ouverte. Une porte ouverte sur une salle de bains. Il pousse la fenêtre et entre. L'air est chaud et confiné. Mais il n'y a plus d'odeur de bébé. Il n'y a plus aucune odeur. Le téléphone est posé à même le sol, débranché, entortillé dans son cordon. Dans la cuisine, la porte du réfrigérateur est ouverte, mais la petite lumière est éteinte, et il ne bourdonne plus. À l'intérieur, il reste une feuille de laitue flétrie sur une étagère métallique. Nathan sort par la fenêtre et la referme. Il frappe aux deux autres portes du pavillon pour demander où sont partis Stanley, Maud et le petit Bill, mais il n'y a personne.

La mère de Benbow ressemble à Benbow avec une robe. Elle parle comme Benbow, sauf que sa voix est plus grave, et qu'elle est sociable, ce qui est rarement le cas chez Benbow. Elle est également bien plus robuste. Un soir, s'offusquant que

George Lafleur reçoive un marine dans sa chambre, elle monta en pestant à l'étage pour lui dire sa façon de penser. Entièrement nu, il ouvrit la porte, s'agrippa aux montants, et l'envoya culbuter dans les escaliers en lui balançant un coup de pied. Elle remonta à quatre pattes sur le palier, assomma George d'un direct à la mâchoire, et jeta le marine terrifié au bas des escaliers. Cependant ce soir elle a l'air de meilleure humeur. Elle a préparé le dîner, et en criant avec jovialité : « Le premier arrivé sera le premier servi », elle a déposé à grand fracas sur la table un énorme plat en sauce parfumé.

À table avec elle, George, Hoyt, Nathan et Benbow – qui n'arrête pas de laisser tomber sa fourchette, de renverser du vin et de masser ses doigts comme s'ils étaient engourdis – il y a un autre convive, un petit homme chauve, gros et collet monté, au teint d'écolière, dont le visage s'empourpre joliment de temps à autre. C'est le Dr Marriott, l'un des professeurs de Benbow. Malgré son bon coup de fourchette, il trouve le temps de complimenter Mme Harsch sur sa cuisine et de conter fleurette à Nathan, papillonnant de ses yeux bleus et faisant des moues avec sa bouche en bouton de rose.

Plus tard, lorsque Nathan – seul volontaire – a fini d'aider Mme Harsch à débarrasser la table, à laver et ranger la vaisselle, il retrouve les hommes dans la pièce où se trouve le piano rigide. Ils boivent et fument, tout en écoutant le dernier disque favori de Benbow, *Belshazzar's Feast.*

Encore du William Walton. Malgré le peu de lumière, dès que Nathan entre dans la pièce, Marriott sautille au bas de son fauteuil tel un petit garçon, les yeux papillonnants et les joues rouges. « Vous voilà », dit-il d'une voix flûtée en essayant de couvrir la musique grandiloquente. « Je pensais vous avoir perdu. » Il prend Nathan par le bras et l'attire dans un coin sombre où un divan s'affaisse sous la housse d'un bleu fané. « Je m'apprêtais à coudre un brassard de deuil sur ma manche.

– Je suis trop corrompu pour mourir jeune, dit Nathan.

– Je l'espère, dit Marriott. Asseyez-vous. Laissez-moi vous chercher à boire. Il faut que l'on parle. »

Il s'éloigne avec empressement sur ses pieds de petite fille. Repu de rôti et de tarte à la pêche maison, Nathan n'a pas envie d'un verre, et certainement pas du gin tonic que Marriott lui rapporte – la guerre a signé la disparition du whisky. Mais il l'accepte néanmoins et le tient pendant que Marriott papote, la main posée sur la cuisse de Nathan.

« Vous savez, je suis très épris de vous, dit-il. Depuis ce jour où Benbow nous a présentés, il y a quelques semaines de cela. »

Merde. Nathan ne s'en souvient même pas. Mais il sait que la deuxième ou troisième fois que Hoyt l'a amené chez Benbow, il a bu comme un trou. Ça doit être de cette nuit-là que parle Marriott.

« De ma vie je n'ai vu quelqu'un d'aussi désirable. Je rêve de vous jour et nuit. Oh ! là, là ! on dirait les paroles d'une chanson populaire, n'est-ce pas ? Pardon. » Il sirote timidement son verre, qui émet une lueur bleue dans la semi-obscurité. « Bien entendu, je sais qu'il n'y a aucun espoir pour moi. » D'un air maussade, il regarde Hoyt qui, étendu par terre sur le dos, un bras au-dessus des yeux, est en train d'écouter la musique. Marriott feint d'être jaloux comme un tigre. « Vous avez le béguin pour ce beau rustaud. » Il soupire de manière mélodramatique. « Les jeunes manquent tellement de bon sens. La maturité d'esprit ne signifie rien pour eux. Seule compte la beauté physique.

– Ce n'est pas une question de bon sens, dit Nathan. C'est l'instinct animal, Darwin et tout ça – l'envie de faire les plus beaux bébés.

– Ça ne vous concerne pas, vous deux, dit Marriott.

– Pourtant on essaye sans arrêt, dit Nathan.

– Je n'en doute pas, dit Marriott, soudain triste. J'aimerais tant qu'il y ait moins de tabous. Imaginez une société au sein de laquelle il serait parfaitement convenable que vous invitiez quelqu'un comme moi à vous regarder. En tout bien, tout honneur.

– On ne trouve pas ça dans Margaret Mead[1], dit Nathan.

– Hélas non », dit Marriott avec des sanglots dans la voix. Puis soudain, il retrouve sa vivacité et son entrain. « Mais il y a une lueur d'espoir.

1. Anthropologue américaine, 1901-1978. *(N.d.T.)*

Benbow m'a dit que votre ami texan... de quel nom champêtre est-il affublé... ?

– Hoyt Stubblefield[1]. »

Marriott hoche la tête. « ... est un artiste doué. Et qu'il vous a peint... » Sa voix se mue en couinement. Nathan lui lance un coup d'œil. Sa bouche tremble. Il humecte ses lèvres. Il bégaye : « com... com... complètement... euh...

– Complètement nu, dit Nathan. Oui. C'est un beau tableau.

– Je le veux, lâche Marriott. Il me le faut.

– C'est Hoyt qui l'a peint, dit Nathan. Il faut vous adresser à lui.

– Il a dit que c'était à vous de décider, dit Marriott. S'il vous plaît ? Dites oui ! Je suis prêt à payer n'importe quel prix. Dans les limites du raisonnable. »

Nathan n'aurait aucune difficulté à répondre à cette question. La réponse est non. Mais il ne le dit pas. Après tout, c'est Hoyt qui a travaillé et il a besoin d'argent. Alors au lieu de répondre, Nathan avale une gorgée de gin tonic. Puis, sentant sur lui le regard inquiet et frémissant de Marriott, il allume une cigarette, souffle l'allumette, et dit avec un petit sourire : « Je vais y réfléchir. »

Linnet Hinkley, la grande adolescente aux pieds nus dont la mère est la logeuse de la maison de rapport où vit Rick Ames, contracte son visage en une grimace dubitative. « Ça alors, je sais pas. »

1. « Stubblefield » signifie « champ de chaume ». *(N.d.T.)*

Attrapant son Coca-Cola, elle se lève de la table de la cuisine, avance à pas de loups sur le linoléum, ouvre la porte avec précaution, et jette un œil dans le couloir. Elle se retourne vers Nathan et murmure : « Ça va pas être facile aujourd'hui.

– J'en ai besoin aujourd'hui, dit Nathan.

– Mais Flora Belle sera là toute la journée. » Linnet ferme la porte et s'y adosse. « Ça serait simple comme bonjour si elle sortait.

– Où met-elle les clefs ? dit Nathan.

– Dans son sac, avec toutes les autres clefs. » Linnet laisse tomber sa grande et belle charpente sur la chaise de la cuisine. Mollement. C'est une fille un peu lourdaude. Elle pose son coude sur la table, la tête en appui sur sa main. Elle boit son Coca à la bouteille, le pose, se renverse sur sa chaise, fixe les épingles de ses cheveux qui menacent de dégringoler, puis les laisse s'éparpiller telle une gerbe de paille mal ficelée. « À part quand elle sort et qu'elle doit les laisser ici en cas d'urgence, les clefs sont toutes dans le même sac, un vieux machin mexicain en cuir. Et la plupart du temps elle est assise dessus. Elle ne le quitte pas des yeux.

– Y a-t-il une chambre à louer ? dit Nathan.

– Bien sûr, mais elle ne te plaira pas. C'est au grenier, il fait une chaleur d'enfer, et quand il revient, Percy passe ses disques là-haut – à plein tube. *Paris, la chanson d'une grande ville.* » Elle grimace. « Dans la chambre de la tour. Ou alors il écoute sa radio amateur très très tôt le matin – tu vois le genre, il capte les ondes de toute la planète.

Et quand il finit par trouver une voix, neuf fois sur dix il tombe sur de l'albanais par exemple.

– La chambre n'a pas besoin de me plaire, dit Nathan. J'ai déjà un appartement. Mais ça permettra de l'éloigner pour que tu puisses... emprunter cette clef.

– Eh bien... » Linnet penche la tête vers lui et lui sourit. « D'accord. Je suppose qu'on a autant envie l'un que l'autre d'aller faire un tour ensemble. Allons-y. » Elle ouvre la porte et s'avance dans le couloir. « Maman ? »

Nathan la suit. « Y a-t-il de l'essence dans le camion ?

– Bien sûr. Personne ne s'en est servi depuis que Percy est parti naviguer. Maman ? » Elle donne un coup sec aux portes coulissantes et les ouvre. La pièce est d'un goût tapageur avec ses ponchos mexicains et ses plateaux en fer-blanc peints, fleurs flamboyantes sur fond noir. Tassée dans une bergère, la monumentale mère de Linnet est en train de lire un journal dont les pages sont éparpillées à ses pieds. Une tasse de café près de son coude. « Voici Nathan Reed, il cherche une chambre. »

Flora Belle Short dévisage Nathan par-dessus ses lunettes. « Je ne vous ai pas déjà vu ? »

Nathan avale sa salive. « Je... je ne crois pas.

– C'est tout en haut de la maison. » Elle ôte ses lunettes et les pose sous une lampe de chevet dont le pied est une cruche mexicaine, puis se lève. Nathan mesure un mètre quatre-vingt-trois. Elle est plus grande que lui. « J'espère que vous êtes sérieux. » Elle tire de la chaise un lourd sac en cuir, et Nathan comprend que son plan ne va pas marcher. Elle dit : « Je déteste grimper les escaliers.

– C'est très difficile de trouver une chambre », dit-il en donnant un petit coup de sandale dans la cheville de Linnet. Elle le regarde, affolée, tandis qu'il fronce les sourcils en indiquant le sac d'un mouvement de tête. Enfin elle saisit où il veut en venir, et avance la main.

« Donne-moi les clefs et je vais lui montrer. Ne te fatigue pas. »

Flora Belle Short plonge la main dans son sac et en sort les clefs, sans les tendre à Linnet. Elle dit à Nathan : « Vous avez un bon boulot ? »

Il hoche la tête. « À la librairie T. Smollett. »

Elle donne les clefs à Linnet. « D'accord. Montre-lui la chambre. Mais ne dis rien. Tu me le ramènes ici, et c'est moi qui lui parlerai. » Elle adresse à Nathan un sourire de rapace.

« Et si elle ne lui plaît pas ? dit Linnet.

– Pourquoi elle ne lui plairait pas ? dit Flora Belle. Elle vient d'être repeinte.

– Je suis bien placée pour le savoir. » Linnet guide Nathan dans le couloir. « C'est moi qui l'ai repeinte, non ?

– N'oubliez pas que l'hiver arrive, monsieur Reed, dit Flora Belle. La chaleur monte, ce qui rend la chambre très douillette en hiver. »

Ils grimpent l'escalier.

Flora Belle crie : « Vous allez adorer la vue. »

Au début le camion fait beaucoup de bruit, et Nathan n'arrange pas les choses en malmenant le levier des vitesses qu'il ne connaît pas, et en faisant grincer la boîte de vitesses. Il recule le plus vite possible en marche arrière dans l'allée qui passe sous la porte cochère de peur que Flora Belle ne sorte de son pas lourd et leur coupe la route. Elle est si imposante qu'on a l'impression qu'il lui suffirait pour cela de leur mettre la main dessus – comme Katrinka-la-Puissante dans les bandes dessinées. Mais rien ne se passe. Ils sortent sans encombres et s'engagent en grondant dans Franklin, vers l'est.

« Youpi ! » rit Linnet en tendant à Nathan une bouteille de Coca froide. « J'adore me balader librement en voiture. Ça me rend malade de rester enfermée dans cette maison, j'ai envie de hurler parfois. » Elle lève sa bouteille de Coca et vide le liquide au fond de sa gorge magnifique. Elle essuie sa bouche du dos de la main et se penche pour le dévisager. « Il fait chaud. Quand on aura fait ta course, est-ce qu'on pourrait aller à la plage ? J'ai envie de faire un tour de montagnes russes.

– Une fois que tu auras fait un tour avec moi... » Nathan freine sur Cahuenga en faisant une embardée, « ... tu n'en auras peut-être pas besoin. »

Elle rit. « Tu es drôle. C'est vrai ce que m'a raconté Ricky – que tu écris un livre ? »

Le moteur assourdissant a calé. Nathan passe au point mort, agite le levier de vitesses, appuie sur le démarreur. Le moteur ne repart pas. « J'essaye en tout cas, dit-il.

– Tu devrais écrire pour Jack Benny[1] », dit-elle.

L'espace d'une minute, il panique. Et si le camion ne redémarrait pas ? Flora Belle pourrait le faire arrêter pour le vol du camion de Percy Hinkley. Et l'enlèvement de son épouse mineure. Il transpire, appuie de nouveau sur le démarreur, joue du pied sur la pédale d'accélérateur.

« Arrête, dit Linnet. Tu vas noyer le moteur. »

Elle a raison. D'ailleurs il sent une odeur d'essence. Il s'efforce de se relaxer, de lâcher le volant, de boire une gorgée froide et sucrée, d'allumer une cigarette et de la fumer jusqu'au bout. Il jette le mégot par la vitre, avale plusieurs lampées de Coca, prend une profonde inspiration, et essaye de redémarrer le camion. Ça marche, et Nathan s'engage vivement sur la large Cahuenga déserte, en direction du sud. Il lui demande :

« Tu as vraiment peint cette chambre ? »

Elle rit à nouveau, mais c'est un rire sans joie. « Celle-là et toutes les autres. Peinture, papier peint, électricité, plomberie, charpente, fenêtres – il suffit de demander. Je sais tout faire. Flora Belle est trop vieille maintenant, alors elle m'a tout appris, puis elle m'a refilée à Percy. Il ne m'aurait jamais épousée si je n'avais pas été capable d'entretenir la maison. »

Nathan s'arrête à un feu rouge au croisement de Hollywood Boulevard et lui lance un regard.

1. Humoriste américain, 1894-1974. *(N.d.T.)*

« Il doit te trouver très belle. Et lui, est-ce qu'il est très beau ? Pourquoi l'as-tu épousé ?

– C'est ce qu'ils voulaient tous les deux, dit Linnet. Personne ne m'a demandé mon avis. »

Le feu passe au vert, et le pick-up traverse bruyamment Hollywood Boulevard.

« Je ne reproche rien à Flora Belle, dit Linnet. Elle n'a jamais eu de vrai boulot. Elle s'est juste occupée d'appartements, c'est tout. Alors elle ne peut pas avoir la sécurité sociale. Si Percy la flanquait à la porte, qu'est-ce qu'elle deviendrait ? Elle peut compter sur moi pour sa vieillesse, pour avoir un toit au-dessus de sa tête, un lit où dormir, de quoi manger.

– Je n'aurais pas dû te demander de faire ça aujourd'hui, dit Nathan. Ça la met en péril. Je ne savais pas.

– Même si elle s'en aperçoit et qu'elle menace de tout raconter à Percy à son retour, elle n'en fera rien. » Linnet boit une gorgée de Coca. « S'il remarque que le niveau d'essence a baissé ou autre chose, elle confirmera tous mes mensonges. Elle ne veut pas que Percy se dise qu'il a fait une mauvaise affaire en m'épousant. S'il divorçait, ce serait la fin du monde pour elle.

– Nous voilà arrivés », dit Nathan en faisant demi-tour.

Il l'a installé dans un coin de la pièce, c'est un trumeau dans lequel on peut se voir en pied. Hoyt le regarde fixement, s'approche, le touche, contemple son image torse nu, puis détourne les yeux pour regarder le reflet de Nathan, debout derrière lui. Nathan sourit. Hoyt dit : « Combien ça t'a coûté ?

– Sur l'étiquette le prix était dix dollars, dit Nathan, et je suis si bête que j'étais prêt à les payer. Mais Linnet s'en est mêlée et en parlementant avec le vieux type, elle l'a fait baisser jusqu'à sept dollars. Elle s'y connaît en meubles d'occasion – c'est sa mère qui l'a formée.

– Et elle t'a aidé à le porter jusqu'ici ?

– C'était trop lourd, trop encombrant pour une seule personne.

– Ça doit être une sacrée fille, dit Hoyt.

– Elle a les épaules de Johnny Weissmuller, dit Nathan. Elle aimerait que tu lui donnes des cours d'espagnol. »

Hoyt fait la grimace. « Je ne dirais pas non – si c'était vraiment Johnny Weissmuller. » Il incline le trumeau, sourcils froncés, recule, les yeux mi-clos, s'accroupit, se penche d'un côté puis de l'autre. Il rectifie l'inclinaison.

« Ça ira ? dit Nathan.

– C'est parfait. Hoyt l'embrasse. Tu es quelqu'un d'étrange et merveilleux, tu sais ?

– Je suis égoïste, dit Nathan. Je veux un tableau de toi nu avec ton chapeau de cow-boy.

– En fait, tu ne veux pas soutenir tout seul le regard du docteur Marriott. » Hoyt commence à déboutonner la chemise de Nathan. « Tu veux que je sois accroché à côté de toi au mur de sa chambre miteuse. Que je partage ton malheur.

– Si tant est qu'on en arrive là. Je préfèrerais

garder les deux tableaux, mais tu es un artiste. Tu dois être payé pour ton travail. »

Hoyt lèche la poitrine de Nathan. « On n'est pas en train de mourir de faim.

– Je serai bientôt dans la dèche. » Nathan déboutonne le Levi's de Hoyt.

« Dès que le livre sera fini, ils te renverront de l'argent.

– Peut-être. Nathan s'agenouille. Mais je suis inquiet. Si j'en avais fait une pièce de théâtre, le public aurait pu entendre la musique. Il tire sur le Levi's. L'histoire n'est pas la même sans musique. »

Aujourd'hui John F. Noble est vêtu d'une veste en tweed, d'un chandail, d'un pantalon de laine, mais il a toujours les mêmes cheveux coupés en brosse et les mêmes yeux durs comme l'acier, et son attitude solide et paternelle. Et tout cela paraît déplacé au milieu des clients débraillés, en jeans, du magasin de fournitures d'art où Nathan a accompagné Hoyt pour chercher la toile que le magasin lui a tendue, et acheter des tubes de peinture. Hoyt est dans l'arrière-boutique en train de parler avec un employé. Nathan erre dans le grand magasin lumineux, attentif à tout, archivant tout dans sa mémoire pour le cas où il voudrait un jour décrire ce genre d'endroit dans un de ses romans. Il touche les longs manches propres et jaunâtres de gros pinceaux en soie de porc disposés côte à côte par ordre croissant de largeur. Et John F. Noble s'approche de lui, et lui dit :

« Peut-être que je me suis trompé, et que Stubblefield n'est pas communiste. »

Nathan le fixe du regard. « Je n'ai jamais pensé qu'il l'était.

– J'ai dit "peut-être", dit Noble. Parce que si je suis sûr d'une chose, c'est que son ami George Lafleur en est un – ou en était un avant qu'ils le renvoient. Lafleur va chez Stubblefield, et Stubblefield va chez lui. À Silverlake. Souvent. Je le sais.

– Comment le savez-vous ? » Nathan a les cheveux dressés sur la tête. Il essaye de localiser Hoyt au fond du magasin, mais il n'est nulle part. « Des mois ont passé depuis votre visite. Je pensais que vous aviez renoncé.

– Le sénateur Skipworth a téléphoné au directeur Hoover, et j'ai reçu l'ordre d'oublier Stubblefield, mais je ne peux pas m'empêcher de m'inquiéter pour toi. Tu es un gosse sympathique et tu as un bon fond, mais si on te pinçait le nez il en sortirait du lait, et comme l'armée ne te prend pas en charge, il faut bien que quelqu'un t'évite les ennuis. Pourquoi ne rentres-tu pas chez tes parents, Nathan ?

– Parce que je ne suis plus un enfant. Laissez-moi tranquille.

– Si tu étais un de mes fils, dit Noble, je serais écœuré par les amis que tu t'es trouvé. »

Nathan se renfrogne. « Au moins, je les ai choisis.

– Vraiment ? dit Noble. Est-ce que ça ne serait pas plutôt eux qui t'ont choisi ? Tu ne t'es jamais demandé pourquoi ?

– J'aimerais que vous me fichiez la paix », dit Nathan.

Noble hoche la tête. « Dans une minute. Mais laisse-moi d'abord te dire pourquoi le Parti communiste des États-Unis a privé George Lafleur de sa carte, et l'a disgracié lors d'une réunion publique. »

Nathan se détourne. « Je ne veux pas en entendre parler. »

Noble attrape son bras. « Parce qu'il est homosexuel. Tu sais ce que ça veut dire ? Oui ? Eh bien, même les communistes ne veulent pas d'eux. Or Stubblefield est son ami. Et tu les fréquentes tous les deux. Nathan, suis mon conseil avant qu'il ne soit trop tard. Sépare-toi de ces gens.

– Nathan ? » C'est la voix de Hoyt. Nathan fait volte-face. Hoyt est au fond du magasin, devant la porte qui donne sur l'arrière-boutique, et à ses côtés une toile aussi grande que lui est appuyée contre le mur. Il est vêtu de son blouson en cuir et agite un bras orné de franges. Nathan se tourne pour parler à Noble, mais Noble a disparu. Nathan va aider Hoyt.

Nathan a beaucoup de mal à tenir sa langue à propos de Noble, mais il y parvient quand même. Une fois qu'ils ont porté la grande toile encombrante, à pied, jusqu'à l'appartement, il aide Hoyt à transporter dans le salon le plus grand chevalet, à y fixer la toile, et à déplacer le trumeau trois ou quatre fois jusqu'à ce qu'ils trouvent la meilleure position, puis il va chercher une chaise dans la cuisine pour y faire asseoir Hoyt, parce que Nathan veut que le tableau représente Hoyt assis sur ce genre de chaise. Nu. Avec son chapeau de cow-boy. Nathan prend la pose comme il l'a imaginée, et Hoyt suggère telle ou telle variation, jusqu'à ce qu'ils soient l'un et l'autre satisfaits.

Ils prennent de la bière et des verres et vont dans la chambre, se déshabillent et s'allongent dans la chaleur de l'après-midi, boivent la bière et font ce qui leur vient à l'esprit de se faire l'un à l'autre. Puis ils fument allongés en finissant la bière, qui a tiédi entre-temps. Et Nathan ne parle pas de Noble. Il a peur que cette fois-ci Hoyt le chasse pour de bon – dans son intérêt.

Assis par terre, il regarde Hoyt qui se dessine lui-même au fusain sur la toile, peste, efface le dessin avec une peau de chamois, dessine à nouveau, efface, jusqu'à ce qu'il ait ce qu'il veut. C'est encore mieux que ce que Nathan avait imaginé. Et c'est justement à cause de cela, à cause de cette façon qu'ils ont de penser la même chose, de voir les choses de la même manière, d'aller l'un et l'autre au-devant de leurs envies respectives, de leurs sentiments et de leurs désirs, qu'il n'arrive pas à se décider à parler de Noble.

Il a tort de se comporter comme un égoïste, n'est-ce pas ? La seule alternative morale qu'il ait est de mettre Hoyt en garde, pour lui permettre ainsi de se défendre, se cacher, s'enfuir, chasser Nathan. Lorsque arrive le moment où ils sortent et flânent jusqu'au restaurant chinois de Highland pour y dîner, Nathan s'est rendu malade de culpabilité. Dans le compartiment à cloison verte où, assis sur une banquette au dossier raide, il remue nonchalamment une crevette sautée dans un mélange de moutarde épicée et de ketchup, Nathan dit :

« On n'est pas obligés de rester ici. »

Hoyt cligne des paupières. « Mais on n'a pas fini de manger. »

Nathan secoue la tête. « Je veux dire, à L.A. On pourrait vivre dans le désert ou dans les montagnes. Une cabane sur la plage. Loin de tous. Partons, Hoyt. Demain. »

Tout en mâchant du *chow mein*, Hoyt scrute le visage de Nathan jusqu'à ce qu'il baisse les yeux. Il n'a pas faim, mais il commence à manger son *egg fu yung*, histoire de faire quelque chose. D'un pot en métal bosselé, Hoyt verse du thé dans de petites tasses épaisses. Il dit :

« À qui parlais-tu dans le magasin de peinture ?

– À personne. C'était à propos des pinceaux. Rien du tout.

– Il ne ressemblait pas à un peintre, dit Hoyt.

– Il m'a dit qu'il avait des fils. Peut-être qu'ils sont étudiants en art.

– Je ne peux pas partir, dit Hoyt. Pas maintenant.

– Pourquoi pas ? dit Nathan. Oublie tes communistes, Hoyt. »

Hoyt dit : « Je ne peux pas. Mais ce n'est pas à cause de ça. Tu as oublié que le Dr Marriott attend ses tableaux. »

C'est le milieu de la nuit. Il est réveillé par des cris. Hoyt aussi. Ils s'assoient en même temps. Les cris sont retentissants et viennent de l'extérieur. Du haut de la colline derrière la maison. Ce sont des cris rauques à vous rompre le cœur. Quelqu'un est en proie à une douleur atroce, ou une peur atroce. Ce n'est pas une femme. C'est un homme. Ils trébuchent l'un sur l'autre en descendant du lit à quatre pattes, nus, enfilent leur jean dans le noir à toute vitesse. Ils traversent en courant le salon qui sent la térébenthine et débouchent dans le couloir, où la porte de Reggie Poole s'ouvre brusquement. Reggie enfile en se débattant son immense kimono.

« Qu'est-ce qui se passe ? Ça va ?

– On dirait que quelqu'un est en train de se faire assassiner. » La porte qui donne sur l'extérieur est ouverte. Hoyt bondit dans les escaliers. Les cris stridents continuent. Nathan court après Hoyt, et Reggie les suit. Debout sous l'arbre, Hoyt fixe du regard le sommet du talus escarpé et broussailleux. Tout là-haut, les fenêtres du dernier appartement de l'hôtel Highland sont allumées. Et sur le balcon, Gentleman Jim Hawker est en train de courir en tous sens, de battre l'air, de se blottir çà et là, de se couvrir la tête de ses bras. Nathan sait depuis un bon moment que c'est l'appartement de Hawker. Il l'a aperçu là-haut taper à la machine le week-end, vêtu d'un short et d'un chapeau de paille.

« Mon Dieu, dit Reggie. Est-ce que vous vous rendez compte de qui il s'agit ?

– Oui, mais qu'est-ce qui lui arrive ? dit Nathan.

– On dirait qu'il est en pleine crise de delirium tremens, dit Hoyt. Il se croit poursuivi par des serpents, des crocodiles, l'Armée de l'Union.

– Est-ce qu'on ne devrait pas faire quelque chose ? dit Nathan.

– Qu'est-ce qui se passe ? » Titubant, les cheveux ébouriffés par le sommeil, Voynich descend les escaliers, vêtu d'un caleçon déchiré.

« Comment ça se fait que personne ne l'entende à l'hôtel ? » dit Nathan.

Reggie lui dit : « Cours prévenir le directeur. »

Mais c'est trop tard. En poussant des cris aigus et inarticulés, Hawker escalade frénétiquement le muret du balcon, s'arrête, chancelant, pour donner des coups de pied à des assaillants invisibles, perd l'équilibre, et tombe. Ils entendent le bruit sourd de son corps qui heurte le talus. Les cris ont cessé. Nathan escalade en rampant jusqu'au plateau où Hoyt et lui se font parfois bronzer, puis se met à grimper le versant de la colline dans l'obscurité. Il entend Hoyt derrière lui. Et Voynich qui dit : « Reggie est parti chercher une torche.

– Regarde à gauche, dit Hoyt. Et toi, Nathan, regarde à droite. »

Ils s'interpellent les uns les autres. Mais aucun d'eux ne trouve Hawker. Puis Reggie arrive. Il n'a pas grimpé le talus ; il a utilisé la passerelle délabrée qui part de la cuisine de Hoyt et Nathan. Reggie arrive en traversant lourdement l'épais fourré d'arbustes, chaussé de ses grosses galoches en bois. « Mais qu'est-ce que vous faites ? dit-il avec mauvaise humeur. Il est là, juste là. » Effectivement, Hawker est étendu face contre terre aux pieds de Reggie. À la lumière de la lampe de poche ils voient que les broussailles ont déchiré sa chemise et son pantalon. Les garçons se pressent autour de lui. Reggie se penche et retourne la petite silhouette dépenaillée. Hawker a les yeux fermés. Il est couvert d'égratignures, et il saigne. Il a l'air affreusement pâle.

« Merde. Voynich se signe. Il est mort ?

– Je t'ai dit – Reggie s'agenouille – que la mort n'existait pas. » C'est un fervent scientiste chrétien. À une époque il avait suivi une formation pour devenir adepte, mais cela n'avait pas marché. Il tend la torche à Hoyt. « Tiens-la bien droite, s'il te plaît.

– Nathan, va appeler une ambulance », dit Hoyt, sans avoir besoin de lui préciser qu'il doit aller jusqu'à la cabine téléphonique en face du marché.

« Non, non, » dit sévèrement Reggie. À la lueur de la torche, il est en train d'examiner le visage inconscient de Hawker. « Ne comprenez-vous pas que c'est un homme très célèbre ? L'un des plus grands écrivains de langue anglaise ?

– Est-ce une raison pour le priver d'ambulance ?

– Je vous expliquerai plus tard. Taisez-vous s'il vous plaît. » Reggie poursuit son examen. Il se redresse avec un profond soupir de soulagement. « Rien de cassé. La respiration et le battement du cœur sont normaux. Pas de signe d'hémorragie interne. Pas de commotion cérébrale. » Il se relève lourdement. « Il ira mieux après avoir dormi. » Il prend la torche des mains de Hoyt. « Vous avez un divan. Etendez-le dessus et couvrez-le d'une couverture. Ne me regarde pas fixement comme un idiot. Je te dis qu'il va très bien. »

Hoyt lève les yeux vers le balcon. « Il est tombé de haut, Reg.

– Quand tu es soûl à ce point, dit Reg, tu peux être à l'abri de choses qui pourraient tuer un homme sobre. » Il pivote. « Venez, portez-le doucement. »

Hoyt et Voynich s'en chargent. Nathan les suit. Reggie tend la torche en arrière pour qu'ils puissent voir où ils mettent les pieds. Hoyt demande : « Tu nous as dit que tu allais nous expliquer.

– Les ambulances attirent les journalistes. Imaginez les titres de demain. "James Hawker, l'auteur mondialement connu, hospitalisé après une chute. Cet ivrogne répugnant et autodestructeur a obtenu le Prix Pulitzer." Vous voulez gâcher sa réputation ?

– D'accord, d'accord, dit Hoyt. Je vois où tu veux en venir.

– Mais si jamais il mourait ? » dit Nathan.

Reggie s'avance sur la passerelle branlante. Il dirige le halo de lumière jaune sur les planches couvertes d'éclats de bois. « Tu n'as pas entendu ce que j'ai dit ? dit-il. La mort n'existe pas. Allons, venez. Nous avons tous besoin de café. »

Il en prépare dans la cuisine de Hoyt et Nathan, et ils le boivent assis autour de la table en fumant et en parlant à voix basse tandis que Gentleman

Jim Hawker ronfle dans le salon. Plus tard, le ronflement s'arrête, et Nathan se lève pour aller le regarder, certain qu'il va le retrouver mort. Comme il fait sombre, il s'approche tout près de Hawker, qui le fait sursauter en ouvrant les yeux. « Reed ? C'est vous ? Impardonnablement soûl. Veuillez m'excuser. Suis chez vous, n'est-ce pas ? Je vous suis profondément reconnaissant. » Ses yeux se ferment. Nathan se détourne. Hawker le tire par la manche. « Encore un petit service – s'il vous plaît ne le dites pas à Jack Warner. » Et il se remet à ronfler.

Une fois par mois Hoyt utilise la machine à écrire – pour écrire une lettre à sa famille à Amarillo, et les remercier du chèque. Le chèque est arrivé hier. Et lorsque Nathan s'assied ce matin-là pour travailler à son roman, il y a une lettre près de la machine – sans doute la lettre qui accompagnait le chèque. Il ne lit pas le courrier des autres. Frank et Alma ne l'ont pas élevé ainsi. Il prend la lettre dans l'intention de l'apporter à Hoyt, qui est en train de peindre dans le salon. Mais il marque un temps. La lettre est écrite sur du papier brouillon à rayures, arrachée, à vue de nez, à un bloc-notes "Chef Indien", prix cinq *cents*. Elle est rédigée au crayon à papier, et l'écriture est enfantine. La famille de Hoyt est aisée. Pétrole. Bétail. Grande maison tape-à-l'œil. Domestiques mexicains. Nathan fronce les sourcils et sans le vouloir, il lit les premiers mots de la lettre.

Cher fils Dwayne, Merci pour l'argent. Tu es si gentil. Je sais pas ce qu'on deviendrait si tu nous envoyais pas deux cents dollars tous les mois...

Pris de vertige, Nathan se rassoit. Il regarde au bas de la lettre. Elle est signée *Maman*. Hoyt lui a menti. Il ne reçoit pas d'argent de chez lui. Il leur en envoie. Mais quel argent ? Comment le gagne-t-il ? Nathan plie la lettre, va dans la chambre, la fourre dans le tiroir où Hoyt range ses sous-vêtements.

Hoyt crie : « Tu es bien silencieux. Tout va bien ?

– Je ne sais pas, dit Nathan. Sans doute que non. »

Les mains de Benbow sont couvertes d'un épais pansement. « Je me suis déchiré les ligaments des doigts », crie-t-il. Il est obligé de crier parce que le Chat Noir est un endroit bruyant. Le juke-box passe des disques, et la foule d'hommes attablés, accoudés au bar, adossés aux murs, rient et crient et font un bruit de tous les diables. Benbow est à une table d'angle avec un jeune Noir clair de peau et un marin trapu au nez écrasé, vêtu de blanc. Ils ont chacun un verre de bière devant eux. Benbow dit à Nathan : « C'était une erreur pour le piano. J'ai fait remettre la mécanique en position normale – si tu me pardonnes l'expression.

– Bien, maintenant je vais pouvoir en jouer de temps en temps, dit Nathan.

– Aussi souvent que tu voudras, dit Benbow. Les nerfs sont apparemment endommagés de manière irréversible. Les médecins doutent que je pourrai jamais rejouer. »

Nathan est épouvanté. « Tu ne parles pas sérieusement ?

– J'aurais dû consulter un professeur avant, dit Benbow. Un répétiteur, un expert. J'aurais dû arrêter de m'entraîner à l'apparition des douleurs. Au lieu de ça, je me suis mis à travailler plus dur. Suis passé de quatre à six heures par jour. » Rendu maladroit par les pansements, il s'empare prudemment de son verre et avale une gorgée de bière. « Je ne peux m'en prendre qu'à moi-même. »

Le Noir élancé fait la moue. « Si tu as l'intention de parler comme si j'étais pas là, je crois que je vais aller voir ailleurs. » Il se lève.

Benbow l'attrape par le poignet, lui dit quelque chose que Nathan n'entend pas à cause du vacarme. Le Noir rit, mais s'éloigne quand même. En titubant. Il a une jambe plus courte que l'autre. Il disparaît dans la foule.

Le marin dit : « Je croyais qu'ils aimaient tous la musique.

– Tu n'as pas de bière, dit Benbow à Nathan. Laisse-moi t'en offrir une. » Et il s'en va, se frayant un passage à travers la foule à coups de plaisanteries, brandissant ses mains bandées avec des gesticulations burlesques, tel le Lapin blanc d'*Alice au Pays des Merveilles*.

« Tout le monde a l'air de le connaître, dit le marin.

– Il habite près d'ici, dit Nathan.

– Et toi ? J'aimerais bien aller chez toi. Ici, dit-il en jetant un regard autour de lui, c'est vachement trop bruyant.

– J'habite à Hollywood, dit Nathan.

– Un acteur, dit le marin. C'est bien ce qui me semblait. Je me demande si je t'ai déjà vu jouer ?

– Je suis écrivain, dit Nathan. On ne voit jamais les écrivains.

– J'suis parti en mer pendant longtemps, dit le marin. J'ai le feu au cul. Si on allait chez toi tout de suite ? »

Avant que Nathan puisse répondre, Benbow revient en s'aidant de ses avant-bras pour porter les trois verres de bière contre sa poitrine. « Aidez-moi », dit-il, ils l'aident, et il s'assoit.

« Merci », dit Nathan en levant son verre à la santé de Benbow, et il boit. Hoyt a fait du *chili con carne* pour le dîner ; Nathan a soif, et la bière est bonne.

Benbow lève son verre à son tour et boit sa bière à longs traits. « Qu'est-ce qui t'amène ici tout seul ?

– Hoyt a une réunion, dit Nathan. Il faut que je te parle de quelque chose. » Il lance un regard au marin, mais un homme anguleux aux cheveux filandreux et teints au henné vient de s'arrêter derrière la chaise du marin et murmure quelque chose à son oreille. Nathan dit à Benbow : « Je suis désolé. Tu es venu ici dans l'intention de passer du bon temps. Mais j'ai besoin de conseils.

– Ça ne va pas être le courrier du cœur, j'espère », dit Benbow.

Nathan secoue la tête. « C'est à propos d'argent. Et de mensonges. »

Benbow sourit. « Ils vont si souvent de pair. » Il finit sa bière, repose le verre, et se lève. « Veux-tu que nous rentrions d'un pas tranquille à la maison ?

– Tu es sûr que ça ne t'ennuie pas ? »

Après avoir fait un petit signe hâtif de la main, le marin s'en va avec l'homme aux cheveux teints au henné. Benbow regarde autour de lui. « De toute façon, il est trop tôt. À cette heure-ci personne n'est prêt aux choses sérieuses. Mais George est parti dans une minuscule automobile avec une demi-douzaine de soldats volumineux, pour une destination inconnue – mais indiscutablement génitale – si bien que je me suis dit que j'allais faire un saut ici, au cas où. Et à moins que tu aies l'intention de passer la nuit nu entre mes bras, je reviendrai à l'heure du crime.

– Je ne te retiendrai pas longtemps, dit Nathan. Le dernier tramway est à vingt-deux heures quarante. »

Ils montent lentement la rue escarpée. Le brouhaha du bar s'atténue. Le bruit des voitures sur Sunset se transforme en un ronron faible et régulier. Dans les cours des maisons, les grillons stridulent. La nuit est plus fraîche que Nathan s'y attendait. Il frissonne dans sa chemise légère. Et parle à Benbow de la lettre. Explique la raison de son trouble.

« Comment gagne-t-il ces trois cents dollars ?

– Nathan, comment veux-tu que je le sache ? »

Dans le halo de lumière jaune d'un lampadaire, Benbow pivote et regarde le jeune homme en clignant des yeux. « Pourquoi ne lui demandes-tu pas ? »

Nathan secoue la tête. « S'il voulait que je le sache, il me l'aurait dit, il ne m'aurait pas menti.

– Ce n'est pas la première fois qu'il te ment. » Benbow s'arrête une minute et dévisage Nathan. « Peut-être ne mérite-t-il pas ton amour.

– Peut-être pas. » Nathan se remet à marcher. « Mais il l'a. Il a essayé de m'éloigner quand Noble est venu – le type du FBI. Noble a dit que Hoyt portait la poisse. Hoyt était d'accord, mais j'ai refusé de partir. Il est tout pour moi, Benbow. Sans lui je mourrais. Je ne comprends pas comment George et toi vous pouvez... le faire avec d'autres gens. Bon sang, si Hoyt me faisait ça, je me tuerais.

– Ce n'est pas lui que tu tuerais ? » Benbow a un sourire forcé. « Nathan, un jour tu repenseras à tout ça et ce sera l'occasion de t'interroger sérieusement sur ta santé mentale. »

Nathan dit : « Peut-être bien. En attendant, je ne vois pas comment changer mes sentiments. » Il donne un coup de pied dans une brindille sèche. « Je t'avais dit que Noble s'est manifesté à nouveau ? Ils lui ont retiré le dossier Hoyt, mais il continue à me suivre. » Benbow marche derrière lui. Nathan se retourne pour le regarder. « Il s'inquiète pour moi, il veut que je rentre chez mes parents. Comme si j'avais dix ans.

– Il y a moins de différence que tu ne le crois

entre dix et vingt ans, dit Benbow. Allons nous asseoir là-haut. » Il hoche la tête en direction d'une allée qui ne mène qu'à un escalier et aux fondations d'une maison qui n'existe plus. Dans la cour envahie par les mauvaises herbes et les broussailles, se dressent deux arbres touffus. Ils vont s'asseoir sur les marches. Les mains de Benbow sont posées sur ses genoux et les pansements se détachent, très blancs, dans l'obscurité. Il dit : « Nos amis ne nous donnent pas toujours de bons conseils, Nathan.

– Mais j'en attends de toi ce soir, dit Nathan. N'as-tu pas fait en sorte que Noble cesse de pourchasser Hoyt ? Par l'intermédiaire de ton beau-frère ?

– Si tu le dis, dit Benbow.

– Noble l'a dit », dit Nathan.

Benbow hausse les épaules. « Tu m'as demandé de l'aide, je t'ai aidé.

– Tu savais très bien pourquoi le FBI recherchait Hoyt, dit Nathan. Mais ils se trompaient, n'est-ce pas ? Et tu les as mis au parfum. Qu'est-ce qu'il fait, Benbow ? Comment gagne-t-il ces trois cents dollars par mois ? »

Benbow dit : « J'ai arrêté de fumer, mais j'ai envie de fumer maintenant. Ça ne serait pas des cigarettes que tu as dans ta poche de poitrine ? »

Nathan sort le paquet et ils allument leurs cigarettes. La fumée est emportée par la fraîche brise nocturne.

« Suis l'avis de Noble, dit Benbow, et rentre chez toi.

– Tu veux dire à Minneapolis ? dit Nathan.

– À Papeete, si possible, dit Benbow.

– Pour qui travaille Hoyt ? » dit Nathan.

Benbow reste silencieux pendant un moment, puis il prend une profonde inspiration et dit : « D'abord, que ce soit clair, je l'ignore. Mais dans la mesure où il ne peut parler à personne de ce qu'il fait, pas même à toi, et où tu serais en danger en restant avec lui, d'après moi ça doit être à la fois important et dangereux. » Nathan se contente de le regarder fixement. Benbow soupire avec impatience. « Bon d'accord. Réponds-moi : comment Hoyt t'a-t-il expliqué le fait qu'il n'ait pas été engagé dans l'armée ?

– Je ne lui ai jamais demandé. Ce ne sont pas mes affaires. Quelle est la raison, Benbow ?

– S'il ne te l'a pas dit, pourquoi me le dirait-il à moi ? dit Benbow. Mais je me suis souvent posé la question. Pourquoi n'est-il pas posté dans un fort poussiéreux au Texas, en train de dessiner des cartes militaires, ou de fabriquer des filets de camouflage, ou encore de peindre modestement des baraques ?

– Qu'est-ce qu'il fait, Benbow ? Es-tu en train d'insinuer que c'est l'armée, les marines, les gardes-côtiers, ou l'Aviation qui le payent trois cents dollars par mois ? Pour quoi faire ?

– J'avoue que cela paraît un peu tiré par les cheveux, dit Benbow, mais étant donné qu'il est sain de corps et d'esprit, que pour une raison ou une autre l'Oncle Sam ne l'a pas pincé, et que les communistes sont les ennemis de l'intérieur...

– Oh merde, dit Nathan en jetant sa cigarette. Tu veux me faire croire que Hoyt Stubblefield est un... un... un espion ? Voyons, Benbow.

– Tu as lu ce livre de Gide que je lui ai prêté ? » Benbow lance sa cigarette en l'air, se lève, dépoussière son pantalon avec ses mains bandées. « *Les Caves du Vatican ?*

– Non. » Nathan se lève aussi. La marche en ciment est gelée et lui a refroidi le derrière. Il a froid partout. C'est stupide de sa part de ne pas avoir mis de chandail. C'est stupide de sa part d'être venu. Benbow est en train de le manipuler, ainsi que Hoyt l'en avait averti. Il demande d'un ton maussade : « Pourquoi, je devrais ?

– Je crois que oui. » Benbow commence à descendre la bande de ciment qui rejoint la rue. « En tout cas voici une phrase qui va t'intéresser : "Pour les naïfs la voie la plus simple est de se limiter aux choses qu'ils connaissent."

– Peut-être, mais ça a l'air dangereux », dit Nathan.

Benbow s'arrête sur l'allée, pivote brusquement, et dit gravement : « Ça l'est, Nathan. Ça l'est. »

Avec un couteau de boucher, Nathan découpe un sac d'épicerie en papier marron, l'étale, y pose les pages de roman qu'il a écrites depuis la réception du contrat, replie soigneusement le papier, lèche la colle sur la bande de papier gommé en spirale qu'il a fauché sur le bureau de Reggie, et ferme le paquet avec le scotch. Il lèche et colle sur le paquet l'étiquette gommée qu'il a tapée à la machine. Pour se débarrasser du goût de la colle, il boit une tasse de café et fume deux cigarettes avec Hoyt, puis, sandales aux pieds, se met en route vers le bureau de poste de Highland, en face du restaurant chinois. La matinée est lugubre ; un vent froid et capricieux souffle, et des nuages noirs pèsent à l'horizon, au sud. Trois ou quatre personnes font la queue, et lorsque le tour de Nathan arrive de donner son paquet au petit homme gris à la visière en celluloïd vert, derrière la fenêtre grillagée, pour qu'il le pèse, et de payer les timbres, des gouttes de pluie se mettent à fouetter la vitre sans tain du bureau de poste. Il tire la lourde porte en verre, sort sous la pluie, et voici Rick Ames vêtu d'un vieux mackintosh, ses pieds plats dans des chaussures de tennis déchirées, claquant dans les flaques sur le trottoir. Il a trois enveloppes en papier bulle entre les mains.

« J'ai appris, dit-il, que tu as entamé une idylle avec la Petite Chérie aux pieds nus.

– La Petite Chérie ? dit Nathan.

– C'est comme ça que l'appelle Percy, dit Ames.

– Ce n'est pas une idylle, dit Nathan en riant. Elle a un camion, et il s'est trouvé que j'ai eu besoin d'un camion. » Il explique pourquoi.

« Elle m'a tout raconté, dit Ames, et je respecte les impératifs de l'art, mais je peux te dire sans crainte d'être contredit que tu as allumé des convoitises chez elle, or si mon avis a une quelconque valeur pour toi, à partir de maintenant tu éviteras à tout prix de croiser le chemin de cette enfant concupiscente.

– Et son camion ? dit Nathan. J'avais le projet de...

– C'est le camion de Percy Hinkley, dit Ames. Il va être furieux s'il apprend qu'elle a permis à un beau jeune homme de s'en servir une fois, sans parler de deux fois.

– Il est gros ? demande Nathan. Il est coriace ?

– Il est grand, squelettique et asthmatique, dit Ames. Mais on peut s'attendre à ce qu'il se comporte avec cruauté à l'égard de Flora Belle Short afin de punir Linnet de t'avoir fréquenté.

– Elle veut que Hoyt lui donne des cours d'espagnol », dit Nathan.

Ames blêmit. « Ne la laisse pas s'approcher de lui – à moins que tu tiennes à démolir ta relation avec Hoyt. »

Nathan sourit. « C'est juste une fille de seize ans un peu seule, qui a trop de temps libre. » Les enveloppes de Ames sont de plus en plus humides. Nathan les touche. « Tu envoies des manuscrits ?

– Il faut absolument que je trouve un moyen de gagner de l'argent.

– Des nouvelles ? dit Nathan.

– Des articles, dit Ames. Sur Thornton Wilder, Somerset Maugham, Graham Greene. » Il roule les enveloppes et les fourre dans sa poche. « Jadis j'écrivais pour eux tous, *Scribners, The Atlantic, Harper's*. Il y a des années de cela. Aujourd'hui j'ai envie qu'ils se souviennent de moi. »

Ce jour de folie où ils avaient fêté le contrat de Nathan, Rick, abruti par le champagne, lui avait parlé de ces articles. Ils ont été écrits il y a longtemps, et refusés. Rick les avait probablement envoyés à tous les magazines à l'époque. Mais Nathan se contente de dire : « Je suis sûr qu'ils se souviendront de toi. Comment va Tony ? »

Ames prend un air triste. « C'est pour ça que j'ai besoin d'argent. À cause de ses jambes. Des varices avec abcès. Ça ne s'arrangera pas tant qu'il passera ses journées debout. Il a déjà commencé à contracter des infections.

– Je suis désolé, dit Nathan. Il ne pourrait pas s'absenter pour raisons de santé ?

– Il a déjà utilisé tous ses jours de congé de l'année, dit Ames. Ils seraient d'accord bien sûr pour qu'il prenne des jours en plus, s'il les paye de sa poche. Mais il n'a aucune économie. Comment pourrait-il en avoir ? Il donne tout à ces charlatans qui ne font rien pour lui à part glousser sur ses jambes et lui changer ses pansements en disant que c'est encore plus moche que la semaine dernière. »

La pluie a aplati les cheveux de Nathan. D'une main maladroite il les écarte de son front, de ses yeux. « Je suis désolé. J'espère que les rédacteurs en chef vont acheter tes articles.

– C'est horrible, dit Ames en pataugeant, ce que la vie peut faire à une personne. » Il entre dans le bureau de poste, et Nathan trottine jusqu'à chez lui.

Au Suzie-Q, Erroll Garner est assis au piano sur une estrade en forme de tambour rayée d'éclats iridescents. Il est tard et, mauvais temps ou pas, la pièce étroite est pleine à craquer. La table de Nathan et Hoyt est tout contre l'estrade. Garner est assis juste au-dessus d'eux. Il s'échine, transpire comme un boxeur, renverse sa tête grimaçante en arrière en jouant, puis se penche au-dessus des touches, se balance d'un côté et de l'autre, si bien que Nathan et Hoyt sont aspergés de transpiration. Garner a de grandes mains et de grandes idées et c'est étonnant de le voir faire tout son possible pour transformer le piano en orchestre symphonique. Il fait monter en neige un morceau d'Ellington, *Satin doll*, en poussant des grognements de plaisir tandis que la musique sort à grand fracas du Steinway et ricoche sur les murs. Nathan et Hoyt n'ont presque pas d'argent, mais ils sont venus fêter quelque chose. Hoyt a terminé son tableau.

Au début, Nathan a abandonné sa machine à écrire des jours d'affilée. Il s'est assis sur le sol, sur le rebord de la fenêtre, il s'est couché par terre et adossé au mur, pour regarder travailler Hoyt. Mais un jour Hoyt l'a regardé comme s'il était un insecte et lui a dit : « Va-t'en, Nathan.

– Pourquoi ? Je ne dis rien. Je ne te dérange pas.

– Si tu vois chacun de mes mouvements, où est la magie ? Une fois que ce sera fini, je n'aurai plus aucun secret... »

Nathan fut obligé de rire en entendant cela. Hoyt n'y prit pas garde.

« ... et tu t'ennuieras. De toute manière, tu dois

te consacrer à ton propre travail. C'est le plus important.

– Je ne pense pas. Pourquoi dis-tu ça ?

– Je n'ai pas vendu de tableau. Tu as vendu un livre. D'ailleurs ne l'attendent-ils pas en ce moment à New York ? »

Nathan eut un rire sceptique. « J'en doute. Ça fait maintenant deux semaines que je leur ai envoyé les autres chapitres, et ils ne m'ont pas répondu. Ils ne savent probablement pas quoi dire. Personne n'aime admettre qu'il a fait un mauvais pari.

– Voyons, dit Hoyt. C'est un livre merveilleux. Drôle et triste et parfaitement orthographié.

– Tu dis des choses tellement gentilles, dit Nathan.

– Mais c'est vrai », dit Hoyt. Et il sourit. Et l'embrassa.

Après cela, lorsqu'il ne peignait pas, Hoyt prit l'habitude de recouvrir son tableau d'un vieux drap, et Nathan travailla à son roman, écrivant avec peine et sans joie – attendant de recevoir la lettre, fâché contre l'éditeur qui ne lui répondait pas, et redoutant pourtant à chaque fois qu'il ouvrait la boîte, d'y découvrir la lettre. Et puis, par un après-midi froid, sombre et pluvieux, alors que Nathan était prêt à vomir tous les mots qu'il avait écrits, Hoyt, fumant une cigarette comme l'on fume pour se récompenser d'un dur labeur, le front orné d'une tache noire tel un symbole de son travail, surgit vêtu de son vieux pull effiloché et tout taché de peinture, se pencha dans l'encadrement de la porte de l'atelier, et dit :

« Ça y est. Tu peux le voir maintenant. »

Sur scène Erroll Garner se livre à une émeute solitaire avec *Blues in the night.* Il semble avoir quatre mains.

Engourdi, Nathan quitta sa machine à écrire et suivit Hoyt dans le salon. Le tableau était là. Achevé. Hoyt l'avait travaillé de la même façon que le portrait de Nathan : il l'avait zébré de bandes de noir de fumée, si bien qu'il fallait le regarder fixement pendant une minute avant de distinguer l'image et les couleurs. Mais c'étaient l'image et les couleurs que Nathan avait espérées.

« Il est encore plus beau que mon portrait, dit-il.

– J'ai beaucoup appris en peignant celui-ci », dit Hoyt.

Nathan garda le silence. Le tableau le remplissait d'amour pour Hoyt. Et de pitié. Le portrait de Hoyt, assis sur cette chaise dure et efflanquée, avec ses jambes dures et efflanquées innocemment allongées, un pinceau à la main, un chapeau de cow-boy posé en arrière sur sa tête, son corps efflanqué et dur tendu légèrement en avant et scrutant son modèle, était terriblement vrai dans son application, et terriblement solitaire. Il s'était bien sûr pris lui-même comme modèle, tel qu'il apparaissait dans le trumeau ovale. Mais si les deux tableaux avaient été accrochés l'un à côté de l'autre, le spectateur aurait pu croire que Hoyt s'était peint en train de peindre Nathan. Pas solitaire. Un acte d'amour.

Hoyt essuya les larmes qui coulaient sur le

visage de Nathan. Ses doigts sentaient la térébenthine. « Qu'est-ce qui ne va pas ?

– C'est très personnel. Je ne veux pas que tu le donnes au Dr Marriott. Je le veux pour moi. Je veux rester assis à me branler devant pour le restant de mes jours. Au diable l'écriture.

– Plus vite on le sortira d'ici, mieux ce sera. Dis à machin-chose qu'on aura besoin de son camion demain. »

Au-dessus de leur tête, Erroll Garner s'acharne sur le clavier. La *Caravane* se transforme en locomotive. Les verres de Hoyt et de Nathan sont vides, comme leurs poches. Ils se lèvent, distribuent sourires et saluts à Garner, sortent du Suzie-Q et se retrouvent sous la pluie.

Sur le boulevard désert, Hoyt s'arrête et lève son visage vers la pluie. « Ça lavera la sueur du Noir, dit-il.

– Tout le monde a la même », dit Nathan.

Hoyt lui prend le bras et se remet à marcher. « Je n'aime que la tienne. »

« Ils sont nus », dit Linnet Hinkley avec un hoquet de surprise. Nathan n'avait pas prévu qu'elle l'accompagne, mais elle a grimpé dans le camion sans y avoir été invitée, et la voilà qui regarde les tableaux bouche bée, sa bouteille de Coca à la main. Hoyt n'a pas encore eu le temps de les recouvrir. Il a juste étendu des morceaux de journaux par terre et les a assemblés avec du scotch. Maintenant, en état de choc, il essaye de cacher les tableaux, mais dans son empressement les feuilles lâches et encombrantes s'obstinent à lui glisser hors des mains. Elle dit à Nathan : « Je veux dire, on voit tout. » Ses belles pommettes s'empourprent. Elle se tourne vers Hoyt, pleine d'étonnement. « Vous faites ce genre de choses ? »

Hoyt hausse les épaules. « Je l'ai fait, non ?

– Je veux dire, ça n'est pas contraire à la loi ?

– Probablement. Toutes les choses agréables sont plus ou moins interdites par des lois. Il sourit. Vous ne l'aviez pas remarqué ?

– Pas quand on est marié », dit-elle.

Hoyt rit, et réussit à fixer un morceau de ruban adhésif en haut du châssis de la toile, et à dissimuler ainsi l'inconvenant Nathan et ses rubans. Il se penche, déchire de grandes longueurs de ruban adhésif, fixe les côtés et le bas, puis fait un brusque mouvement de tête à l'intention de Nathan, qui s'approche, s'empare du tableau, l'emporte dans l'entrée puis au bas de l'escalier, et le fait glisser avec précaution dans le fond du camion.

« *Como esta usted ?* » demande Hoyt, tout en recouvrant son propre portrait d'un assemblage de journaux. Il regarde Linnet en haussant les sourcils.

« *Muy bien, gracias*, dit-elle.

– Vous voyez comme c'est simple ?

– Je vais m'amuser en prenant des cours avec vous, dit-elle. Tenez, laissez-moi vous aider à porter ça en bas. » Elle traverse la pièce et attrape un des côtés du châssis. « Nathan m'a dit que quelqu'un allait vous payer pour ces tableaux. Qui ? » Hoyt et Linnet transportent le tableau à l'extérieur. « Un gros vieux pervers comme Ricky Ames ?

– Vous les voulez ? dit Hoyt. Je vous les donne.

– Vous plaisantez. » Elle pivote et commence à descendre les escaliers. « Percy me tuerait. » Nathan les suit, les regarde déposer la toile par-dessus l'autre. La brise est froide. Il lève les yeux. Le ciel est en train de s'assombrir. Il va se remettre à pleuvoir. Ils feraient mieux de se dépêcher. En grimpant dans le camion, il se demande avec détresse si Linnet a l'intention de les accompagner chez le Dr Marriott. Quelle bêtise va-t-elle dire lorsqu'elle le rencontrera ? Mais elle ne monte pas dans le camion. Elle fait le tour, et rejoint Hoyt en souriant pendant qu'il claque la portière.

« Ils sont très beaux ces tableaux, dit-elle. Je veux dire, je suis incapable de dessiner une ligne droite. Mais – vous les avez peints pour de l'argent, n'est-ce pas ? Vous ne les avez pas peints seulement pour Nathan et vous ?

– Comment aurais-je pu ? Hoyt la regarde avec un sourire moqueur, et démarre. On n'est pas mariés. »

À Westwood, la rue qui longe l'université est courbe et bordée d'arbres. Benbow les attend à un croisement, un porte-documents sur la tête pour se protéger du crachin. D'une main qui n'est plus bandée mais gantée, il fait signe au camion. Hoyt s'arrête. Benbow se presse dans la rue. Nathan baisse sa vitre. Benbow dit : « Rentrez chez vous.

– Pourquoi, qu'est-ce qui ne va pas ? dit Nathan.

– Il y a eu un changement de programme. Il faudrait vraiment que vous ayez un téléphone. J'ai appelé votre voisine d'en dessous, mais elle a refusé de prendre le message.

– Elle est fâchée contre moi, dit Hoyt, depuis que Nathan s'est installé dans mon appartement. Elle doit se dire qu'elle n'a plus aucune chance de me mettre dans son lit.

– On ne peut pas faire demi-tour, Benbow, dit Nathan. On a eu trop de mal à emprunter ce camion.

– C'est maintenant ou jamais, dit Hoyt en emballant le moteur. Allez viens, mets-toi à l'abri. Ça doit être dans ce pâté de maisons.

– C'est dans ce pâté de maisons. » Benbow ouvre la portière, Nathan se pousse pour lui laisser sa place, Benbow entre et claque la portière. « Mais le problème n'est pas là. Le problème, c'est que le Dr Marriott a un invité.

– Qui déteste l'art ? » Hoyt conduit le camion lentement.

« Il adorerait certainement, mais Marriott a peur que ça fasse échouer ses plans, d'avoir chez lui deux tableaux de vous, nus. »

Hoyt rit sèchement. « Tu veux dire qu'il a un nouveau neveu ? »

Benbow hoche la tête et soupire. « Et il s'en est complètement entiché, comme d'habitude. Et le neveu est tout à fait là ce matin, il n'y a pas de doute. »

Hoyt s'arrête au milieu de la rue déserte et

sonde à travers la pluie la maison en stuc blanc de Marriott, derrière son patio fermé par une grille en fer. « On peut monter l'allée en camion jusqu'au garage. Tu vas chercher la clef du garage et tu dis à Marriott de poser un oreiller sur la tête du gosse pendant cinq minutes. On mettra les tableaux dans le garage et on fichera le camp. Et plus tard, lorsque le gosse se lassera de jouer au neveu et partira, Marriott pourra traîner les tableaux à l'intérieur et les accrocher. »

Nathan a soudain une lueur d'espoir. « Ou peut-être qu'il ne les veut plus ?

– Il brûle d'impatience de les avoir. » Benbow extrait de son porte-documents une enveloppe. « Voilà son chèque. Mais il aurait préféré que vous gardiez les tableaux jusqu'à ce qu'il les envoie chercher. »

Hoyt secoue la tête. « Ils sont trop stimulants pour le jeune Nathan. Il n'arrivera jamais à écrire.

– Je n'ai pas vu ton portrait, dit Benbow.

– Il est splendide », dit Nathan. L'enveloppe est dans sa main, mais il n'a pas envie de l'ouvrir. « Je ne voudrais pas m'en séparer pour tout l'or du monde, mais le problème c'est qu'on est fauchés. »

Hoyt dit : « Alors Benbow, tu y vas ?

– Eh bien... » Benbow pousse la gâche grinçante de la portière du camion, « si tu insistes ». Il descend. « Mais ça ressemble un peu trop à une conspiration. » Il claque la portière. « Et si les choses se gâtent ?

– J'aimerais bien dans un sens, dit Hoyt. Ça ne

nous ferait pas de mal de rigoler par une telle journée. »

Frank écrit :

Un certain John F. Noble m'a envoyé une lettre. Sans expliquer pourquoi il se mêle de cette histoire, il me conseille de te ramener à la maison. Il dit que tu as de mauvaises fréquentations et que tu pourrais te mettre dans un sérieux pétrin. La lettre est écrite sur du papier du FBI, et il se présente comme un « agent », ce qui bien entendu aiguise ma curiosité. Je n'ai jamais considéré les gens de son acabit comme des êtres supérieurs – mettre le nez dans les affaires d'autrui me paraît être une manière assez louche de subvenir à ses besoins. D'un autre côté, je ne peux pas m'empêcher de me demander comment tu as attiré son attention. Peux-tu simplement me dire qui sont ces gens avec lesquels tu t'es lié d'amitié ? Je sais bien que tu es plus vieux maintenant, mais à Fair Oaks tu fréquentais des personnes pour lesquelles je n'avais aucune estime. J'espère que ça ne va pas entrer dans tes habitudes. Je sais que tu as une intelligence au-dessus de la moyenne, et que tu as plus de mal que nous autres simples mortels à faire des rencontres stimulantes, pour autant essaye de garder la tête froide et ne fais pas l'erreur de trouver intéressants tous les désaxés de la planète. Écris-nous pour t'expliquer au sujet de Noble, veux-tu ? Je me sens mal à l'aise. Je n'en ai pas parlé à ta mère. Elle va bien, les clients sont nombreux, les idiots le seront toujours. Elle a beau prétendre le contraire, je sais que tu lui manques.

Cela dit, elle exige encore des excuses pour cette séance de spiritisme que tu as sabotée. Trouve une solution, veux-tu ? J'aimerais tant que tu reviennes. Si tu veux rentrer, tu n'as qu'à le dire. Je jouerai pour quelques enterrements de plus, et je te paierai un billet de train. J'espère que l'écriture de ton livre se passe bien. Ta tante Marie t'embrasse.

Hoyt lit la lettre devant son bol de lentilles au curry. Et se marre en crachant des miettes de biscotte. Il rend la lettre à Nathan en secouant la tête. « Ne s'agit-il pas de ce type qui avait dans son grenier une foule de vieux instruments de musique et qui glandait toute la journée là-haut au lieu de sortir chercher du travail ?

– C'est bien Frank. » Nathan rempoche la lettre.

« Et ta mère ? La diseuse de bonne aventure ? »

Nathan fronce les sourcils. « Ils sont chouettes, Hoyt. Ne te moque pas d'eux. Ils m'aiment, je les aime.

– C'est très bien, Nathan, mais on ne peut pas dire qu'ils ressemblent à monsieur et madame Tout-le-Monde de l'Iowa ordinaire, n'est-ce pas ? »

Nathan a la bouche pleine. Il secoue la tête, déglutit. « Pour commencer – ils lisent trop de livres.

– Et pourtant ça n'empêche pas ton père de te mettre en garde contre les amis non conformistes. Quel genre d'amis espérait-il pour toi ?

– Ouais. Je vois ce que tu veux dire. » Nathan boit une goulée de lait et fait un sourire triste. « C'est drôle.

– Les gens n'ont jamais tellement conscience de ce qu'ils sont, dit Hoyt. Surtout lorsqu'ils donnent des conseils.

– Qu'est-ce que je vais lui répondre ? C'est déjà grave de lui faire croire que je suis hétéro. Je n'ai pas envie de lui mentir à tout propos.

– Parle-lui de la fête luxueuse à Beverly Hills et de tous ces gens importants du cinéma que tu as rencontrés. Notamment Charles Laidlaw. Ça l'impressionnera. » Hoyt recommence à manger gloutonnement. « Il lit beaucoup. Dis-lui que James Hawker est notre voisin. Qu'il nous a rendu visite l'autre soir. »

Nathan rit, puis se renfrogne. « C'est pareil que mentir.

– Et Benbow, où est le problème en ce qui le concerne ? Professeur de philosophie à UCLA, y a-t-il métier plus respectable ? Tu n'as pas besoin de parler de George.

– Je ne le ferai pas, mais Noble peut s'en charger à ma place. » Prenant une inspiration apeurée, Nathan raconte à Hoyt sa rencontre avec Noble dans la boutique d'arts plastiques. « La prochaine fois il risque d'écrire à Frank que mes amis sont pires que des communistes, qu'ils sont homosexuels. »

Hoyt secoue la tête. « Il ne parlera jamais de ça. » Devant l'air hébété de Nathan, Hoyt dit : « Tu ne comprends donc pas ? La manière dont il te poursuit avec sa sollicitude de grand frère, ses mises en garde chuchotées... » Hoyt grogne avec dérision, secoue la tête. « Il essaye de te mettre dans son lit, Nathan.

– Je n'y crois pas. Noble ?

– Même les agents du FBI ont une vie sexuelle. » Hoyt racle bruyamment avec sa cuiller les dernières lentilles au curry. « Pour les vacances, J. Edgar loue un étage entier du vieil Hotel Del Coronado sur la côte, et s'entoure de magnifiques garçons qui vont et viennent de nuit comme de jour. C'est de notoriété publique. »

Nathan rince son bol dans l'évier, le met à sécher dans l'égouttoir, revient s'asseoir. Hoyt fume. Nathan prend le paquet de cigarettes, en allume une, regarde Hoyt durement. « Et Noble n'a jamais pensé que tu étais communiste ? Il m'a juste dit ça comme ça en espérant que je viendrais me réfugier dans ses bras, effrayé ?

– Tout ça se tient, dit Hoyt.

– Pas quand on pense qu'il a écrit à mon père pour lui conseiller de me rappeler à la maison. Hoyt, tu es d'accord avec ce qu'il a dit – que tu es dangereux pour moi. Merde, tu as même essayé de me convaincre de te quitter ce jour-là. Tu l'as oublié ? Pas moi. Pourquoi me mens-tu autant, Hoyt ?

– Je te l'ai dit, pour t'éviter les ennuis, dans la mesure du possible.

– Mais ta famille. Ils ne sont pas riches, ils sont pauvres. Tu m'as dit qu'ils t'envoyaient de l'argent tous les mois. Ce n'est pas vrai. C'est toi qui leur en envoies. »

Hoyt écarquille les yeux. « Qui te l'a dit ?

– Personne, mais c'est vrai, n'est-ce pas ?

– Mon vieux ne peut pas travailler. Il a un cancer.

– Mais pourquoi tu ne me l'as pas dit ? »

Hoyt dit : « C'est bientôt Halloween. Il va y avoir un bal costumé au Chat Noir. Benbow nous a obtenu des invitations.

– Je ne sais pas danser, dit Nathan. Je n'ai jamais appris.

– C'est à cause des filles. Au Chat Noir il n'y aura pas de filles. Tu apprendras à danser en un rien de temps.

– Hoyt, d'où viennent les trois cents dollars que tu reçois tous les mois ?

– Si j'ai menti, c'est pour t'empêcher de me le demander. Il vaut mieux que tu ne le saches pas. » Hoyt ôte sa cigarette de sa bouche. « Tu as une idée de ce que tu vas porter ?

– Au Chat Noir ? dit Nathan. Un costume de plongée. »

« "N'est-ce pas une dague que je vois là devant moi ?" » À moitié accroupi, raide, Mike Voynich est immobilisé au milieu du salon aux lampes allumées, sa main massive d'ouvrier levée comme pour effacer la vision. *« "Le manche à portée de main ? Viens" »* – il se jette en avant – *« "que je t'empoigne" »* – il avance vivement la main vers l'épée née de l'imagination malade de Macbeth, et ne rencontre que l'air. Surpris, il contemple d'un air hébété sa main vide. *« "Je n'ai pas pu t'atteindre" »* – il sonde le vide, les yeux exorbités – *« "Et pourtant je te vois encore" »*. Il plisse les yeux, prend un air maussade. *« "Et sur ta lame et sur ta poignée goutte" »* – il déglutit, et laisse échapper le

mot d'une voix rauque – « *"du sang, qui n'était pas là tout à l'heure*[1]*..."* ». C'est une lecture éculée, mais au moins ce n'est pas celle d'un camionneur. Ce n'est pas non plus celle de Maurice Evans[2], mais Reggie l'a dirigé dans ce sens. À la fin, une fois que Voynich est resté immobile pendant une minute en respirant bruyamment, sa tête dorée penchée vers le sol, ses poings serrés le long du corps, Nathan et Hoyt se mettent à applaudir et crient « Bravo ! ». Puis ils boivent tous les quatre le tokay à trente-neuf *cents* de Reggie en mangeant des biscuits Oreo, et Reggie leur dévoile ses projets palpitants. Judith Anderson donne une pièce à Santa Barbara. Reggie la connaît, il a travaillé comme dialoguiste sur le plateau d'un quelconque film noir de la RKO dans lequel elle jouait. La semaine prochaine il achètera deux tickets de bus pour Santa Barbara, et après le spectacle il amènera Voynich dans les coulisses pour qu'il récite son monologue. Rayonnant, il regarde Voynich. « "Et le reste est déjà entré dans l'histoire" ».

Le soir, dans leur lit, Nathan murmure à l'oreille de Hoyt : « Il me semblait pourtant que la citation était "Le reste n'est que silence."

– Même si tu te trompes, dit Hoyt, à mon avis ça correspond bien mieux à la situation. »

1. *Macbeth*, de Shakespeare, traduction française d'Yves Bonnefoy. *(N.d.T.)*

2. Grand acteur shakespearien, né en 1901 en Angleterre. *(N.d.T.)*

« Bon, la colle est sèche. » Il est vingt et une heures. Hoyt sort de la salle de bains en agitant deux cache-sexe, scintillant l'un de paillettes d'or, l'autre de paillettes d'argent. « Il est temps de se préparer. Benbow arrive à dix heures. Et il y a beaucoup à faire. Allez, bébé, enfile-moi ça. »

Nathan se déshabille en silence et enfile le cache-sexe doré en tremblant dans le froid nocturne. « C'est tout raide. Ça va m'écorcher la peau.

– Tiens. Rembourre-le avec des Kleenex. »

Hoyt a découpé des pochoirs, qu'il utilise à présent pour peindre des étoiles et des planètes dorées et argentées sur le corps de Nathan – visage, cou, épaules, bras, poitrine, ventre, dos, jambes. Saturne sur son nombril. La lune sur une fesse, le soleil sur l'autre. Il leur fait des visages. En jetant un coup d'œil au trumeau par-dessus son épaule, malgré le peu de lumière renvoyée par la lampe, Nathan peut voir que le soleil et la lune clignent de l'œil lascivement.

« Bon, à moi maintenant », dit Hoyt en se débarrassant de ses vêtements.

Après un petit divertissement, Nathan s'empare des pochoirs et, les doigts tremblants, en suivant attentivement les instructions de Hoyt, il peint de grandes et petites étoiles et planètes partout sur le corps de Hoyt. Il ne se débrouille pas trop mal, même pour les délicats visages du soleil et de la lune. Hoyt a découpé des casques dans du carton et les a couverts de dorure. Chacun est surmonté d'une étoile. Ils les enfilent et s'admirent devant le trumeau, mais il fait froid.

« On va se geler à mort, dit Nathan.

– Attends, dit Hoyt en s'éloignant, et en revenant avec un loup argenté et un loup doré. Il place le doré sur le visage de Nathan et l'argenté sur son propre visage, et à nouveau ils s'observent dans le miroir, côte à côte. « Personne ne pourra nous distinguer l'un de l'autre. Sais-tu qui est toi et qui est moi ? Moi je ne le sais pas. »

Nathan dit : « Celui qui est moi commence à bander. Hoyt, on est trop sexy. On va se faire violer.

– Pas par ceux qui connaissent la mythologie. Castor et Pollux étaient des lutteurs professionnels, des champions. Hoyt claque des doigts. Les chaussons. J'ai failli oublier les chaussons. » Il s'en va et revient avec des petites choses en satin léger, les unes dorées, les autres argentées. Il s'accroupit et enfile les chaussons aux pieds de Nathan. Il prend appui sur une jambe, puis sur l'autre, et enfile les siens. « Ce sont des chaussons magiques. » Il donne un baiser léger à Nathan. « Si jamais tu ne veux pas te battre, grâce à ces chaussons tu pourras t'envoler poussé par le vent. » Baissant le regard, il touche ses étoiles et ses planètes. « Bien. Elles sont sèches.

– On ne peut pas sortir dans la rue comme ça », dit Nathan.

« Après notre leçon d'espagnol, j'ai obligé Linnet à accepter un emprunt. » Hoyt s'éloigne à nouveau et revient chargé d'un imperméable et d'un pardessus en laine. « Propriété de Percy Hinkley. Toujours en mer. » Hoyt drape le manteau le plus chaud autour des épaules de Nathan. « Ce qu'il ignore ne peut pas lui faire de mal.

– J'espère que Flora Belle ne t'a pas vu, dit Nathan.

– Elle voit tout. » Hoyt passe l'imperméable en agitant les bras. « Mais elle ne pourra jamais raconter au vieux Percy la meilleure partie de l'histoire. » Il boutonne le manteau, éteignant de ce fait les étoiles. « Elle ne sera pas au Chat Noir.

– Dommage. » Nathan enfile le manteau avec un haussement d'épaules, et le boutonne. Les manches sont trop longues. « Elle se serait sentie parfaitement à sa place. »

Hoyt secoue la tête. « Mère et fille sont allées voir un film d'horreur.

– Des douceurs pour la douce[1] », dit Nathan.

Et dehors, Benbow klaxonne.

Au bout d'un quart d'heure, il se remet à pleuvoir sur Sunset. Dans le plastron brillant d'un centurion, Benbow tend son bras musclé et enclenche les essuie-glaces.

« Nos casques vont fondre, dit Hoyt.

– Je vais vous déposer devant la porte, dit Benbow, avant de garer la voiture. Si j'arrive à trouver une place.

– Ton déguisement ne peut pas fondre, dit Nathan.

– Ma cuirasse pourrait rouiller », dit Benbow. Il leur jette à nouveau un regard dans le rétroviseur. « Les Jumeaux célestes. L'un des deux était mortel, le saviez-vous ? Castor. Il a été tué dans

1. *Hamlet*, Shakespeare. *(N.d.T.)*

une bagarre, et Pollux a tellement pleuré qu'il a demandé à son père, Zeus, de le laisser mourir lui aussi.

– Ils étaient amants, dit Hoyt.

– Mais alors, dit Benbow d'un air faussement choqué, c'est ce qu'on appelle un inceste.

– Pas entre des jumeaux. Ils sont la même personne. Au pire on pourrait appeler ça de la masturbation. Je suis sérieux. C'est très fréquent chez les jumeaux. Tu n'as qu'à lire Krafft-Ebing.

– Le vœu de Pollux a-t-il été exaucé ? demande Nathan.

– Non. » Benbow freine prudemment sur les pavés mouillés, et s'arrête à un feu rouge. « Au lieu de ça, Zeus a fait en sorte qu'il partage son temps entre les dieux au paradis, et son frère en enfer. » Le feu passe au vert. Benbow traverse le carrefour. « Lequel de vous deux est immortel ? »

Nathan dit : « On n'arrive pas à se distinguer l'un de l'autre.

– Je reconnais vos voix, dit Benbow, mais pas le reste. Aucune importance. Finalement Pollux en a eu marre de faire la navette et a demandé à Zeus de les transformer en étoiles lui et son frère. Ainsi ils sont devenus tous les deux immortels, l'étoile du matin et l'étoile du soir. C'est pourquoi tu as choisi l'or et l'argent, l'or pour le soleil, et l'argent pour la lune, *n'est-ce pas*[1] ?

– Ah been ça aloors, dit Hoyt en ressortant pour l'occasion son accent texan traînant, c'est

1. En français dans le texte. *(N.d.T.)*

vaaachement intimidaaant d'être avec des geens cultivés !

– Je crois que je me lasserais d'être immortel, dit Nathan.

– Ça te sera sûrement épargné, dit Benbow, comme à la plupart d'entre nous. »

Le Chat Noir est bondé, obscur, bruyant et enfumé. Toute l'assistance est occupée à danser, boire, fumer, papoter, plaisanter, rôder, exhiber ses costumes. Mais il y a une pause, un sursaut, un brouhaha de commentaires, des gloussements de rire, des « ooh » et des « ah » lorsque Nathan et Hoyt – qui ont laissé les manteaux de Percy Hinkley dans la voiture de Benbow – ouvrent la porte et entrent dans une bourrasque de vent humide. Ils sourient et s'inclinent, et instantanément le niveau de bruit redevient insupportable, et seuls quelques fêtards continuent à les regarder fixement, bouche bée.

Hoyt prend le coude de Nathan et ils s'enfoncent dans la foule. Des guirlandes de papier crépon noir et orange pendent du plafond. Des lanternes creusées dans des potirons lancent leurs regards mauvais depuis le comptoir du fond. Des gerbes de maïs séché sont disposées dans les alcôves. Et des squelettes. Sur les murs on a peint des pierres tombales branlantes, des arbres tordus dont les branches décharnées ne demandent qu'à griffer, des fantômes lugubres, des vampires pleins de bave. Des chauves-souris se pressent autour du clocher d'une église de campagne abandonnée.

Sur son balai, une sorcière passe devant une lune orange et bouffie.

« Ils fêtent Noël de plus en plus tôt, dit Nathan.

– L'avidité capitaliste ne connaît plus de limites, dit Hoyt. Je vais nous chercher des bières. »

Quelqu'un agrippe Nathan par le bras et lui murmure à l'oreille : « Mon Dieu, tu es un petit audacieux, toi. Tu es presque nu. »

Son interlocuteur ressemble à un rat géant, dont les oreilles et les moustaches sont agitées de tics.

« Je viens d'une famille pauvre, dit Nathan. On n'a pas de quoi acheter des vêtements.

– Tu danses ? dit le rat géant.

– Il va falloir m'apprendre, dit Nathan.

– C'est simple comme bonjour », dit le rat, puis il enlace fermement le corps étoilé de Nathan et lui montre tout en comptant les pas à son oreille d'une voix pédagogique. À la fin de *Moonlight Cocktail*, Nathan sait danser. « Tu apprends vite. Je m'en doutais. Comment tu t'appelles ?

– Castor, dit Nathan. L'étoile du matin.

– Un bagarreur, un voleur de bétail, dit le rat géant. Un violeur et un ravisseur de jeunes filles grecques sans défense. »

Nathan secoue la tête. « Tu me confonds avec quelqu'un d'autre. » Apercevant l'étoile sur le casque de Hoyt, il se dirige vers lui dans ses chaussons en satin doré, et crie par-dessus son épaule : « Merci pour la leçon de danse.

– Et joyeuse Nuit de Walpurgis à toi », lance le rat.

Nathan passe devant Marie-Antoinette, qui lui dit d'une voix de baryton enrouée : « Affronte la vie de dos, chéri. Tu as un cul splendide. » Une main gantée de blanc le caresse.

« Attention. Tu vas étaler la peinture. » Nathan continue à avancer.

Hoyt lui tend un verre de bière, et Nathan dit : « Tu avais raison. J'ai appris à danser, grâce à un rat. »

Hoyt balaye la pièce du regard. « Il faut qu'on lui donne du fromage. »

Un clown lui prend la main. Il ne sait pas qui c'est. Le maquillage est très réussi, professionnel. Le costume à damiers avachi est pourvu d'une grande collerette. C'est seulement quand le clown l'enlace que Nathan se rend compte que l'homme costumé est gros. Puis il commence à parler, et Nathan devine qui c'est.

« Abou Bekker, dit Nathan. Qu'est-ce que tu fais là ?

– C'est mon genre d'endroits, dit Abou. Tu ne le savais pas ?

– Je le savais, mais tu étais toujours...

– Circonspect ? » Ils bousculent un gorille mité qui danse avec une Bonne Fée, et Abou leur présente ses excuses. « Je t'ai toujours conseillé d'être circonspect. Et voilà à quoi ça a servi. Regarde-toi. Nu comme un ver. »

Nathan a un sourire moqueur. « Ça ne te plaît pas ? »

Abou rit. « Qu'est-ce que tu crois ? Tu étais déjà

assez appétissant tout habillé. Mon Dieu... si je t'avais vu comme ça...

– Je n'étais pas prêt, dit Nathan.

– Non. Tu es parti jouer les ermites chez Joe Ridpath. Je t'ai aperçu plusieurs fois dans son camion bringuebalant. Tout bronzé et déguenillé. J'avais du mal à te reconnaître.

– Il y avait une vieille cloche de train dans le camion, dit Nathan. En passant devant chez toi je la faisais toujours sonner, en souvenir du passé. Je pensais que tu étais à Hollywood. En train de te faire bouffer par ce studio de cinéma. Pourquoi n'es-tu pas sorti pour venir m'acheter des tomates ?

– J'avais honte de la manière dont je t'avais traité, dit Abou. Mais nous avons effectivement vécu à Hollywood pendant six mois. Ensuite il y a eu Pearl Harbor, et ils ont annulé le programme de formation dont je m'occupais, tu sais, donner aux étudiants sortant des écoles de théâtre une expérience du travail dans les studios ? Ils ont dû limiter les frais, et pourtant Dieu sait que je ne leur coûtais pas grand-chose. Alors on est revenus à Fair Oaks. Il tressaille. Il faut absolument que tu apprennes à danser.

– Excuse-moi, dit Nathan. Alors qu'est-ce que tu fais en ce moment ?

– Pendant quelque temps j'ai vivoté en montant du théâtre amateur dans des endroits comme Tustin et Orange. Son visage de clown devient mélancolique. Mais la municipalité n'a pas voulu reprendre ma mère. Et les marionnettes, c'est la seule chose qu'elle connaisse. On crevait de faim.

Je me suis fait engager chez Lockheed. Voilà pour ma vie artistique. Et toi ? »

Nathan lui raconte.

« C'est la même histoire que la pièce ? Et ils l'ont achetée ?

– Sans doute grâce à toi. Tu m'as montré comment la transformer, comment faire pour que ça fonctionne. Nathan rumine. Tu m'avais promis que tu la mettrais en scène. Puis tu as disparu sans même me dire au revoir. Tu as une idée de la peine que tu m'as fait ?

– Nathan, je t'ai présenté mes excuses. » Abou danse en silence. Au bout d'un moment il dit : « Ce garçon avec qui tu es venu, c'est ton amant ?

– Un peintre. Il est très doué. Vraiment. Il vient de vendre deux grandes toiles. Je vais te le présenter. Il te plaira.

– Je l'ai vu, dit Abou tristement. Ça me suffit.

– Et que fais-tu au Chat Noir ? dit Nathan.

– J'ai perdu quelqu'un. J'ai pensé que je pourrais le retrouver ici. »

George Lafleur arrive déguisé en Pinocchio, coquet chapeau tyrolien, long nez en papier mâché au bout duquel bourgeonnent feuilles et brindilles – Pinocchio le menteur. Benbow guide Hoyt et Nathan jusqu'à une table où George leur a gardé quatre verres de bière, et ils s'assoient près de lui pour boire les bières et observer les costumes. Benbow est somptueux dans son armure romaine plaquée or, coiffé d'un casque orné d'une magnifique brosse en crin de cheval noir. George sort des Lucky de sa pimpante petite veste de Pinocchio. Nathan fume la sienne avec gratitude. Leurs tenues galactiques ne leur ont pas permis de prendre des cigarettes.

« Des clibiches[1], dit George en rangeant le paquet. Tout à fait ce qu'il faut pour cette nuit. »

Benbow se penche vers Hoyt. « Je ne voulais pas t'en parler. Mais je déteste avoir quelque chose sur la conscience. Et de toute manière, l'alcool m'a délié la langue. Un homme aux mœurs honteuses a vu les tableaux du Dr Marriott, et il veut te passer une commande pour un tableau dans lequel vous apparaîtrez tous les deux. En train de vous faire... » Le casque miroite dans la lumière des lampes-potirons, tandis que Benbow regarde autour de lui, comme si on pouvait l'entendre dans ce tintamarre strident, « une fel-lation si-mul-ta-née. Veux-tu que je te l'épelle ?

– Tu en es capable ? dit Hoyt. Et tu ne voulais pas m'en parler ?

– Il te paiera cinq cents dollars, dit Benbow. Mais si tu veux mon avis, ne le fais pas. Tu vas acquérir une réputation de pornographe. Et personne ne prendra plus jamais ta peinture au sérieux. »

Hoyt grogne. « Je soupçonne tes motivations, Benbow, mais ne t'inquiète pas, je ne le ferai pas.

– Je t'avais dit de ne pas les vendre », dit Nathan.

1. L'auteur emploie le terme "coffin nails", qui signifie littéralement "clous de cercueil". *(N.d.T.)*

Hoyt a un sourire moqueur. « Je soupçonnais aussi tes motivations. »

George n'arrête pas de lancer des coups d'œil dans la pièce sombre et fourmillante. Son regard s'arrête sur Benbow à travers la fumée de cigarette. Sa voix est inquiète. « Toujours pas de squelette ? »

Benbow fronce les sourcils et secoue la tête en guise d'avertissement.

Se demandant ce que George a voulu dire, Nathan glisse un regard à Hoyt. Mais derrière son loup argenté, les yeux de Hoyt restent impassibles. Il dit : « Des squelettes ? J'en ai repéré trois : un près de l'entrée, un là-bas, un devant les toilettes pour hommes.

– Pas tout à fait assez pour l'Apocalypse, dit Benbow.

– Et aucun cheval, dit Hoyt. Montre-nous ton épée.

– Courte mais vigoureuse. » Benbow la dégaine, l'agite autour de lui. « J'aurais bien apporté ma lance... » Après deux tentatives il réussit à glisser l'épée dans son fourreau. « ... mais comme vous pouvez le constater, n'importe qui peut s'amener ce soir. J'ai eu peur de tomber sur Jésus. Tant qu'à faire, autant éviter de rouvrir les vieilles blessures.

« Oh, oh ! », dit George.

Il est tard. Nathan est fatigué et en a assez de danser, mais il se trouve toujours quelqu'un pour l'arracher aux bras d'un autre. Il se sent défraîchi. Ses étoiles et ses planètes ont perdu leur éclat. Étant donné que tout le monde lui caresse le derrière, le soleil et la lune ont été les premiers à s'effacer. Voici qu'une jeune femme mince en chapeau haut de forme, queue-de-pie et cape doublée de cramoisi, l'abandonne à un squelette. Sur le costume noir, les os sont peints dans un blanc lumineux. Un crâne en papier mâché recouvre la tête. Le squelette danse mal et Nathan se dit qu'il n'a peut-être pas envie de danser avec un garçon, mais il s'accroche à Nathan avec insistance. Il est juste assez grand pour lui parler à l'oreille. Soudain il murmure d'une voix rauque :

« Vous perdez votre temps. Vous n'avez pas cessé de vous tromper de lieu. Vous voulez savoir qui a tué Eva Schaffer ? Je peux vous le dire. »

Nathan répond : « Non, non. Ce n'est pas moi que vous cherchez. C'est mon jumeau, celui qui a une tenue argentée, Pollux. »

Mais le squelette ne va pas bien. Il pousse un gémissement. À l'intérieur de la combinaison noire, le corps se ramollit et tombe à genoux. La pièce est toujours aussi sombre et enfumée. La foule est compressée. Des danseurs trébuchent sur le tas à leurs pieds. Ils s'exclament. C'est tout ce que Nathan a le temps de saisir avant que Benbow l'attrape par le bras.

« Il faut y aller », dit-il, et à toute hâte il pilote Nathan vers la sortie. De l'autre main, Benbow tient Hoyt. Il lâche Nathan un instant, ouvre la porte d'une secousse, pousse les deux garçons dehors dans le froid mordant. Il pleut toujours. La porte du Chat Noir claque derrière eux, escamotant la musique et les rires. Dehors tout est silencieux.

Benbow brusque les garçons dans la rue en pente, marchant aussi vite que l'autorisent ses jambes robustes dans leurs protège-tibias cuivrés. Il les pousse dans la voiture, lance son casque après eux, s'assied au volant, démarre, et la voiture part sur les chapeaux de roues, avant même qu'il ait allumé les phares.

« Benbow », dit Hoyt en se débattant pour enfiler l'imperméable de Percy Hinkley, « qu'est-ce qui se passe, putain ?

– La foule est de plus en plus chahuteuse, dit Benbow d'un air collet monté. Les uns commencent à se battre, les autres à se dépouiller de leurs vêtements, quand ils ne tombent pas ivres morts au milieu de la piste de danse. Il est temps de partir.

– Mais le prix du meilleur costume, dit Hoyt. On l'aurait gagné, Nathan et moi. Tout le monde l'a dit. J'ai passé beaucoup de temps à imaginer nos costumes.

– Je préfère ne pas penser à quel point ils auraient été étriqués si tu avais réfléchi plus longtemps », dit Benbow. Il lance un regard furibond à Hoyt dans le rétroviseur. « Et puis je n'ai pas oublié, contrairement à toi, que Nathan est mineur. Imagine que la police ait fait une descente. Ce sont des choses qui arrivent. »

Hoyt s'affale dans un coin de la banquette en serrant le manteau autour de lui. « Tu lui as donné une invitation.

– Et j'espère qu'il s'est amusé, dit Benbow.

– Je ne suis pas près d'oublier la soirée », dit Nathan des profondeurs du pardessus de Percy

Hinkley. « Mais j'aurais bien aimé gagner le prix.
– Eh bien, ne comptez pas sur moi pour vous y reconduire, dit Benbow. De toute manière, c'est trop tard maintenant. Vos casques ont fondu. »

Hoyt va pisser. Nathan entre dans la chambre obscure et ôte son cache-sexe, qui a perdu la moitié de ses paillettes. Les gens n'ont pas posé leurs mains que sur son cul. Il fait froid. La pluie crépite sur le toit. Il pourrait se glisser dans le lit et se réchauffer sous les couvertures, mais il éprouve un grand besoin d'être habillé. Il déniche un jean et un chandail, les enfile en vitesse, puis s'assoit sur le lit, penché en avant, tête pendante, las et effrayé. Bruit de chasse d'eau ; dans leurs chaussons de satin argenté, les talons de Hoyt résonnent sourdement à travers le salon. Hoyt se tient sur le seuil de la porte, éclairé à contre-jour par la lumière de la lampe. « Qu'est-ce qui ne va pas ? »

Nathan le lui raconte. « Et puis Benbow m'a fait sortir en courant. » Il lève les yeux vers Hoyt. « Tu ne m'as jamais dit qu'elle avait été assassinée. Tu ne m'as jamais dit que tu recherchais son meurtrier.

– Elle n'est pas tombée sous le tramway, on l'a poussée », dit Hoyt. « Oui, j'essaye de trouver qui l'a tuée. Au restaurant chinois, quand tu m'as demandé d'oublier mes communistes, et que je t'ai répondu que je ne pouvais pas, c'est pour ça.

– Hoyt, c'est à la police de s'en occuper. »

Hoyt se moque : « Leur seul témoin, c'est le conducteur du tramway. Et il n'a rien vu. Il l'a entendue tomber et a senti que le tramway la heurtait, alors il a donné un brusque coup de frein, mais c'est tout. Il ne sait pas comment c'est arrivé. Cependant personne n'a le moindre doute au Parti. Ils savent depuis le début qu'il s'agit d'un meurtre.

– Ce n'est pas ce qu'ils ont dit lors de l'office funèbre.

– Non, mais ils le savaient. Et il y en a un qui le sait mieux que tous les autres, celui qui l'a tuée. Pourquoi ? Je me le demande. » Hoyt enfile un chandail. « Eva était un chef, elle était en route vers la gloire. Ça la rendait vulnérable. C'est une organisation très structurée, le Parti communiste américain, stricte et contrôlée. » Il met son jean. « Quelqu'un de très ambitieux pourrait facilement se sentir frustré, et décider que la seule façon d'avancer est de tuer tous ceux qui entravent sa route. » Hoyt s'interrompt. Il s'assied à côté de Nathan au bord du lit. « Tu n'étais pas à l'office funèbre.

– Si, j'y étais. Je t'ai suivi. Il fallait que je sache pourquoi tu étais si malheureux. Je m'inquiétais pour toi.

– Qui a des secrets, maintenant ? dit Hoyt.

– J'avais peur de te le dire, dit Nathan. J'avais peur que tu me fiches à la porte. Et je ne peux pas vivre sans toi.

– Je serais incapable de te mettre à la porte. » Hoyt l'embrasse, lisse ses cheveux en arrière. « À quoi ressemblait cet homme ?

– À quoi ? Je te l'ai dit. Il portait un faux crâne sur la tête. Benbow a dit qu'il est tombé dans les pommes parce qu'il était soûl. Mais il ne sentait pas l'alcool. » Nathan attrape des cigarettes sur la commode. Ils en allument une chacun. « Environ un mètre soixante-quinze. Ni gros, ni maigre. Âge moyen, je pense. D'après sa voix.

– George a parlé d'un squelette à Benbow, dit Hoyt.

– Et Benbow lui a dit de la fermer. C'est pour ça que je n'ai pas dit un mot dans la voiture. Ils savaient forcément qui était le squelette. Et ils ne voulaient pas qu'on le sache, nous. Et si j'avais essayé d'aider ce pauvre vieux, si je lui avais enlevé son masque, on aurait fini par le savoir. C'est pour ça que Benbow nous a fait sortir en courant. »

Hoyt secoue la tête. « C'est plus compliqué que ça. Il mijote quelque chose. » Pendant un instant il fume dans un silence rêveur. Puis il regarde Nathan avec un vague sourire. « Tu sais à quoi je pense ? Je pense que tu lui as gâché la soirée en ne lui répétant pas les mots du squelette.

– Le message était pour toi, pas pour lui », dit Nathan, soudain furieux contre lui-même. « Je ne lui ai pas laissé le temps de finir. Je l'ai interrompu pour lui dire que je n'étais pas celui à qui il devait parler. Ensuite il s'est écroulé comme ça. Nathan frissonne. Il est devenu si mou, Hoyt. Comme s'il était mort.

– Ne crois pas ça. » Hoyt se lève d'un bond, arpente le salon avec agitation, revient. « C'était une supercherie, Nathan. Il rit, un rire bref et sec. Toute cette foutue histoire. Une mauvaise plaisanterie. C'est typique de Benbow. Désœuvré. Il ne peut plus taper sur son piano toute la journée, alors il reste assis et invente cette stupide charade pour se moquer de moi. Il était jaloux d'Eva quand elle était encore vivante. Elle était plus intelligente qu'il le sera jamais. Il le savait, pire que ça, il savait que je le savais.

– Comme je te connais, dit Nathan, tu ne t'es pas privé pour le lui dire.

– On se connaissait à peine à l'époque, dit Hoyt. J'ignorais à quel point il est vaniteux. Il n'arrête pas de raconter à tout bout de champ qu'il est à la recherche de la vérité, mais il ne veut pas entendre la vérité sur son propre compte. Et ça lui reste sur le cœur que je refuse d'oublier Eva, que je m'obstine à chercher son assassin. Il dit que je suis fou.

– Et il a monté tout ça ce soir pour te ramener à la raison ? dit Nathan.

– Réfléchis. Si cet informateur était réel, pourquoi ne serait-il pas venu me voir plus tôt ? Eva est morte depuis des mois. Pourquoi attendre Halloween, et un bal costumé ?

– Parce qu'à un bal costumé, tout le monde dissimule son identité, et personne ne trouve rien à y redire.

– C'est vrai. Mais on ne peut pas dire que ce soit un stratagème original. Mis à part le fait que tout le monde là-bas était homosexuel, on a assisté à une farandole de clichés. Faible éclairage, mystère, mélodrame, masques. Allusions aussi discrètes que des enclumes à propos d'un individu sinistre déguisé en squelette. Et soudain, juste au bon moment, la voilà qui arrive, la Sinistre Faucheuse en personne, et qui murmure la moitié d'un secret abominable dans l'oreille nacrée d'une belle ingénue, avant de s'effondrer, morte, entre ses bras. Tu as déjà entendu quelque chose de plus rebattu dans ta vie ? Lon Chaney[1] en aurait eu des haut-le-cœur.

– J'espère que tu as raison. » Nathan touche ses pieds et se lamente. « Bon sang, j'ai mal aux pieds.

– Ça ne m'étonne pas. Tu as dansé avec tout le monde. »

Nathan aimerait bien pouvoir l'expliquer. L'éblouissement de se sentir désiré de tous y était sûrement pour quelque chose. Mais lui ne désirait personne, n'est-ce pas ? La seule personne qu'il veut, c'est Hoyt. Alors il se contente de dire : « C'était ma dernière occasion. Demain j'entre au couvent. » Avec une grimace de douleur, il soulève ses chaussons. L'intérieur est humide et collant. Pas à cause de la pluie, mais de plusieurs ampoules percées. « Merde. Regarde-moi ça. Du sang. »

Hoyt s'accroupit, examine les pieds de Nathan, puis il le hisse sur ses épaules, et se lève. « Allez viens. Il faut qu'on s'occupe de ça.

– Hé ! » C'est merveilleux et fou d'être soudain soulevé de cette façon, de se retrouver impuissant et la tête en bas. Nathan ne s'est jamais senti si aimé, si heureux d'être aimé. Il ronchonne : « Tu

1. Acteur américain, 1883-1930, spécialisé dans les films fantastiques et les films d'horreur. *(N.d.T.)*

as perdu la tête ? », mais il aimerait que ça continue pendant des kilomètres. « Laisse-moi descendre, espèce de dingue. »

Hoyt l'installe au bord de la baignoire, baigne ses pieds dans un fond d'eau tiède, les essuie tendrement, coupe aux ciseaux les peaux mortes, nettoie les écorchures avec du Merthiolate, enveloppe les pieds dans de la gaze et du sparadrap. Nathan prend ses épaules dans ses bras et supplie tristement, avec un fort accent russe : « Docteur, est-ce que je pourrai jamais danser Odette à nouveau ?

– On manque toujours de professeurs au conservatoire, dit Hoyt.

– Le public va m'oublier, gémit Nathan. Finies les ovations, finis les bouquets lancés à mes pieds, finis le champagne en pleine nuit et le caviar à la lueur des bougies.

– Mais vous ne mourrez pas de faim, dit Hoyt. En Union soviétique, dans le glorieux paradis des travailleurs, personne ne meurt de faim », et sur ce il prend Nathan dans ses bras et l'emporte au lit.

Ce n'est pas le lendemain, mais le surlendemain ; après avoir préparé leur café, ils plongent leurs cuillers dans le sucrier et grattent le fond sans rien trouver. Hoyt prend le sucrier et traverse le couloir pour aller emprunter du sucre à Reggie Poole. Il est absent pendant plus longtemps que nécessaire. Et lorsqu'il revient, il est pâle.

« Où est le sucre ? »

Tout en posant une lettre devant Nathan, Hoyt le regarde fixement. « Quoi ?

– Tu es parti emprunter du sucre à Reggie.

– Ah oui, c'est vrai. » Hoyt est immobile, comme s'il ne savait plus comment bouger.

« Ça va ? demande Nathan. Tu as l'air malade.

– Je... il faut que je rentre chez mes parents », dit Hoyt. Il sort de la cuisine, traverse la pièce où il entrepose son matériel de peinture et où écrit Nathan, et entre dans la chambre. Nathan passe par l'autre côté, traverse le salon, et trouve Hoyt en train d'épousseter avec un tee-shirt sale sa valise cabossée en cuir de vache. Il lance le tee-shirt dans un coin et dégrafe les courroies de la valise, puis aperçoit Nathan.

« J'ai reçu une lettre. » Il ouvre un tiroir de la commode et en sort ses sous-vêtements qu'il dépose dans la valise. « Mon vieux est en train de mourir.

– Je suis désolé, dit Nathan. Oh, Hoyt, je suis vraiment désolé.

– Ne sois pas trop désolé. Toi, tu adores ton père. Moi je n'ai jamais éprouvé pour lui quelque chose qui ressemble à de l'amour. En tout cas je suis sûr que lui ne m'aimait pas. Il plie des chemises et les range dans la valise. Reggie n'avait pas de sucre. Cours en chercher au magasin, tu veux bien, chéri ? J'ai envie d'un café avant de partir. » Son accent texan est revenu. Ça doit être l'idée de débarquer à Amarillo, alors qu'il s'était juré de ne plus jamais y remettre les pieds. « Achète des cigarettes, d'accord ? Attends. T'as de l'argent ?

– J'ai de l'argent », marmonne Nathan en s'en allant.

Lorsqu'il revient avec le sucre et les cigarettes, la vieille valise est posée en haut des escaliers. C'est une journée éclatante. Comme celle d'hier, qu'ils ont passée au lit à profiter l'un de l'autre à loisir. Débarrassées de la poussière qui les recouvrait, les feuilles de l'arbre à caoutchouc brillent comme du cuir. Pourtant il fait chaud et sec comme s'il n'avait jamais plu et n'allait plus jamais pleuvoir. Hoyt est en train d'enfiler des vêtements propres, ses cheveux sont mouillés et plaqués. Il a pris un bain. Nathan sent l'odeur du savon sur sa peau. Il entre dans la cuisine coiffé de son chapeau de cow-boy, s'assied comme s'il avait le feu au derrière, boit son café et fume sa cigarette de la même manière.

« Autocar ou train ? dit Nathan.

– Autocar. C'est moins cher. Écoute, Nathan, j'emporte une bonne partie de l'argent de Marriott. » Le chèque du Dr Marriott était de cinq cents dollars. « Je sais qu'on avait prévu de faire cinquante-cinquante... »

Nathan fait non de la tête. « J'ai accepté uniquement parce que je n'avais pas envie que tu me tabasses. C'est toi qui as fait le boulot, Hoyt.

– Je n'ai pas le temps de discuter, dit Hoyt. Je les connais... ils se seront endettés auprès du médecin, il y aura l'hôpital à payer, les médicaments, l'enterrement, Dieu sait quoi d'autre. Je te laisse cent dollars. Je sais pas combien de temps je serai absent. J'espère que ça te suffira.

– Emporte-les, dit Nathan. Monsieur MacKenzie va me reprendre chez T. Smollett. Ça ira.

– Tu vas rester à la maison pour écrire ton livre, dit Hoyt. Je ne vois pas pourquoi la déveine de ma famille d'idiots t'en empêcherait.

– Peut-être qu'il ne va pas mourir, dit Nathan.

– Maman se garderait bien de m'appeler pour rien, dit Hoyt d'un air lugubre. Elle sait que je préfèrerais de loin aller faire un tour en enfer. » En essuyant sa bouche du dos de sa main, il se lève, se penche vers Nathan, lui donne un long baiser fort et plein de désir, puis murmure « Salut » et sort de l'appartement en courant.

« Attends. » Nathan se lève d'un bond et lui court après. « Je vais t'accompagner. »

Au pied de l'escalier, valise à la main, Hoyt s'arrête un instant, lève ses yeux pleins de larmes, et dit : « Merde Nathan, reste où tu es. C'est déjà assez dur comme ça. Tu veux me tuer ? » Il s'en va à petits pas rapides, ses pieds crissant sur le gravier.

Nathan reste immobile pendant un long moment, envahi par une sensation de vide, puis il se retourne et aperçoit Reggie Poole dans l'encadrement de sa porte, avec son kimono noir et ses grosses savates. Ses cheveux gris sont ébouriffés. Il a une tache d'œuf aux commissures des lèvres. « Où Hoyt est-il parti si soudainement ?

– À Amarillo, dit Nathan. Chez lui. Son père est en train de mourir.

– Pas mourir. Passer dans une autre réalité. » Reggie tend un bol. « Il a dit que vous aviez besoin de sucre. Puis je lui ai montré le journal, et il n'y a plus pensé du tout. » Nathan ouvre de grands yeux. Reggie demande : « Qu'est-ce qui ne va pas ?

– Quel journal ? » Comme engourdi, Nathan s'empare du bol. « Qu'est-ce que tu veux dire ?

– Je vais te montrer. » Reggie entre dans son appartement. « Ce ne serait pas bien de ma part de faire le fanfaron, de dire que je t'avais prévenu. Mais peut-être que la prochaine fois tu écouteras l'avis de quelqu'un de plus vieux et plus prudent que toi. »

Nathan le suit dans la cuisine, où Mike Voynich, vêtu d'un autre caleçon déchiré, fait la vaisselle dans le petit évier. « Salut, Mike », dit-il, et Voynich hoche la tête et dit lugubrement : « Ouais. » Sur la table encombrée de livres, Reggie ramasse un exemplaire du *Daily News* et le présente à Nathan en indiquant un article du doigt, tel celui qui au festin de Balthazar traça la fameuse inscription sur le mur. « Je t'ai prévenu, ou en tout cas j'ai prévenu Hoyt, que le Chat Noir n'était pas un lieu sans danger.

– Ce n'est pas à moi que tu l'as dit. » Nathan commence à lire l'article. Il n'y a que deux paragraphes. Le corps d'un homme non identifié vêtu seulement d'un caleçon a été retrouvé dans une ruelle entre tel et tel pâté de maisons, à deux pas de Sunset Boulevard. Il avait une quarantaine d'années. On l'a poignardé dans le dos et il est mort d'une hémorragie interne. Les jambes de Nathan se dérobent, et Reggie le retient et l'assied sur une chaise. Rien d'étonnant à ce que Hoyt ait oublié le sucre.

« C'était à cent mètres du Chat Noir », dit Reggie en reprenant le journal, bien que Nathan n'ait pas fini de lire l'article. « La police pense qu'il était peut-être à cette orgie de Halloween.

– Peut-être ? dit Nathan. C'est tout ?

– Ça s'est passé par une nuit pluvieuse et froide. Où étaient ses vêtements ? Ils en ont déduit qu'il devait porter un costume. Que l'assassin lui a retiré pour empêcher l'identification de sa victime.

– Quel rapport avec moi ? dit Nathan.

– Cela aurait facilement pu être toi, dit Reggie. Ou Hoyt. Nus comme vous étiez. Je n'ai jamais vu un tel manque de discernement. Le Chat Noir est un endroit très mal famé. C'est le rendez-vous des pires dégénérés qui soient. J'ai averti Hoyt...

– Ton disque est rayé », dit Nathan, puis il se lève et sort.

« Sucre », crie Reggie.

« J'en ai acheté, merci. » Nathan ferme la porte.

Étourdi, Nathan se verse du café, s'assoit, boit son café, fume des cigarettes. Ainsi Hoyt avait tort, il ne s'agissait pas d'une plaisanterie. Un homme est mort. Nathan a peur. Mais il est aussi perplexe. Pourquoi diable Hoyt est-il parti en courant ? Ce n'est pas à Hoyt que le squelette a parlé au Chat Noir. C'est à Nathan. Et son assassin l'a vu. S'il était suffisamment proche pour pouvoir poignarder le squelette dans le dos pendant que celui-ci était dans les bras de Nathan, il a pu voir Nathan d'assez près. Ne serait-ce pas plutôt à

Nathan de partir en courant ? Il se lève d'un bond. Les manteaux de Percy Hinkley sont toujours sur le canapé, là où Hoyt et lui les ont abandonnés cette nuit-là. Nathan farfouille dans les poches du pardessus. Le loup doré est fripé. Il aplatit du mieux qu'il peut les plis avec ses doigts, le place devant ses yeux, glisse d'un coup sec l'élastique autour de sa tête, et va se regarder dans le trumeau. Un si petit masque est-il réellement un déguisement ? Hoyt a dû se dire que oui, et penser que Nathan serait en sécurité ici. À moins que Hoyt n'y ait purement et simplement pas pensé. Cet article dans le journal l'a peut-être paniqué au point de l'empêcher de réfléchir. Mais pas au point de l'empêcher de mentir, n'est-ce pas ? Nathan ne supporte plus les mensonges de Hoyt. Il arrache le loup, le jette au loin, et va se laver dans la salle de bains.

Il a peur de rester là. On ne lui a pas dit qui a tué Eva Schaffer, mais l'homme qui a poignardé le squelette n'a pas de moyen de le savoir. Nathan bloque les fenêtres, ferme avec difficulté la serrure de la porte de derrière qui n'est jamais utilisée, se lance à la recherche de la clef de la porte d'entrée dont ils ne se sont jamais servi, et verrouille la porte en partant. Il va de bonne heure à l'Admiral voir un programme double, sans prêter attention à ce qu'il regarde. Il mange un sandwich au fromage fondu et boit un Coca-Cola dans le coin repas de l'épicerie Owl. Il va voir un autre film, sans plus prêter attention à ce qu'il regarde.

Peu importe le film. Pendant les actualités, des GI postés sur une île pacifique lancent des jets de flammes dans des grottes, et des soldats japonais surgissent en courant, en criant et en se contorsionnant de douleur, et meurent dans les flammes. Nathan se demande ce qu'est devenu Steve Schaffer.

Il mange du goulash au restaurant hongrois sur Vine Street où Hoyt l'a invité le jour de leur rencontre. Il flâne jusqu'à la librairie T. Smollett où il passe une heure à feuilleter les nouveautés. La chef de rayon est une femme de quarante ans à la voix claironnante dont les cheveux jaunes teints et frisottés descendent jusqu'aux épaules. C'est Annie, la femme d'Angus MacKenzie. Une fois la nuit tombée, Nathan se remet à marcher. Adolescent, il était un marcheur forcené et passait de longues nuits à errer dans Fair Oaks, ne rentrant chez lui qu'à l'aube, en trébuchant, pour s'endormir comme une pierre pendant une heure ou deux avant de partir à l'école. Il n'avait pas de réponse à cela, alors. Il n'en aura sans doute jamais. Peut-être était-il à la recherche de quelque chose. Toujours est-il qu'il s'arrêta lorsqu'ils perdirent la maison de tante Bessie sur Oleander Street et que Frank et Alma réemménagèrent à Minneapolis. Puis Nathan partit travailler dans la pépinière de Joe Ridpath, où il dormait dans une pièce pleine d'outils rouillés.

Et ce soir, avec ses pieds bandés, il se remet à marcher pendant des kilomètres, des heures durant. Ensuite il monte en boitant l'escalier qui mène au Montmartre, avec ses lambris sombres et ses banquettes de cuir, commande un grand verre de whisky coupé d'eau, et écoute un morceau joué par de vieux Noirs, Jimmy Noone, un guitariste, un bassiste et un batteur. Mais ce soir-là, la musique insouciante ne le fait pas planer. Il a peur de rentrer chez lui, mais il n'a nulle part où aller. Il frappe à la porte de Reggie Poole et regarde à l'intérieur. Personne. Soudain avec un serrement de cœur il se souvient que c'est aujourd'hui que Reggie, malgré le peu d'empressement de Mike, a prévu de l'emmener à Santa Barbara pour qu'il fasse impression devant Julie Anderson. Nathan va être diablement seul ici cette nuit. Il enfonce aveuglément la clef dans la serrure, ouvre la porte, fait un pas à l'intérieur, ferme la porte, s'y adosse dans le silence de minuit, à l'écoute des battements de son cœur. « Hoyt ? » Le prénom s'envole dans les pièces sombres et revient, vide.

Mais est-il vraiment parti à Amarillo ? Pourquoi irait-il là-bas ? Les gens qui le paient – pourquoi ne le protègeraient-ils pas du danger, ici à L.A. ? Il ne le dirait pas à Nathan, n'est-ce pas ? Nathan ouvre les fenêtres de la chambre pour que les branches rentrent à nouveau dans la pièce. Quel que soit le danger, il ne peut pas dormir dans une pièce fermée. Il se déshabille, se glisse dans le lit et commence immédiatement à rêver. Dans un autocar Greyhound qui fend à toute vitesse la nuit désertique et noire, Hoyt dort, la tête appuyée contre la vitre, bouche entrouverte, les mains ballantes sur un livre oublié sur ses genoux.

Les autres voyageurs dorment eux aussi. Nathan s'avance sur la pointe des pieds dans le couloir obscur, s'assoit près de lui, lui ôte le livre des mains, et déboutonne la braguette de Hoyt de ses doigts rusés.

Mais le rêve se désintègre. « Qui est là ? » Il s'assoit brusquement, la bouche sèche, le cœur battant, les yeux et les oreilles à l'affût. Lorsqu'il se décide enfin à bouger, il commence par allumer la lampe. Et bien sûr il n'y a personne. Il se lève et va à la cuisine, allume la lumière, sort avec fracas un couteau de boucher d'un tiroir, éteint la lumière, emporte le couteau jusqu'au lit, et le glisse sous l'oreiller. Il entend la voix de sa tante Marie – *Aide-toi, le ciel t'aidera*. Absolument. Un bon couteau en mérite bien un autre.

Il éteint la lampe, pose sa tête sur l'oreiller, ferme les yeux. Mais il n'arrive pas à dormir. Que diable pense-il faire avec ce couteau ? Il s'assoit à nouveau, les yeux grands ouverts, il a quatre ans, il étreint ses genoux, il imagine que des formes noires se rapprochent, il est à l'écoute de bruits sinistres. Il ne va pas pouvoir y échapper. Il va rester comme ça jusqu'à l'aube. Mais finalement les formes noires se révèlent être des ombres – l'ombre de la lampe, de la commode, d'une pile de livres. Et les seuls bruits qu'il entend sont les craquements familiers de la vieille maison, les bruissements assoupis des feuilles dans le vent nocturne.

Et lorsqu'il se réveille à dix heures et demie, avec le soleil qui inonde la pièce, il sourit d'un sourire désolé. Il n'a pas monté la garde. Il n'a même pas tenu dix minutes. Il a dormi sans rêver, sans bouger. L'assassin du Chat Noir aurait pu ouvrir la porte d'un coup de pied et le poignarder vingt fois sans qu'il s'en rende compte. Sans qu'il s'en inquiète. Quand Hoyt n'est pas là, rien ne lui tient vraiment à cœur. Il se lève en chancelant, titube jusqu'à la salle de bains, et ne peut pas contenir son rire. Il bande tellement qu'il doit pratiquement se mettre sur la tête pour pisser dans la cuvette.

Il avait complètement oublié la lettre que Hoyt a posée hier devant lui sur la table de la cuisine. En s'asseyant avec sa tasse de café – rien d'autre, il n'a pas faim – il la remarque à nouveau. Tend la main, s'arrête, fronce les sourcils. C'est l'écriture d'Alma. Elle n'écrit jamais, jamais. Frank, oui ; Alma, non. Il s'empare doucement de l'enveloppe, la retourne, comme si le fait de la palper pouvait lui révéler son contenu. Finalement il la déchire et l'ouvre.

Je crois que tu ferais mieux de rentrer à la maison comme le suggère ton père. Il s'inquiète pour toi, surtout depuis qu'il a reçu ces lettres de M. Noble.

Le cœur de Nathan s'arrête de battre un instant. *Des* lettres ? Foutu Noble. Que disait-il dans sa deuxième lettre ? Y en a-t-il eu une troisième ? Était-il au Chat Noir, lui aussi ? Comment Nathan aurait-il pu le savoir ? Merde alors ! Les mains tremblantes, il allume une cigarette et reprend les pages d'Alma.

Nous avons tous deux été rassurés d'apprendre que ton ami Benjamin Bowen Harsch est un professeur d'université, que le jeune homme avec lequel tu partages ton loyer a eu autant de succès avec sa peinture, et que ton voisin est un célèbre écrivain, mais je n'aime pas l'aspect de tes passages planétaires en ce moment. Je sais bien que tu penses que l'astrologie n'a aucun sens, mais tu finiras par changer d'avis – à ce sujet comme au sujet de beaucoup d'autres choses. Mars et Uranus font obstacle au retour du soleil dans ton signe en juillet, Nathan, et il n'y a pas matière à rire. Cette année va être difficile pour toi. Pire que cela. Dangereuse. Tu es en péril, là-bas. Tu ferais bien de suivre les conseils de ton père et de rentrer à la maison.

Elle ne fait pas allusion à sa colère contre Nathan alors qu'il l'a tant blessée lors de cette fameuse séance de spiritisme. Elle n'exige pas d'excuses, ne parle pas de pardon. Nathan sait que s'il ne s'excuse pas, elle ne lui pardonnera jamais. Mais elle est prête à l'avoir à nouveau dans les parages. Ce qui veut dire qu'elle doit vraiment s'inquiéter. Il fait une moue de dédain, plie la lettre et la remet dans l'enveloppe. Elle a le génie de se faire peur avec les éclipses et les passages, les mauvais aspects, les oppositions, les occultations de funeste augure, les sinistres retours du soleil. Et de faire peur aux autres. C'est comme ça qu'elle a gagné sa vie pendant toutes ces années. Peur aux autres, mais pas à lui. Depuis qu'il a sept ans, c'est fini. Et tant mieux. Il n'a pas besoin d'elle pour avoir peur.

Pieds nus sous l'araucaria, vêtue de ce qui ressemble à un polo d'homme teint en bleu foncé, et d'une jupe coupée dans un bleu décoloré et cousue hâtivement à la machine, Linnet Hinkley tond le gazon devant la grosse maison qui appartient à son mari, et dont s'occupe sa mère. L'odeur d'herbe coupée est entêtante. Les manteaux dans ses bras, Nathan grimpe les marches qui s'élèvent à partir du trottoir. Linnet arrête la vieille tondeuse bruyante, écarte de son front radieux des mèches de cheveux blonds avec sa main sale.

« Où est Hoyt ? dit-elle. Il a oublié mon cours d'espagnol ?

– Son père est en train de mourir. Il est rentré chez lui au Texas. J'ai rapporté les manteaux. Merci beaucoup.

– Bof, de rien. J'aurais pas dû le faire, mais ce sacré Hoyt, il pourrait te convaincre de faire n'importe quoi. Il a un charme fou. » Elle contemple d'un air maussade la pelouse à moitié tondue et pivote brusquement vers la maison. « J'en ai ras le bol. C'est toujours tellement long. Viens. Allons boire un Coca. »

Nathan la suit à l'intérieur, où elle pend les manteaux dans un placard du vestibule. Une pluie de paillettes tombe. Linnet ne s'en aperçoit pas.

Elle traverse le vestibule en direction de la cuisine lointaine et indistincte. « Vous vous êtes bien amusés à la fête ? » Elle sort un Coca du réfrigérateur. « Hoyt m'a dit que vous alliez vous déguiser en jumeaux. Casper et un autre.

– Deux dieux grecs. Les dieux ne sont jamais tellement habillés. C'est pour ça qu'on a eu besoin des manteaux. » Nathan prend la bouteille qu'elle lui tend et s'assied à table. « Merci.

– Vous avez gagné le prix ? » dit-elle en s'asseyant aussi.

« On est partis avant », dit Nathan.

Elle boit son Coca à grandes lampées en l'examinant pensivement. « Vous ressemblez à des dieux, peut-être pas grecs, mais des dieux, en tout cas. Vous auriez gagné à mon avis.

– Il a fallu qu'on parte. » Nathan sourit. « J'ai trop dansé. J'avais des petits chaussons légers et j'ai eu des ampoules aux pieds.

– Oh, c'est dommage. » Elle fronce les sourcils avec une compassion distraite. « C'était une grande fête, avec plein de gens ?

– Des gorilles, des fées, Bette Davis, des clowns, des soldats romains, Carmen Miranda, Pinocchio, Marie-Antoinette, Dracula. Oui. C'était une grande fête.

– Des belles filles ?

– Pas une seule ne t'arrivait à la cheville », dit Nathan.

Elle lui sourit calmement. « Tu peux être aussi gentil que Hoyt quand tu t'y mets. » Ses yeux perdent de leur éclat ; elle soupire. « On est allés à une séance de cinéma à vingt-cinq *cents*. *L'homme loup* et *Frankenstein*. Des vieux films, vraiment très vieux. On les a déjà vus une centaine de fois.

– Tu pourras peut-être aller à un bal costumé l'année prochaine, dit Nathan. Avec Percy. »

Son regard rêveur se perd sur une fenêtre ensoleillée et tachetée par l'ombre des feuilles. « Je crois que je me déguiserais en Heidi. J'adore ce livre. Il me semble que je lui ressemble un peu, tu ne crois pas ? » Elle lève les mains, empoigne ses cheveux épais par poignées et les tire en arrière. « J'ai toujours voulu avoir des tresses sur la tête.

– Parfait, dit Nathan. Et Percy ?

– En épouvantail, dit-elle. L'épouvantail du Magicien d'Oz. »

Chargé de ses cabas, Rick Ames avance sur Franklin en direction de Nathan, son visage rouge encadré de cheveux crêpés et délavés. « Ah, c'est toi, cette fois. Tu viens du Manoir de la Félonie, n'est-ce pas ?

– J'ai rapporté les manteaux empruntés par Hoyt, dit Nathan. Est-ce que les journaux t'ont répondu à propos de tes essais ?

– Mon odieuse mère m'a prêté un peu d'argent, dit Ames en posant ses sacs, ce qui m'évite pour le moment de me tourmenter au sujet de l'illettrisme des rédacteurs en chef. Elle est propriétaire d'une chaîne d'hotels, tu sais, elle est aussi riche que la reine de Saba, mais tant que je ne serai pas hétérosexuel, et que je continuerai à boire sans avoir de boulot, je serai en mauvaise position sur sa liste de bienfaisance. » Il pose sur Nathan un regard scandalisé et plein de mystère. « Si l'on en croit les potins, Hoyt et toi vous étiez nus au bal du Chat Noir. Vous avez fait sensation.

– Pendant environ une minute, dit Nathan.

– Jadis, à cette chère époque à jamais disparue, dit Ames d'un ton plein de regret, Tony et moi nous nous rendions chaque année à ce genre de fête. Mais jamais nus, bien sûr. On n'avait pas autant de liberté alors, et les choses n'étaient pas aussi faciles. J'ai entendu dire qu'il y avait eu un meurtre. Un homme poignardé sur la piste de danse.

– On est partis tôt, dit Nathan.

– La police a retrouvé son cadavre, nu, le lendemain, dans une ruelle derrière. Il scrute Nathan du coin de ses yeux bleus bordés de cils blancs. Je m'attendais à voir Hoyt aujourd'hui, n'est-ce pas l'heure du cours d'espagnol ? »

Nathan lui explique ce qui est arrivé à Hoyt.

« Alors tu es venu rendre les manteaux à Petite Chérie ?

– Elle est en train de tondre la pelouse. On a bu un Coca ensemble.

– Elle t'a montré le portrait que Hoyt a fait d'elle ? Elle en est bien capable. Elle manque totalement de tact.

– Non. » Nathan s'efforce de masquer sa surprise. « Mais... mais bien entendu Hoyt... Hoyt m'en a parlé. »

Ames sourit d'un air affecté. « J'en suis certain. Il a même dû te raconter à quoi ils passent leur temps. La période de tutelle est finie depuis belle lurette. Elle n'est pas assez intelligente pour apprendre l'espagnol, ou quoi que ce soit d'autre d'ailleurs. Elle avait de si mauvaises notes au lycée de Hollywood que c'en était criminel. Si Percy Hinkley ne l'avait pas épousée, elle aurait passé le reste de sa vie à essayer d'avoir son bac.

– À quoi passent-ils leur temps ? Nathan se sent mal. Qu'est-ce que tu racontes ?

– Ils jouent au rami, dit Ames en ramassant ses sacs à provisions. Ils font d'interminables parties de rami. »

Nathan rit. « Où est le problème ? »

Ames s'éloigne. « Je t'avais prévenu de tenir Hoyt à l'écart, Nathan. Tu vas le perdre. »

Nathan le rattrape. « Rick, jouer au rami n'a rien à voir avec le sexe.

– Mais c'est autant de temps qu'il ne passe pas avec toi, n'est-ce pas ? » Il s'en va en traînant les pieds. « Lorsqu'il rentrera du Texas, dis-lui qu'elle a annulé ses cours d'espagnol et qu'elle a déménagé en Alaska. » Sa voix flotte dans l'air matinal. « Si tu ne te méfies pas, elle va le détourner de toi, Nathan. Elle va le faire. »

Nathan rentre chez lui pour retrouver sa machine à écrire. Le livre ne va pas s'écrire tout seul. Or l'écriture est la seule chose qui puisse l'empêcher de penser mélancoliquement à Hoyt, et qui lui fasse oublier ses craintes au sujet du meurtrier du Chat Noir. Comme il néglige son livre depuis des jours et des jours, il a du mal à s'y remettre. Mais passée la première heure déplorable, ses doigts commencent à s'envoler.

En fin d'après-midi il a trouvé son rythme, et les voix de l'appartement de Minneapolis se sont remises à lui parler avec clarté. Il n'entend donc pas les bruits de pas et ne se rend pas compte qu'une personne est entrée avant de sentir son ombre se poser sur lui. Il lève brusquement la tête, glapit, et les touches de la machine à écrire se bloquent.

Benbow dit : « J'ai frappé et appelé.

– Désolé. » Nathan lance un regard derrière lui. Est-ce qu'il a le temps de traverser la pièce à quatre pattes et de sortir par la porte de derrière avant que Benbow l'attrape ? « J'étais... absorbé.

– Tu vas bien ? dit Benbow. Tu n'as pas l'air. »

Nathan recule sa chaise et se lève. Ses jambes tremblent. « Je vais très bien. Que... qu'est-ce que tu veux ? »

Benbow incline sa tête chauve en forme de dôme et examine Nathan. « Nathan, tu as peur de moi. C'est ça. Tu es mort de peur. Pourquoi ?

– Peur ? » La voix de Nathan s'étrangle comme celle d'un adolescent. « Ne sois pas idiot. Tu... tu veux de la bière ? »

Benbow agite la main. « Non, on n'a pas le temps. Je suis venu te chercher.

– Me chercher ? » Nathan se fige. « Pour aller où ?

– Chez moi. Convocation de Calliope. Mais d'abord je tiens à savoir pourquoi je suis soudain devenu un ogre. »

Nathan dit : « Tu n'en es pas un, Benbow. Sincèrement.

– Tu es charmant quand tu mens. Si enfantin. C'est à cause du Chat Noir, n'est-ce pas ? Bien sûr. L'homme déguisé en squelette. C'était une blague, Nathan. Hoyt l'aurait immédiatement compris, mais mon mignon t'a mis le grappin dessus par erreur. Pardonne-moi. Ça a dû te faire un vilain choc.

– Hoyt m'a dit après coup que c'était une plaisanterie. Nathan recule lentement. Mais hier matin, après avoir lu dans le journal l'article sur le cadavre retrouvé dans la ruelle, il a dû changer d'avis. Il a fait ses valises et il est parti.

– Le cadavre dans la ruelle », répète Benbow. Il a l'air abasourdi. « Ça n'a aucun rapport.

– Il a dû penser qu'il y en avait un. Il a les couilles à zéro. »

Benbow s'assied sur la chaise de bureau et se force à rire, sans grand succès. « Tu plaisantes.

– Eh bien, regarde autour de toi, dit Nathan. Tu le vois ?

– Non, mais Hoyt est mon ami. Il sait que je serais la dernière personne à... Il regarde Nathan de travers. Tu ne crois tout de même pas que je pourrais ôter la vie à quelqu'un, Nathan ?

– Non, non », ment Nathan, maintenant que la porte de derrière, au fond de la petite terrasse tendue de moutiquaire, vient d'entrer dans son champ de vision. « Mais si Hoyt s'est enfui c'est parce qu'il avait peur de quelqu'un, et j'hésite moi-même à rester ici.

– Allons, allons. C'était une invention de A à Z, dit Benbow avec douceur. L'homme déguisé en squelette a prétendu connaître l'identité du meurtrier d'Eva Schaffer, n'est-ce pas ?

– Oui, c'est ça. Et c'est toi qui lui as dit de me le dire ?

– Pas à toi, à Hoyt. Il est obsédé par cette Schaffer. Sa mort était un accident, mais il s'est mis dans la tête qu'il y avait une sombre machination derrière tout cela. Or c'est un esprit trop brillant, je refuse de le regarder glisser dans la folie sans intervenir. Il a le sens de l'humour. J'ai pensé qu'une plaisanterie pourrait...

– Quelle était la suite de la plaisanterie ? » dit Nathan.

Benbow fait la grimace. « Ne me demande pas. Toute cette histoire était digne de collégiens. Je l'avoue franchement et pitoyablement. Mais le meurtre dans la ruelle n'a aucun rapport. Bizarre. Freud se trompe. Les coïncidences existent. Celle-ci me bouleverse, je peux te le dire. »

Rêveur, il effleure la machine à écrire.

« J'ai l'impression d'être un auteur qui voit son intrigue lui glisser entre les doigts et rejoindre le chaos de la vie réelle. Où est allé Hoyt ?

– Chez lui à Amarillo, dit Nathan. C'est ce qu'il prétend en tout cas. Il m'a affirmé que son père est en train de mourir. Il a soi-disant reçu une lettre, mais je n'ai vu aucune lettre. » Il regarde Benbow sévèrement. « Tu es sûr qu'il n'est rien arrivé à l'homme déguisé en squelette ? Il s'est écroulé d'une telle manière...

– C'est une des premières choses que l'on apprend aux acteurs.
– Il était acteur ? » dit Nathan.
Benbow sourit. « Il l'est toujours. »

Nathan saute du tramway et remonte Highland d'un pas tranquille, le sourire aux lèvres. Il a passé la soirée à jouer du piano chez Benbow. Les doigts ankylosés, en faisant d'affreuses fausses notes. Mais il n'y avait personne pour l'entendre. Benbow présidait un séminaire à UCLA sur l'histoire culturelle allemande, à l'intention d'officiers du Deuxième bureau de l'armée. Quatre séminaires sont prévus. Nathan pourra donc s'exercer au piano un soir par semaine, pendant un mois. La mère de Benbow rendait visite à une de ses sœurs à San Diego. Et George divertissait les troupes dans des toilettes publiques triées sur le volet. Si bien que Nathan a eu tout le loisir de faire des maladresses. Et de jurer et pleurer à haute voix.

Mais tout rouillé qu'il soit, il est reparti avec la certitude que ses anciens talents – « Un vrai petit Mozart », *Minneapolis Tribune*, 12 novembre 1931 – lui reviendraient. Pourquoi cela lui fait-il plaisir ? Il ne sait pas. Le dévouement de son père pour la musique n'a jamais été payé de retour. À cause d'elle Frank a dû partir loin de chez lui des mois d'affilée. Excepté les rares fois où Frank lui a demandé de jouer avec lui des sonates pour violoncelle de Beethoven dans le grenier de Fair Oaks, Nathan n'a pas touché un piano depuis l'âge de onze ans. Il a juré qu'il n'en jouerait plus jamais. Mais ce vœu était dicté par la peine et la colère. De toutes manières, ce n'est pas à onze ans que l'on peut prendre de graves décisions. Et cette seule soirée passée à saccager Bach, Grieg et MacDowell a réussi, bien mieux que le banjo de Joe Ridpath, à lui révéler combien la musique lui a manqué depuis que Frank s'est débarrassé de tous ses instruments de pacotille, et que la maison a sombré dans le silence.

Nathan aperçoit soudain devant lui la grande silhouette lasse de Reggie Poole qui, tour à tour éclairé par les réverbères ou plongé dans l'ombre, rentre chez lui après son service chez Drossie. Nathan se lance à sa poursuite.

« Nathan, dit Reggie. D'où viens-tu ?

– Et toi, où étais-tu ? dit Nathan. Tu étais censé rentrer hier. Je me suis inquiété pour toi.

– J'ai été... retardé, dit Reggie.

– À Santa Barbara ? Comment ça s'est passé ? Est-ce que Mike a impressionné Judith Anderson ?

– Mike a décampé, dit Reggie. Dans le bus c'était un vrai paquet de nerfs. Lorsque nous sommes arrivés à la gare de Santa Barbara, il s'est rué dans les toilettes pour vomir. Il n'arrêtait pas de vomir. Nous n'avions pas beaucoup de temps. Alors finalement je me suis décidé à aller prendre les billets. Il m'a dit en hoquetant, le teint verdâtre, qu'il me rejoindrait, je l'ai attendu devant le théâtre mais il n'est jamais venu.

– Quelle honte. » Ils empruntent l'allée sombre menant à la maison au revêtement de bardeaux verts. « Mais il avait peur, ça se voyait. Où est-il maintenant ?

– Je comptais sur toi pour me renseigner.

– Je ne l'ai pas vu. » Nathan commence à monter l'escalier.

Reggie le suit. « J'ai suivi sa piste dans tous les bars bon marché et les hôtels borgnes de Santa Barbara. Il n'était nulle part.

– Je suis désolé », dit Nathan. Ils ouvrent chacun leur porte, face à face dans le couloir sombre. Nathan est en train de vider sa vessie dans la salle de bains lorsqu'il entend les gémissements de Reggie. Tout en se reboutonnant, il traverse le couloir en courant. Reggie se laisse tomber d'un air tragique sur l'une des chaises de la cuisine. Son visage ruisselle de larmes. « Regarde », dit-il d'une voix cassée, les deux mains tendues dans un geste théâtral : « Regarde. »

Près du petit évier ébréché, un bocal en verre est posé sur le comptoir. Sans bouchon, et vide. Les débris d'un autre bocal sont éparpillés au sol, avec ça et là quelques *pennies* au milieu des tessons étincelants. Chaque soir Reggie sort de ses poches les pourboires qu'il gagne au restaurant et les verse dans ces pots. Il n'a pas d'autre revenu. Drossie lui offre son dîner, mais elle ne peut pas se permettre de le rémunérer. Sinon elle ne pourrait pas payer son loyer.

« Tu as été cambriolé ? » Nathan se penche pour ramasser les débris de verre tranchants et bombés et les jette dans la poubelle sous l'évier. « C'est affreux. »

Reggie se mouche. « C'est pathétique. » Il range son mouchoir. « Des pièces de cinq, dix, vingt-cinq *cents*... il n'y avait même pas dix dollars dans ces bocaux.

– Je croyais que tu les cachais.

– Sur la dernière étagère, dit Reggie en montrant du doigt. Derrière des tas de livres de cuisine tachés de sauce.

– Ne t'inquiète pas. Hoyt m'a laissé de l'argent. Sens-toi libre de prendre tout ce qu'il te faut. » Nathan laisse tomber les derniers fragments de verre brisé dans la poubelle et se lève. « Mais apparemment il va falloir que tu prennes l'habitude de fermer ta porte à clef en sortant. » Il pose les pièces dans la main de Reggie. « Hoyt t'a donné une clef ? »

La tête inclinée, Reggie le dévisage. « Regardez-moi ce gentil enfant innocent ! » Sa bouche se crispe en un sourire forcé. « Nathan, ce n'est pas un cambrioleur qui a fait ça.

– Qu'est-ce que tu veux dire ? »

Une très vieille tristesse envahit le visage de Reggie, et il se détourne pour ouvrir un placard. « C'est Mike, bien sûr. Pendant que je le cherchais partout à Santa Barbara. Je lui avais donné son billet de retour. Très malin de ma part. » Reggie sort une bouteille de gin à moitié vide, une bouteille de tokay neuve, et des verres à moutarde. « Ça le contrariait que je ne lui donne jamais d'argent de poche. » Il confectionne ses cocktails de camelote, et Nathan et lui s'assoient à table et allument une de ses funestes cigarettes. « Mais comment aurais-je pu lui en donner ? Reggie éteint l'allumette. Je faisais des économies pour lui acheter un costume pour cette audition. J'y suis arrivé, en plus. Misérable ingrat. Il vide son verre de gin et tokay d'un air désolé. Cramponne-toi à Hoyt, Nathan. Restez toujours ensemble. Il soupire avec amertume. C'est excitant les étrangers, mais ce n'est pas une solution. » Tandis qu'il remplit son verre à nouveau, le silence retombe, parce que Nathan ne trouve rien à dire. Il pense que Mike Voynich est un salaud, mais il doute que Reggie ait envie de l'entendre. Enfin Reggie sourit en lui-même avec tristesse. « N'empêche qu'il était vraiment épatant dans ce costume.

– Peut-être que ce n'est pas lui qui t'a cambriolé, dit Nathan. Peut-être qu'il va revenir. Sans doute qu'il se cache parce qu'il a honte de t'avoir fait faux bond, et qu'il n'ose plus te regarder en face. Mais ça lui passera. Tu as été bon avec lui. »

Reggie expédie son deuxième gin et tokay. « Et il a été bon avec moi. Je suppose qu'il pense que j'ai eu le bon rôle dans l'histoire, et que je lui devais plus qu'un costume à quarante dollars.

– Tu lui as beaucoup appris », dit Nathan.

Reggie fait la grimace. « À rêver de mondes hors de sa portée. » Il remplit à nouveau son verre, moitié gin, moitié tokay. « Ce n'était pas très gentil, n'est-ce pas ?

– Mais ça partait d'un bon sentiment, dit Nathan.

– Tu es trop indulgent, dit Reggie. Il faut que tu t'armes contre une vie pleine de menteurs. » Il ajoute d'un rire moqueur : « Sans parler de ceux qui se mentent à eux-mêmes. » Sa bouche est humide. Il sera bientôt soûl. « J'appartiens à la deuxième catégorie. Et par conséquent à la première. Dans le cas présent, en tout cas. Mike Voynich est un lourdaud. Il n'a pas la moindre chance de réussir.

– Il retombera sur ses pieds. » Nathan éteint sa cigarette. « Tant qu'il aura cette beauté.

– Puisse-t-il faire mieux la prochaine fois, dit Reggie tristement, en levant son verre pour porter un toast. Je n'avais vraiment rien d'autre à lui offrir que de vaines promesses.

– Elles n'étaient peut-être pas vaines. Il n'a pas attendu assez longtemps pour le savoir. » Nathan lampe la fin de son abominable cocktail. « Ce n'était pas ta faute. Il manquait de cran, c'est tout. Il se lève. Reggie, je suis fatigué. Il faut que j'aille me coucher. Ça va aller ? »

Dans la lumière de l'ampoule à quarante watts pendue au plafond, Reggie lève vers lui ses yeux papillotants. « Si ça va aller ? Oh oui. Il rit d'un air désolé. J'ai survécu à une centaine de chagrins d'amour. Mike n'est pas le premier beau gosse à m'avoir quitté ou dévalisé. Rien de cela n'est nouveau, Nathan. » Entre ses mains les bouteilles tintent et carillonnent à nouveau. « Et l'on peut dire une chose à ce propos. Les surprises s'émoussent lorsqu'elles se produisent trop souvent. » Voyant que les bouteilles sont sur le point de tomber, il les repose doucement, avec un soin calculé. Puis il se souvient de Nathan et lui sourit. « Bonne nuit.

– Bonne nuit. » Nathan sort de la cuisine.

« Oh, Nathan ? crie Reggie. Avant de t'en aller, est-ce que tu pourrais m'apporter mon *Science et santé*, s'il te plaît ? C'est le livre en cuir souple près de ma chaise. »

Nathan sait de quel livre il parle. Parfois, en rentrant tard le soir en été, lorsque Reggie laissait sa porte ouverte pour avoir un peu d'air, Nathan et Hoyt ont vu ce grand type vêtu de son kimono noir, assis dans cette chaise d'angle, en train d'essayer de se consoler en lisant la bible ridicule de Mary Baker Eddy[1], une bouteille à portée de main, et autour de la tête une couronne de fumée de cigarette. Nathan s'empare du livre, et le lui apporte.

Tout fatigué qu'il est, Nathan se réveille plusieurs fois dans le noir en tremblant, le souffle court, effrayé par l'assassin du Chat Noir. Il a fermé les portes à clef, mais les verrous ne protègent pas des menaces imaginaires. Ce n'est que lorsque le ciel commence à s'éclaircir par-delà les branches d'arbres, qu'il s'endort réellement. Et lorsque quelqu'un le réveille en frappant à sa porte, les aiguilles du réveil indiquent onze heures moins le quart.

« Nathan ? » C'est Reggie.

« J'arrive », dit Nathan d'une voix enrouée, en enfilant son jean. Encore ensommeillé et donc

1. Fondatrice américaine des Scientistes Chrétiens, 1821-1910. *(N.d.T.)*

malhabile, il met une minute à tourner le vieux verrou. Il ouvre la porte.

Reggie est prêt à partir et sent l'eau de cologne. « Oh là là ! Je ne voulais pas te réveiller. Mais Drossie a besoin de moi pour le déjeuner aujourd'hui, et elle m'a aussi recommandé de me faire couper les cheveux. J'ai assez pour le trajet grâce aux généreux pourboires d'hier soir, mais pourrais-tu me prêter un dollar pour le coiffeur ? »

Nathan tend le doigt. « Premier tiroir de la commode. » Il s'éloigne en titubant vers la salle de bains. « Prends tout ce dont tu as besoin. » Il vient d'achever les rites les plus urgents et s'apprête à faire couler de l'eau dans la baignoire lorsqu'il entend un petit coup à la porte. « Qu'est-ce qu'il y a ? »

Reggie glisse sa tête dans l'entrebâillement. « Tu es sûr que c'est là que Hoyt a laissé l'argent ? Je ne le trouve pas.

– Regarde dans les autres tiroirs, dit Nathan.

– J'ai pris cette liberté, dit Reggie. J'ai été envahi d'une bouffée de nostalgie enfantine pour les œuvres de Horatio Alger[1] en fouillant parmi tes sous-vêtements déchirés, Nathan, mais je peux te dire que je n'ai pas trouvé d'argent. Pas le moindre *cent.* »

Nathan le regarde d'un air hébété. « Oh, merde. » Il ferme les robinets, se faufile derrière Reggie, court dans la chambre, fouille lui-même dans les tiroirs. Rien. Il se sent pris de vertige. Il

1. Célèbre écrivain américain, 1834-1899. *(N.d.T.)*

n'arrive pas y croire. « C'est là qu'on le laissait. Il a encaissé le chèque pour les tableaux, cinq cents dollars en billets de vingt, et les a rangés là.

– Peut-être que tu as mal compris, et qu'il ne t'a rien laissé.

– Il en a laissé, dit Nathan. Je l'ai vu.

– Tu n'étais pas là hier soir, comme moi, dit Reggie. Ta porte était fermée ? »

Nathan secoue la tête dans un état de demi-torpeur. « Tu veux dire que Mike ?...

– Qui d'autre ? dit Reggie. Combien y avait-il ?

– Cent dollars, dit Nathan.

– Mon Dieu. » Reggie se laisse tomber au bord du lit froissé. « Qu'est-ce que j'ai fait ? Oh, Nathan, je suis tellement désolé. Pourras-tu me pardonner un jour ?

– Rien à pardonner. » Nathan a envie de fermer le tiroir d'un coup de pied, au lieu de quoi il le fait glisser doucement. Une chaussette pend hors du tiroir du haut, et il la replie tendrement et ferme ce tiroir encore plus délicatement que les autres. Sa fureur s'accroît de minute en minute. Il a envie de hurler et de tout casser. « Ne loupe pas ton tramway, Reg.

– Tu as raison. » Reg, très pâle, se lève, sort de la pièce, se retourne en extrayant une enveloppe de sa poche. J'ai failli oublier. Il pose l'enveloppe dans la main de Nathan. « Hoyt a laissé tomber cette lettre dans ma cuisine l'autre jour.

– Merci », dit Nathan machinalement. Il reste immobile jusqu'à ce que le bruit des pas de Reggie s'évanouisse dans l'escalier extérieur. Maintenant il peut crier et tout casser. Mais il est trop assommé. Combien de temps dure cette paralysie il l'ignore, mais il finit par se souvenir de l'enveloppe et la regarde. D'un air abattu. C'est une enveloppe envoyée par avion dont l'adresse a été tracée au crayon, d'une écriture enfantine. L'écriture lui rappelle quelque chose. Le cœur palpitant, il regarde le cachet de la poste – Amarillo. Cela date d'il y a quatre jours. Il sort la lettre et la lit sans scrupules. Et se met à rire. Hoyt n'a pas menti. Pas cette fois. Il ne s'est pas enfui par crainte d'être poignardé et jeté dans une impasse. Long Tex Stubblefield est réellement en train de mourir.

Myra Stubblefield écrit :

Le docteur dit qu'il durera pas plus de quelques jours. Il nous reconnaît plus. Jésus le rappelle auprès de lui.

Nathan déverrouille et hisse l'énorme porte d'entrée de la librairie T. Smollett. Pousse à l'extérieur la table des livres d'occasion poussiéreux. S'avance péniblement jusqu'au fond de la boutique caverneuse pour prendre une pelle à poussière et la plonger dans un baril de produit rouge. Répand la sciure le long des allées. Balaye les allées. L'entrée. Le trottoir. Le ciel est d'un gris qui n'engage à rien. L'atmosphère a quelque chose de glacé, et pourtant l'air est sec, et il se pourrait bien que le soleil fasse son apparition plus tard et décolore les couvertures des livres exposés en vitrine, aussi baisse-t-il à la manivelle le store vénitien, avant de retourner dans la pièce du fond pour y ranger balai et pelle à poussière.

Des livres hérissés d'étiquettes et de bordereaux d'emballage sont empilés sur la table d'expédition. Tout en surveillant d'un œil l'arrivée des clients, il se met à faire des paquets avec du carton ondulé marron, du papier marron et du papier gommé marron délivré par une machine qui se bloque sans arrêt. Pas de clients. Avec son habituel costume gris et son habituelle cigarette humide en train de se consumer à l'angle de sa bouche, Angus MacKenzie entre par la porte de derrière, répond par un grognement au « Bonjour » de Nathan, et s'en va déposer de l'argent liquide dans le tiroir de la vieille caisse enregistreuse, mouillant son pouce pour compter rapidement les liasses de billets de un, cinq, dix et vingt dollars qui sortent juste de la banque. L'élégant M. Constance, teint hâlé et cheveux blonds, ne fera pas son apparition avant midi, ce qui est un soulagement.

« Ton livre est fini ? » demande-t-il à tout propos. Il est content comme tout que Nathan ait dilapidé l'à-valoir de l'éditeur et qu'il soit obligé de revenir humblement à la librairie T. Smollett. Une autre de ses phrases favorites est « N'avais-je pas dit que tu étais trop jeune ? Écrire un livre, c'est un boulot d'homme mûr.

– Ne t'inquiète pas, Connie, dit Nathan. Je le finirai.

– En travaillant à la librairie toute la journée ? » renifle M. Constance. « Il me semble pourtant t'avoir entendu te lamenter de ce qu'aucun écrivain n'a jamais pu finir un livre en travaillant parallèlement.

– J'ai presque fini. J'écris la nuit.

– Oui, bien sûr, dit Constance. Maintenant que ton ami le cow-boy n'est plus là pour te sauter dessus toutes les dix minutes, le temps doit te paraître bien long. »

Hoyt envoie des cartes postales d'Alamo, du drapeau texan, de fers rouges pour marquer le bétail, du Lac du Wild Horse, d'hommes noirs de pétrole gambadant autour d'un geyser en lançant leurs chapeaux, mais il n'écrit pas grand-chose au dos – simplement qu'il espère que Nathan va bien, qu'il lui manque, et que son père se cramponne à la vie. Nathan se méprise d'avoir cette pensée, mais il donnerait n'importe quoi pour que le vieil homme meure. Il ne supporte plus l'absence de Hoyt. Ainsi M. Constance a raison sur un point – si Nathan, malgré sa lassitude, écrit la nuit, c'est pour oublier Hoyt l'espace de quelques heures.

« Si j'ai envie d'une partie de jambes en l'air, dit Nathan, je peux toujours descendre à la Cabine du Capitaine et baisser mon maillot dans les toilettes, n'est-ce pas ? »

Constance rougit et s'en va avec mauvaise humeur.

Le quatorzième jour d'absence de Hoyt, il se remet à pleuvoir. Nathan aimerait que la pluie cesse. La mélancolie de ces journées, l'incessant suintement de la pluie sur le toit pendant la nuit, aggravent son impression de solitude. Ce samedi, il a l'après-midi de libre. Lorsqu'il arrive en vue de la maison en bardeaux verts, après avoir grimpé en haut de Highland d'un pas lourd, ses chaussures sont trempées. Les graviers de l'allée crissent sous ses pieds et il soulève machinalement le couvercle de la boîte aux lettres. Il en sort une lettre, celle que depuis longtemps il espère et redoute à la fois. Craven & Hyde. Il monte à l'étage, se dépouille de ses vêtements mouillés, en enfile des secs, pantalon en velours, deux chandails, et un cache-nez mangé par les mites pour se protéger de l'humidité et du froid – il n'a toujours pas pu se résoudre à fermer les fenêtres. Il ouvre une boîte de soupe, la réchauffe, la verse dans un bol, prend une cuiller, s'assoit, et déchire l'enveloppe.

Nous sommes désolés d'avoir mis si longtemps à vous répondre au sujet des chapitres de L'Appartement en enfilade, *que vous nous avez envoyés voici quelques semaines. Veuillez nous pardonner ce retard. Les vacances des uns et les maladies des autres nous ont un peu ralentis ici. Mais aujourd'hui tout le monde a eu l'occasion de lire cette partie centrale de votre roman, et j'ai le regret de vous annoncer que nous sommes tous un peu déçus. Le pétillement des chapitres d'ouverture paraît faire défaut à ceux-ci. Tout d'abord, personne n'a compris pourquoi – et pourtant nous étions tous d'accord sur le fait qu'il manquait quelque chose d'essentiel. Tous nos directeurs d'édition adorent ce livre, aussi étions-nous troublés et perplexes. Puis nous nous sommes rendu compte que cette déception s'expliquait par l'absence de Frank. Lorsque Frank part sur les routes pour jouer avec la compagnie de danse, le roman se ralentit. Tout attachant et séduisant qu'il soit, le petit Nathan de dix ans ne peut pas combler le vide laissé par Frank. Les clientes loufoques d'Alma en sont elles aussi incapables, et le conflit continuel entre Alma-la-mystique et tante Marie-la-terre-à-terre, malgré toute la fantaisie que vous déployez (les cinq caisses de chou sont à se tordre de rire), ne se révèle pas une solution de remplacement. Oncle Chester, le charpentier empoté, fait diversion de manière comique, mais il n'est pas de taille à suppléer Frank. L'histoire devient plate sans le piment de l'humour cocasse de Frank. Nous espérons que vous prendrez ces critiques dans le même esprit que celui dans lequel elles vous sont offertes. Ici tout le monde croit à votre livre dur comme fer, et nous sommes certains que vous trouverez un moyen de réintégrer Frank dans ces passages. Nous attendons avec impatience.*

Nathan ne mange pas sa soupe.

Reggie le réveille en le secouant. Il est couché, pelotonné de son côté du lit, la tête sous les couvertures. Il s'y est traîné hier après-midi. Le bruit de la pluie l'a réveillé au crépuscule, il a voulu se lever mais ne s'est pas levé. Avait-il une seule bonne raison de se lever ? Il s'est rendormi. À un moment ou un autre il s'est glissé hors du lit dans l'obscurité et s'est rendu en grelottant à la salle de bains. Après cela il est resté éveillé, malheureux comme les pierres, pendant ce qui lui a paru une éternité. Il regarde en clignant des yeux Reggie qui est vêtu de son meilleur costume, signe qu'il s'apprête à aller à l'église. Évidemment. C'est dimanche matin.

« Tu es malade ? dit Reggie.

– Je ne crois pas. » Nathan s'assoit.

« Tu es tout habillé, dit Reggie.

– J'ai oublié de me déshabiller, dit Nathan.

– Je suis passé hier avant de partir chez Drossie, dit Reggie. Tu étais là.

– La vie me rend malade, dit Nathan. Par moments. J'ai essayé de faire passer le temps en dormant. »

Reggie lui tapote la tête. « Ne t'inquiète pas. Il va rentrer un de ces jours. Concentre-toi là-dessus. Pense à quel point tu seras heureux. » Il pivote, ouvre le dernier tiroir de la commode, glisse quelque chose sous les vêtements. « Je n'ai pas pu avoir dix dollars, cette semaine, dit-il. À cause de la pluie les gens n'ont pas envie de sortir dîner. Cinq dollars seulement. Mais je n'oublie pas.

– Tu ne peux pas vivre sans rien, dit Nathan.

– J'ai l'habitude, je l'ai fait pendant des mois. » Reggie ferme le tiroir. « C'est ma sottise qui t'a coûté ces cent dollars. J'ai l'intention de te les rembourser. Jusqu'au dernier centime.

– On verra plus tard. » Un paquet de Sensation

s'est écrasé dans la poche de Nathan. Il l'extrait et allume des cigarettes tordues pour Reggie et lui. « Quand tu auras vendu ta pièce. »

Reggie s'anime. « Dorcas Blaufisch s'en occupe en ce moment. Ici. À Hollywood. » Il sort d'une manière désinvolte. « On a perdu notre temps à Broadway. Elle pense que c'est pour le cinéma.

– Je suis de cet avis, crie Nathan. Bonne chance.

– Eh, attends, dit Reggie, attends, attends, attends », et il revient dans la chambre. « Tu as entendu ? Non. Tu n'écoutes jamais les nouvelles.

– Je préfère la musique, reconnaît Nathan. Des trucs pour grosses têtes. André Kostelanetz. Fred Waring. Phil Spitalny et son orchestre féminin. J'ai manqué quelque chose ?

– Tu sais, cet homme qu'ils ont retrouvé assassiné dans l'impasse derrière le Chat Noir ? dit Reggie. Il se trouve qu'il n'était pas au bal costumé. Il pince les lèvres avec compassion. C'était un représentant de commerce de Oak Park, Illinois, marié, avec des enfants – il a été dévalisé et assassiné après avoir ramassé une prostituée. Du nom improbable mais patriotique de Merry Furlo[1]. Il a fallu tout ce temps pour identifier la victime. Les seules traces de ses empreintes digitales se trouvaient dans un dossier à Washington, D.C. Une fois que la police d'ici les a obtenues, ils ont localisé son hôtel, et de là ils ont pu établir ce

1. « Furlough » signifie « perm » ou « permission ». La prostituée en question s'appelle donc Joyeuse Perm. *(N.d.T.)*

qu'il a fait cette nuit-là. Alors *mea culpa*. J'ai calomnié le Chat Noir à tort. À l'évidence, leur fête de Halloween était tout ce qu'il y a de plus innocent.

– J'ai pourtant bien essayé de te le dire, dit Nathan. On était assis en rond sur des petites chaises rouges et on chantait *Jésus m'aime*. »

Pour atteindre les derniers appartements blancs et massifs de l'hôtel Highland, il faut grimper pendant longtemps aussi bien à l'intérieur qu'à l'extérieur. Nathan est hors d'haleine et trempé de sueur lorsqu'il frappe à la porte de Gentleman Jim Hawker. De l'autre côté de la cloison lui parvient un cri étouffé suivi de cognements et de trébuchements. Mais la porte finit par s'ouvrir. Le Grand Écrivain américain n'est pas coiffé. Ses joues sont hérissées de favoris blancs. Vêtu d'un pyjama sale, il scrute Nathan de ses yeux larmoyants et injectés de sang, à travers la fente de cinq centimètres de large qu'il a percée entre la porte et l'encadrement.

« Ah, c'est le jeune Reed, dit-il. Je regrette mais je ne suis pas en état de recevoir des visiteurs. Il commence à refermer la porte. Revenez demain s'il vous plaît. »

Nathan bloque la porte avec son pied. « Je n'étais pas en état de recevoir des visiteurs l'autre soir quand vous êtes passé à l'improviste, mais je ne vous ai pas fermé la porte au nez, n'est-ce pas ? Je vous ai mis à votre aise, je vous ai laissé dormir, je vous ai prêté mon rasoir le lendemain matin, je suis venu jusqu'ici pour vous chercher des vêtements propres et j'ai tout fait pour que vous arriviez au studio habillé avec élégance et la tête sur les épaules. Eh bien aujourd'hui, c'est à moi d'avoir besoin de votre aide, monsieur Hawker. Soyez juste. »

Pendant un instant Hawker le regarde fixement, puis il soupire, laisse retomber ses épaules, et pivote vers la pièce. « Entrez. Qu'est-ce qui vous préoccupe ? »

Nathan s'avance. « Les éditeurs n'aiment pas le milieu de mon roman parce que le père est absent. Il est musicien. Il est parti sur les routes gagner de l'argent pour nourrir sa famille. Son fils ne le supporte pas. »

L'appartement est resté fermé à cause de la pluie et l'atmosphère croupie empeste le whisky, le tabac, les vêtements sales.

« Ce n'est pas raisonnable, mais il n'a que dix ans – tout ce qu'il sait c'est que son père lui manque, et que ça l'empêche de manger et de dormir. Il rejette la responsabilité sur la musique. Or il a du talent. Stokowski a dit de lui qu'il était un génie. Mais voilà qu'il referme le couvercle sur le clavier en jurant de renoncer à la musique. »

Il y a deux pièces séparées par une salle de bains dont la porte est ouverte. Il s'en échappe une odeur aigre de vomi et des serviettes de toilettes traînent ça et là.

« C'est la grande crise du livre, le père et le fils vont-ils se rabibocher ? Frank ne peut pas revenir avant d'avoir terminé son contrat au sein de la troupe. Il n'a pas le choix. C'est le seul travail qu'il a pu trouver. Et après être enfin rentré chez lui, pendant longtemps il va garder l'impression que Nathan ne lui pardonnera jamais »

Ils sont debout dans le salon jonché de livres et de magazines. Sur le bureau, la machine à écrire disparaît sous les manuscrits, les blagues à tabac, les pipes en églantier. La corbeille à papiers déborde. Les bouteilles de whisky vides sont éparpillées sous les chaises, sous le divan et sous les tables ; et partout des verres instables, prêts à basculer.

« Le fossé qui existe entre eux ne sera pas comblé avant la fin du livre. Mais maintenant ces trous du cul me disent qu'ils ne veulent pas que Frank s'en aille. Qu'il est drôle, même quand il est grognon. Et que les passages où il n'intervient pas sont ennuyeux. »

Hawker est resté immobile à le regarder fixement. Le regarde-t-il vraiment ? Ou bien regarde-t-il à travers lui ? Nathan l'ignore. Voilà que Hawker ramasse un des verres, vide le fond de whisky, frissonne, fait la grimace, et dit :

« Excusez-moi. Laissez-moi m'arranger un peu. »

Il disparaît dans la salle de bains. Va-t-il en sortir un jour ? Nathan ôte d'une chaise plusieurs imprimés et une bouteille vide, et s'assoit. Mais il est trop agité pour rester assis. Il se lève, traverse la pièce, fait glisser les portes en verre, sort sur le balcon. La pluie fine rafraîchit son visage empourpré. Il entend la douche se mettre en route dans la salle de bains. En contemplant les toits embrumés, les arbres, les collines, il se souvient tristement de cette randonnée avec Ken Stone dans le canyon, il y a longtemps. La vue est belle, et vaut peut-être la longue ascension. Il se penche et regarde en contrebas. Hoyt avait raison. C'est une sacrée chute jusqu'à l'arrière-cour de la maison au revêtement de bardeaux verts. C'est un miracle que Hawker ne se soit pas brisé le cou cette nuit-là. La douche continue de couler. Nathan se décide à aller frapper à la porte de la salle de bains.

« Monsieur Hawker ? Ça va ? »

Pas de réponse. Nathan pousse la porte. Elle n'est pas fermée à clef. La pièce est pleine de vapeur. Hawker est allongé dans la baignoire, nu, les yeux fermés, sous l'eau qui ruisselle. Nathan ferme le robinet d'eau chaude, ouvre celui d'eau froide. Et soudain, Hawker ouvre très grand les yeux.

« Ah, bredouille-t-il, le jeune Reed. C'est vous. Ah, oui... ce que vous devez faire... » Soutenu par Nathan, il sort de la baignoire en tremblant : « ... c'est continuer à écrire votre livre comme si vous n'aviez pas reçu de lettre. » Nathan ferme les robinets. « Ne tenez pas compte d'eux, tout simplement. » Hawker tend la main vers une serviette. Nathan en prend une sur un porte-serviettes et la lui donne. Il s'enveloppe dedans et s'assied sur le rebord de la baignoire. « S'ils comprenaient ce que vous êtes en train de faire...

– C'est ça qui est fou, dit Nathan. Je leur ai envoyé un canevas en même temps que les premiers chapitres. »

Hawker lève une main tremblante pour réclamer le silence. « S'ils comprenaient ce que vous êtes en train de faire, ils ne vous auraient pas écrit. Ils ne comprendront jamais. Il est rare que quelqu'un d'autre que l'écrivain lui-même comprenne. Il faut vous y habituer. Personne ne vous comprendra jamais.

– Mais lorsqu'on écrit, dit Nathan, n'écrit-on pas pour quelqu'un ? »

Hawker lève la tête et le regarde en clignant des yeux, et un sourire pincé se dessine sur sa petite bouche. « Bien sûr. Mais vous n'entendrez jamais parler de cette personne-là.

– Alors qu'est-ce que je fais ? crie Nathan.

– Terminez votre livre, dit Hawker, exactement comme vous en aviez l'intention. Ne changez rien.

– Mais s'ils continuent à dire que le milieu n'est pas bon ? »

Hawker fait signe qu'il veut se lever. Nathan l'aide. « Merci », dit Hawker, et il sort de la salle de bains d'un pas peu sûr. Il risque un coup d'œil vers le salon. « Si cette fenêtre reste ouverte, je vais périr de froid. » Il pivote vers la chambre. Sa voix parvient jusqu'à Nathan : « On peut honnêtement dire beaucoup de mal du climat des États du Sud, mais il n'est jamais aussi abominable que celui-ci. »

Nathan ferme la porte vitrée du balcon. Il ne suit pas Hawker, parce qu'il a vu la chambre une fois, et que cela lui a suffi. Il attend, doutant à nouveau que Hawker réapparaisse. Mais il revient quelques minutes plus tard, vêtu d'un pantalon de sport et d'un pull-over, ses cheveux mouillés peignés en arrière. « Ah, c'est vous, Reed, dit-il une fois de plus. Heureux que vous ayez pu venir me voir. On se sent seul le dimanche quand on est loin de chez soi. Il ouvre un tiroir du bureau et en sort une bouteille de whisky pleine. Il la lève vers Nathan. Un petit verre ? »

Malgré lui, Nathan hoche la tête. « Merci.

– Très sociable, dit Hawker, et il verse un plein verre et le tend à Nathan. Asseyez-vous. Vous paraissez préoccupé. Y a-t-il quelque chose qui vous tracasse ? »

Nathan s'assied, goûte le whisky. Il est fort et sucré. Il regarde l'étiquette sur la bouteille. Southern Comfort. Écœurant. Pas étonnant que Hawker vomisse. « Mon livre, dit-il avec désespoir. Nous étions en train d'en parler.

– Effectivement. Toutes mes excuses. Hawker hoche la tête et lève un doigt. Un accord non résolu. » Il se penche en avant et dévisage Nathan, les sourcils en accent circonflexe. « J'ai cru comprendre que vous connaissiez la musique, vous savez donc ce qu'est un accord non résolu ?

– Le milieu de mon livre ?

– Exactement. » Hawker se cale dans son siège avec un sourire et avale d'une seule lampée la moitié de son verre. « Bien entendu cela crée un sentiment d'inquiétude, du reste c'est le rôle d'un tel accord dans une composition musicale. De faire monter la tension chez l'auditeur.

– Oui. » Nathan affronte une autre petite gorgée de son verre. « Et lorsque le livre sera fini, lorsque l'accord sera résolu, ils cesseront de s'inquiéter pour le milieu, c'est ce que vous voulez dire ?

– Et ils ne comprendront jamais pourquoi, dit Hawker.

– Mais en leur envoyant ces chapitres, j'espérais aussi qu'ils m'avanceraient un peu d'argent pour que je puisse finir le livre.

– De l'argent ? Hawker rit sans gaieté. Non, non. Cessez de vous aveugler avec cette illusion. Les éditeurs ne sont pas là pour vous envoyer de l'argent. Ils sont là pour vous affamer, pour vous pousser à continuer à écrire. Ils sont là pour garder l'argent.

– Même cinq cents dollars ? dit Nathan.

– Avec cette somme, l'éditeur peut dîner avec une de ses amies au 21[1], dit Hawker. Il le fera. » Puis, avec douceur : « L'argent et l'écriture ne font pas bon ménage, mon jeune ami. Apprenez ça dès aujourd'hui, et épargnez-vous ainsi l'amertume du temps. Nous écrivons parce que nous n'avons pas le choix ; ils le savent, et ils en profitent. Si vous vous arrêtez à la pauvreté de la récompense, vous allez vous trancher la gorge. » Il termine son verre et tend la main vers la bouteille. « Trouvez d'autres moyens de subsistance. » Il remplit à nouveau son verre. « Volez des pièces dans les tasses des aveugles. Louez votre sœur. Tuez un ami riche et épousez sa veuve.

1. Restaurant très cher, à la mode dans les années 1940. *(N.d.T.)*

– Écrivez pour le cinéma ? » poursuit Nathan.

Hawker lève une main avec horreur. « Non, non. Jamais je n'inciterai un jeune homme à une telle dépravation. »

Lundi, en faisant des courses de Noël chez T. Smollet pour ses amis qui sont dans l'armée, Abou Bekker a appris que Nathan était seul et a sauté sur l'occasion pour l'inviter au dîner de Thanksgiving[1]. Le fait de rouler à nouveau dans le break aux flancs de bois, comme il l'a si souvent fait avant la guerre avec tant d'amis disparus, procure à Nathan un sentiment indéfinissable. Aujourd'hui ils ne sont que deux à se frayer un passage avec fracas vers Fair Oaks, à travers les encombrements de fin de journée, et pourtant la voiture semble peuplée de fantômes, dont le fantôme de Nathan lui-même tel qu'il était plus jeune, et tel qu'il espère ne plus jamais être.

Traverser la véranda avec ses entassements de pots de fleurs et sa balancelle recouverte de toile rayée, et pénétrer dans la petite maison sans prétention des Bekker, c'est comme entrer dans un rêve. Rien n'a changé. Sur les étagères encombrées, pas un seul livre n'a été déplacé. L'autoportrait de Van Gogh en chapeau de paille est toujours accroché au-dessus du piano, d'où il observe la pièce de son regard bleu. Abou et sa mère avaient tout déménagé au cours de l'été 1941,

1. « Jour de l'action de grâce », fête célébrée aux États-Unis le quatrième jeudi de novembre. *(N.d.T.)*

mais tout est revenu à sa place. Soudain pris de vertige, Nathan se demande s'il a réellement vu la maison vide. Peut-être que ce jour affreux n'était qu'un rêve. Parce que la seule pensée qu'ils puissent quitter cet endroit tient de l'absurde. Ils ne le feront jamais. Ils vivront ici jusqu'à leur mort. Non. Stop. Les prémonitions sont l'affaire d'Alma. Il secoue la tête pour la débarrasser de cette idée.

« Tu as une puce dans l'oreille ? » demande Abou en souriant.

Il n'a pas le temps de répondre. Lucille Bekker surgit de derrière le rideau de la cuisine pour l'enlacer de ses petits bras rondelets et le serrer contre elle jusqu'à lui couper le souffle. Sa peau est chaude et humide de vapeur et dégage des odeurs de sauge et d'oignon. « Adonis », crie-t-elle en se mettant sur la pointe des pieds pour lui déposer un baiser sur le menton. « Oh, je suis si heureuse de te voir. » En lui tenant les mains, elle fait un pas en arrière et le regarde, rayonnante. « Cher enfant, je pense vraiment que tu es plus beau que jamais. » Elle se tourne vers son fils, qui sourit de ses superbes dents orientales. « Bobby, n'est-il pas magnifique ?

– J'espère qu'il a faim, dit Abou. J'ai cru m'évanouir en entrant. Il lève la tête, sondant l'air de son nez admirable. Les effluves sont une véritable torture.

– Ça ne sera pas long, chantonne-t-elle en se hâtant à nouveau vers la cuisine. Vous feriez bien d'en profiter pour prendre vos cocktails tout de suite. »

Les cocktails sont des Manhattan. Glacés. Mais sucrés. Avec des cerises au marasquin. Nathan est content qu'ils n'aient pas le temps d'en boire un deuxième. Car bientôt Lucille les appelle. Sur le porche tendu de moustiquaires qui jouxte la petite cuisine obscure à l'arrière de la maison, il y a juste la place pour une table, trois chaises, et la collection complète des pièces d'Eugene O'Neill. Sous un lustre en cuivre ajouré, des assiettes fumantes chargées de dinde, d'assaisonnements, d'ignames, de sauce à l'airelle, de purée de pommes de terre, de jus. Cuisine cent pour cent américaine. À l'exception d'une touche personnelle. Dans un panier, des petits pains ronds et plats à peine sortis du four sont cachés sous une serviette. Le beurre fond sur le pain chaud. Nathan en mange un et se ressert.

« Je n'ai jamais mangé d'aussi bon pain.

– C'est du pain libanais. Mon père était boulanger, dit Lucille, et elle ajoute avec un petit rire : mon mari était acrobate. »

Nathan la regarde, interloqué.

Abou lui confirme : « C'est vrai.

– Dès sa naissance Bobby a voyagé avec le cirque.

– Dans une roulotte pourpre et dorée, dit Abou, aussi baroque qu'une église bavaroise. »

Sa mère a la bouche pleine de dinde et les yeux rêveurs. « Al G. Barnes. Sels-Floto. Ringling Brothers. » Elle avale, tamponne ses lèvres avec une serviette. « Bien entendu, l'époque des tournées de ville en ville, dans des roulottes tirées par des chevaux, était depuis longtemps révolue. Les roulottes étaient chargées sur des wagons de chemin de fer en plate-forme. La plupart du temps, les roulottes des artistes étaient accolées, mais il arrivait qu'on soit placés à côté de la roulotte des animaux sauvages. Les lions détestent voyager par le chemin de fer. Ils grognent et rouspètent toute la nuit. Les lions étaient les pires.

– Ça s'est terminé avant mes six ans, dit Abou. Mon père a fait une chute et il est mort. »

Lucille mange en silence un instant, son visage rond plein de chagrin. « Pas en tombant d'un fil de fer, dit-elle soudain. Le plus souvent ce sont les funambules et les trapézistes qui font des chutes mortelles. Non, Sam faisait partie d'une équipe d'acrobates, ceux qui s'élancent dans les airs à partir de planches à bascule, tu sais, et atterrissent sur les épaules des uns et des autres. Il s'est envolé trop haut, il a perdu le contrôle en l'air, et il est retombé sur la nuque. » Elle frissonne et ferme les yeux. « J'entends encore le craquement de ses os. Il est mort sur le coup. » Elle ouvre les yeux et regarde Nathan. « Vingt-six ans. Un très beau jeune homme.

– Tu étais très belle toi aussi », lui dit Abou, et à Nathan : « Un tourbillon de quarante kilos avec des collants pailletés et des ailes de papillon en gaze, léger comme l'air, sur une corde tendue au-dessus de la foule, il faut que tu voies les photographies.

– Ça devait être une vie extraordinaire, dit Nathan à Lucille. Vous devriez l'écrire. Les cirques sont en train de disparaître.

– Hmm. » Elle lui adresse un sourire machinal. Et ils mangent en silence. Soudain, elle dit d'une voix dure : « Non, ce n'était pas une vie extraordinaire. C'était brutal et sordide. Pas de quoi faire un beau livre, Adonis. Les gens seraient choqués. La gaieté et le clinquant servaient de paravent à la douleur et à la misère. Et à la terreur. Les clowns sont les pires. »

Interdit, Nathan regarde Abou en clignant des paupières. « Vraiment ?

– Mère, dit Abou, c'est Thanksgiving. Ne pourrait-on pas... »

Elle l'ignore. « Méchants, vicieux et meurtriers. De pauvres malades qui détestent le monde, et dissimulent leur amertume derrière leurs sourires peints et leurs costumes ridicules.

– Leur amertume ? dit Nathan.

– Mère », dit à nouveau Abou.

Elle lui lance un regard furibond. « Tu sais qui a tué ton père. Tu sais bien que ce n'était pas un accident. »

Abou soupire et lève les yeux au plafond.

Elle pose une main dodue sur le bras de Nathan. « C'est drôle, non, quand les clowns se déguisent en femmes ? Ils se mettent des seins et des hanches énormes, et ils se trimbalent avec des cochonnets ou des petits chiens habillés en bébés. Eh bien... » Elle se penche vers Nathan et baisse la voix : « ... c'est parce qu'ils veulent être des femmes. Ils ne sont pas... normaux. C'est pour cela qu'ils se cachent. »

Nathan regarde Abou. Il garde la tête baissée.

Et la main devant les yeux. L'étreinte des doigts de Lucille se resserre sur le bras de Nathan. Elle s'approche encore.

« Et bien sûr, ils veulent des hommes. De beaux jeunes hommes comme Sam. Ils ne pouvaient pas supporter qu'on soit mariés et qu'on ait un enfant. Ils ne pouvaient pas s'empêcher de le tripoter. Et comme il se moquait d'eux et les repoussait, ces sorcières se sont réunies en cercle et lui ont jeté un sort. » Elle se recule et penche la tête en arrière, pour étudier l'expression de Nathan. « Tu ne me crois pas ? Eh bien, c'est la pure vérité. Après ils sont venus s'en vanter auprès de moi en ricanant et en gloussant méchamment.

– Mère, ils savaient que tu étais très superstitieuse. Ils voulaient te taquiner. C'était un accident. La police l'a dit.

– Ils l'ont tué, aussi sûr que je suis vivante pour le raconter. Elle se tourne de nouveau vers Nathan. Ce sont des gens vicieux. Je ne parle pas seulement des clowns. Mais de tous les homosexuels. Tu es beau comme mon Sam. Ils vont te courir après. Ils sont partout. Méfie-toi d'eux, Nathan. » Nathan a du mal à garder son sérieux, et elle s'en rend compte sans doute, parce qu'elle ajoute : « Je ne plaisante pas. Il n'y a pas de quoi rire.

– Je ferai attention », promet Nathan.

Le silence retombe. Nathan ne s'en plaint pas. C'est plus facile de se contenter de manger, d'ailleurs tout est délicieux. Lorsque les assiettes sont vides, et les paniers à pain aussi, la petite femme ronde se lève et débarrasse. Il commence à faire sombre sur le porche. Abou allume la lampe à abat-jour en cuivre, qui projette des ombres ciselées comme de la dentelle. Lucille revient avec deux assiettes de tarte à la citrouille qu'elle pose devant Nathan et Abou. Puis elle apporte deux petites tasses remplies d'une sorte de goudron.

« Maintenant, si vous voulez bien m'excuser. Elle ôte son tablier. Quelqu'un va passer me prendre d'une minute à l'autre. » Elle tapote la joue de Nathan. « Merci d'être venu, Adonis. C'était bon de te revoir. Elle embrasse son fils. Ne t'occupe pas de la vaisselle. Elle sort. Je la ferai en rentrant.

– Je n'ai jamais mangé un aussi bon repas de Thanksgiving, crie Nathan. Merci. Vous donnez un spectacle de poésies pour enfants, ce soir ?

– C'est à l'église presbytérienne, répond-elle de sa voix harmonieuse. Pas des poésies pour enfants, non. *Aladin et la lampe merveilleuse*. » Du petit salon proviennent des bruits sourds – sa grande valise pleine de marionnettes, le cadre pliable de la scène sur laquelle elles gambadent. « C'est ce que tout le monde préfère. » Les ressorts de la porte-écran vibrent. La porte se referme dans un claquement, et le bruit de ses pas s'évanouit dans l'allée.

Nathan a la bouche pleine de tarte. Il regarde Abou en clignant des yeux. « Tu es venu au Chat Noir déguisé en clown, dit-il.

– Qui m'aurait pris au sérieux en acrobate ? dit Abou. Avec mon physique. Goûte le café. »

Nathan boit une gorgée de la tasse minuscule. C'est épais et sucré comme du sirop. Il hoche la tête, se force à sourire, la repose vite.

Abou dit : « Au Maroc les frères de mon père s'assoient en cercle par terre et boivent ça toute la journée. » Il donne une cigarette à Nathan et en ajuste une dans son fume-cigarette en ivoire. « Ils ne peuvent pas parler de quoi que ce soit s'ils n'ont pas leur café.

– De quoi va-t-on parler ? » Nathan allume leurs cigarettes.

Abou sourit à travers la fumée. « On n'a pas besoin de parler. On peut simplement rester allongés côte à côte. Dans le noir. »

Nathan incline la tête. « Qui cherchais-tu au Chat Noir ?

– Le garçon de la salle aux dépêches de chez Paramount, qui a vécu avec moi à Hollywood. Quelques semaines. Pendant que mère rendait visite à des parents dans le New Jersey. Keith. Je le cherche toujours. Je ne comprends pas comment il a pu disparaître ainsi.

– Peut-être que l'Armée l'a coincé », dit Nathan.

Abou se penche et embrasse Nathan sur la bouche. « Tu dois te sentir aussi seul que moi ces temps-ci. Ça ne ferait de mal à personne, n'est-ce pas ? »

Nathan pose sa serviette, recule sa chaise, se lève. « Si – à toi et à moi. Merci pour le dîner. Tu n'as pas besoin de me raccompagner en voiture. » Il se dirige vers la cuisine obscure. « C'est trop loin. Je vais prendre le bus. »

Il grimpe l'escalier tête baissée sans remarquer que les lampes sont allumées dans l'appartement de Hoyt, dans son appartement. Mais en entrant, il sent une odeur de fumée de cigarette et de café. Son cœur s'élance dans sa poitrine. Il crie : « Hoyt ? » et se précipite dans la cuisine, le visage contracté en un énorme sourire. Et Hoyt est là en effet, assis devant la table de la cuisine. Il lève les yeux et sourit lui aussi. Mais il ne se lève pas d'un bond pour prendre Nathan dans ses bras, l'embrasser et le déshabiller sur-le-champ. Il a le sourire qu'il arbore en présence d'autrui. Et quelqu'un d'autre est là en effet. Frank. Vêtu d'un vieux costume fripé par le voyage. Le souffle et les mots manquent à Nathan. Il écarquille les yeux avec incrédulité.

« Où étais-tu ? dit Frank.

– Fair Oaks. Pour le dîner de Thanksgiving, dit Nathan. Pourquoi n'as-tu pas écrit pour me prévenir de ton arrivée ? Je serais venu te chercher au train. Il regarde Hoyt. Toi aussi. »

Hoyt hausse les épaules. « J'ai fait du stop. Je ne savais pas combien de temps ça prendrait. Et c'est allé assez vite.

– Je suis content que tu sois de retour.

– Moi aussi. »

Sur la table, entre leurs deux tasses de café, des dessins sont éparpillés. Encore trop bouleversé pour faire la conversation, Nathan les regarde un à un. Silos, chevaux misérables, vieux tacots, hommes en chapeaux de paille assis côte à côte sur un porche en devanture d'un magasin, en train de sculpter le bois, études d'herbes folles, charrettes de fermes, crâne de vache blanchi, vieil homme décharné étendu sur un lit étroit, yeux fermés, mains noueuses repliées sur sa poitrine – Long Tex Stubblefield ? Nathan s'empare de celui-ci et regarde Hoyt.

« Il est mort ? »

Hoyt secoue la tête. « Je ne pouvais pas attendre. »

Frank fait un signe de menton en direction des dessins. « C'est mieux que des photos, dit-il, et de loin. Bon travail.

– J'ai été invité par les Bekker. » Nathan prend une tasse, se verse du café, et s'assoit. « Tu te souviens d'Abou Bekker ? Tu disais toujours qu'il avait une tête à conduire des chameaux ?

– Qu'est-ce qu'il fait maintenant ? dit Frank.

– Il construit des avions, dit Nathan. Des P-38.

– C'est difficile de trouver une place dans le train à cause de la guerre, dit Frank. Ils sont pleins à ras bord de soldats qui vont et viennent. Je voulais venir pour Noël, mais je suppose que d'ici là il n'y aura plus une seule place pour les civils. »

Nathan allume une cigarette. « Je suis content de te voir.

– J'ai pensé que la seule chose à faire, dit Frank avec un léger sourire, c'était de débarquer ici. J'ai fait quelques enterrements de plus pour pouvoir me payer le billet.

– Je suis sensible au sacrifice », dit Nathan. Hoyt touche sa main qui tient le paquet de cigarettes. Ce simple contact plonge Nathan dans un abîme de désir. Sa voix se met à chevroter. Il dit à

Frank : « Je sais à quel point tu détestes l'odeur des fleurs coupées. » Il donne le paquet à Hoyt et lui allume sa cigarette. « Tu n'aimes pas les Sensation.

– C'est toujours meilleur que des Bull Durham », dit Hoyt en tirant de sa poche de chemise un petit sac en toile qu'il agite au bout de son cordon. « On ne trouve que ça à Amarillo.

– J'ai fait mon service en 1917 au Texas, dit Frank. J'en ai gardé un souvenir de chaleur, de poussière, et de vent.

– Rien n'a changé, dit Hoyt. Il regarde Nathan. Que je sois là ou non, il mourra de toute manière. Il n'a pas ouvert les yeux une seule fois pour me regarder. Ou regarder quelqu'un d'autre. La baraque est pleine de Stubblefield et de Hoyt. Qui mangent toutes les provisions. L'argent que j'ai apporté a filé en un rien de temps. Du coup, je n'avais plus aucune utilité.

– Ta mère ? dit Nathan.

– Elle voulait que le vieux et moi on se sépare en bons termes. Ça ne pouvait pas arriver de toute façon, et encore moins s'il est dans le coma en train de mourir. Au bout d'un moment elle a fini par le reconnaître en elle-même. Et je l'ai senti. Elle m'a supplié de rester, bien sûr, mais je ne pense pas que je lui manque. C'est Tex qu'elle aime, et je lui ai toujours compliqué la vie en me disputant avec lui. »

Nathan regarde Frank. « Et Alma ? »

Frank a un rire bref et forcé. « Elle m'a chargé de te ramener à Minneapolis. Aucune protestation ne sera acceptée. C'est à cette seule condition qu'elle m'a laissé partir pour Thanksgiving.

– Où as-tu dîné ? dit Nathan.

– Il y a une grande épicerie sur Hollywood Boulevard. Ils avaient mis un panneau dans la vitrine – dîner de Thanksgiving avec dinde et tout le tralala pour soixante-quinze *cents*. J'ai mangé là. C'était vachement bon. Vraiment. »

Nathan dit faiblement : « Tu loges chez nous ?

– Diable, non. Ne le prenez pas mal, mais c'est vrai que lorsqu'on loge chez des gens, on n'a plus un instant à soi. Non, il y a un petit hôtel à un ou deux pâtés de maisons après le Boulevard. Le Mark Twain. Propre. Salle de bains particulière. J'ai vu pire de mon temps. Ce n'est pas cher. Et j'aime bien le nom. » Il sourit, et Nathan se rend compte à quel point il a vieilli. Il a toujours ses épais cheveux blancs, mais ses larges épaules se sont voûtées. Son visage est plus mince. Et ses yeux ne pétillent plus comme avant. Ils sont tristes. « Ne t'inquiète pas pour moi. Tout va bien.

– Je travaille toute la journée, dit Nathan. Je ne peux pas m'absenter. C'est la période des courses de Noël.

– On ne pourra pas vous faire visiter, dit Hoyt. On n'a pas de voiture.

– Je me promènerai en tramway. J'ai l'habitude. J'ai passé la moitié de ma vie en solitaire dans des villes bizarres. Il lève les sourcils vers Nathan. Plein de bons jazzmen qui jouent dans vos bars. »

Nathan reprend son entrain. « On pourra y aller ensemble.

– Pas ce soir, quand même ! » glapit Hoyt.

Frank le regarde avec curiosité. « Ils sont fermés ce soir », dit-il.

Dans le noir ils sont trop occupés pour parler. Ça dure longtemps. Ce qu'ils se font, nus, l'un à l'autre et l'un pour l'autre et l'un avec l'autre est si bon, que Nathan a l'impression qu'il va mourir. Ils finissent par s'endormir. D'épuisement. Après tout, Hoyt a fait un long voyage aujourd'hui, hier et avant-hier. Il a un droit légitime au sommeil. Pendant un moment, appuyé sur un coude, Nathan le regarde dormir, sentant sur sa poitrine son souffle tiède, lent et régulier – ils sont si proches. Il décide de ne plus jamais s'éloigner de Hoyt. À la fenêtre, les feuilles bruissent dans la fraîche brise nocturne. Remuant prudemment afin de ne pas réveiller Hoyt, il se cale contre lui, pose une jambe sur ses jambes, un bras en travers de la poitrine de Hoyt, fourre son nez dans ses cheveux, et s'endort lui aussi. Il a mal dormi après le départ de Hoyt, mais cette nuit-là il dort bien. Lorsqu'ils se réveillent, ce n'est pas tout à fait le matin et ils ne sont pas tout à fait sortis du sommeil. Avec des mouvements ralentis comme s'ils nageaient sous l'eau, ils s'éveillent mutuellement en se donnant beaucoup de plaisir, puis restent allongés côte à côte en fumant des cigarettes.

« Je croyais qu'il te manquait, dit Hoyt.

– C'était mon dieu à une époque, dit Nathan. Mais il s'est passé quelque chose. Je ne suis plus un enfant, il est devenu un vieil homme qui m'inspire de la pitié. Et pourquoi fallait-il qu'il arrive le jour de ton retour ? Alors que j'ai envie de passer tout mon temps avec toi, le peu de temps dont je dispose.

– Pourquoi tu travailles ? Je t'ai laissé de l'argent. »

Nathan lui raconte ce qui est arrivé à l'argent. « Reggie essaye de nous rembourser. Dix dollars par semaine. Mais tu sais aussi bien que moi qu'il ne peut pas. J'ai eu de la chance que monsieur MacKenzie me reprenne.

– Et ton livre ?

– Qu'il aille au diable, dit Nathan.

– Oh, oh ! On dirait que les éditeurs t'ont écrit », dit Hoyt.

Nathan lui résume le contenu de leur lettre. « J'ai demandé conseil à James Hawker. Il m'a dit de les ignorer. Mais il était soûl. » Nathan remet sa cigarette à sa place dans le cendrier posé sur le ventre plat de Hoyt. « Connie a raison. Je suis trop jeune pour écrire un roman.

– Je jouerais Hawker soûl contre Connie à jeun, sans hésiter une seconde. Et moi ? J'ai lu le livre, contrairement à eux. C'est un excellent livre, drôle et authentique. Je te l'ai dit et répété. Nathan, qu'est-ce qui t'arrive, merde ?

– Ne me laisse plus jamais. » Nathan l'empoigne et se cramponne à lui. « Rien ne marche quand tu n'es pas là. »

Hoyt lui caresse les cheveux. « Je suis là. Tout va bien. Ne pleure pas.

– Je ne pleure pas, dit Nathan.

– Non, bien sûr. » Hoyt attrape un Kleenex et tamponne le visage de Nathan. « Mouche-toi. » Nathan se mouche. Hoyt lance le mouchoir mouillé dans l'ombre et l'embrasse. « Finis ton livre, c'est tout. Tout le monde va l'adorer. Tu verras.

– Quand ? Finir mon livre, quand ? Et le loyer ?

– Je m'en occupe », dit Hoyt.

Il emmène Frank à la City of Paris – dans un sous-sol, face à la librairie T. Smollett sur le boulevard – pour y écouter Kid Ory, au Suzie-Q pour Jack Teagarden, et à l'étage du Montmartre pour Jimmy Noone. Pendant les pauses ils parlent des années 1920 avec Noone et son bassiste. Jadis Frank faisait des improvisations avec eux après la fermeture, à New Orleans et dans d'autres villes au bord de rivières, à l'époque où il gagnait sa vie en jouant dans des orchestres de music-hall. Les rires fusent parmi les vieillards. Ils ont tous l'impression d'être plus jeunes pendant un moment, et en s'en allant à deux heures du matin, Frank sourit. Nathan le raccompagne à pied à l'hôtel Mark Twain, et au moment de se quitter, Frank le serre dans ses bras en riant. Il est heureux grâce à Nathan.

Ça ne dure que quelques heures. La plupart du temps quand ils sont ensemble, Frank reste silencieux et garde ses pensées pour lui, soucieux pour une raison ou une autre. Nathan doit travailler toute la journée de samedi, mais le dimanche Frank et lui prennent le grand tramway rouge et se rendent à la plage. Ils se promènent sur les quais forains d'Ocean Park, de Santa Monica. Il y a des foules de soldats de troupe, de matelots, de marines accompagnés de leurs petites amies. Les attractions foraines tournent sur fond de ciel bleu, leurs nacelles tourbillonnantes remplies d'amateurs de sensations fortes qui poussent des cris aigus. Les montagnes russes ferraillent et grondent. Des cris tombent de tout là-haut. L'échafaudage est branlant, la peinture blanche s'écaille. Dans toutes les mains on aperçoit des cornets de glace, des pommes confites, du popcorn. Frank s'arrête devant un stand enveloppé de vapeur graisseuse et achète des hot-dogs et des bouteilles de soda pétillant. Ils s'adossent au parapet pardessus lequel se penchent de vieilles gens déguenillés armés de cannes à pêche.

« Assez miteux, dit Frank. Ça doit être la guerre.

– Moi j'ai l'impression que c'est comme d'habitude », dit Nathan.

On lui donne un coup de coude, et en se retournant il se retrouve face au Cupidon de la Captain's Cabin – yeux marron et brillants, boucles châtaines, fossettes. Le jeune homme sourit en prenant soin de ne pas montrer ses dents irrégulières. Il est vêtu en tout et pour tout d'un maillot de bain étriqué. Son corps ressemble lui aussi à un tableau académique du dix-huitième siècle français. Trop lisse, trop parfait. « Encore toi, dit-il.

– Tu habites par ici ? demande Nathan.

– Pure coïncidence », dit Cupidon en allongeant le cou pour regarder Frank, derrière lui. « Ne me dis pas que c'est ton Texan pur jus. »

Frank roule en boule l'emballage de son hot-dog, le jette dans une poubelle métallique. « Un copain à toi ? », demande-t-il, et il tend la main. « Frank Reed. Je suis le père de Nathan. »

Cupidon regarde Nathan avec une petite grimace de sympathie, sourit à Frank en montrant ses mauvaises dents, et lui serre la main. « André Langlois.

– Canadien français ? dit Frank. La femme que j'ai épousée, la mère de Nathan, l'est aussi. Son nom de famille est Du Bois. »

Langlois regarde Nathan en battant de ses paupières aux longs cils. « On est peut-être cousins, dit-il.

– C'est possible. » Nathan regarde furtivement les mouettes qui tournoient au-dessus de leurs têtes, et lance en l'air la fin de son hot-dog. Une mouette l'attrape au vol. Nathan aimerait qu'André Langlois s'en aille. Malheureusement il est en pleine conversation avec Frank.

« Vous vivez dans le coin, monsieur Reed ?

– À Minneapolis, dit Frank. Je suis juste venu quelques jours. » Son sourire oblique ressemble à peine à un sourire. « Pour faire mon enquête sur ma fierté et ma joie.

– Ne vous inquiétez pas pour lui, il se débrouille très bien, dit Langlois. On ne parle que de lui dans toute la ville. » Avec une ironie à peine masquée, il lance à Nathan un regard rusé. « Il ne vous a pas raconté ? »

Frank hausse les sourcils. « Raconté quoi ?

– Comme il a fait sensation le soir de Halloween ?

– Ferme-la, André, dit Nathan. Va-t'en. »

André se jette de côté avec un sourire narquois. « Au bal costumé ? »

Frank dit : « Je n'en ai pas entendu parler.

– Eh bien d'après ce qu'on m'a dit, son copain le cow-boy et lui... dit André en s'en allant à reculons ... y sont allés tous nus avec des étoiles peintes sur la peau et... » Il se heurte à un marine au cou de taureau dont il renverse le sachet de cacahuètes.

« Hey, pédale, regarde où tu mets les pieds », dit le marine, en se tournant brusquement vers lui. Sa petite amie le retient par le bras. André glapit, prend ses jolies jambes à son cou, et disparaît dans la foule.

Nathan le regarde partir, et découvre en se retournant que Frank le fixe du regard. Exigeant une explication. Sans un mot. Nathan dit : « Tu veux faire un tour d'auto-tamponneuses ?

– On en a fait en 1939, dit Frank. Notre première semaine en Californie.

– C'est pour ça que j'y ai pensé », dit Nathan.

Ils marchent en silence jusqu'au pavillon, achètent des billets et font la queue. D'où ils sont, ils peuvent entendre la musique asthmatique du manège de chevaux de bois.

« Ce qu'il a dit est vrai ? dit Frank.

– Ce n'était pas méchant, dit Nathan.

– Jadis tu faisais preuve de bon sens. Je ne pense pas que tu sois prêt à vivre seul. Noble avait raison. Tu choisis mal tes amis. » Frank détourne le regard pendant une minute, observant la foule qui avance sur la jetée. « Cet André, par exemple.

– C'est juste quelqu'un que j'ai rencontré une fois, proteste Nathan.

– J'aimerais bien savoir où tu les trouves, dit Frank. Je t'avais mis en garde à propos de Desmond Foley mais en un rien de temps tout le monde a appris que tu étais chez lui, en mauvaise posture.

– Je t'ai déjà expliqué. J'étais simplement curieux. »

Frank lisse entre ses doigts le petit billet rouge, et l'examine. « Quand j'avais ton âge, le dimanche, j'amenais une fille à la plage, au lac.

– Je t'ai amené, toi, dit Nathan.

– Je serais plus tranquille si un jour je rencontrais ta petite amie.

– Hé ! nos voitures sont prêtes. » Nathan s'éloigne. « Laquelle tu veux ? La bleue ou la jaune ? »

« Mais cette fois il va falloir que tu poses pour nous deux.

– Non, Hoyt, va te faire foutre, je ne le ferai pas.

– Nathan. » Hoyt essaye de déboutonner la chemise de Nathan. « Comme ça tu auras de l'argent pour finir ton roman. »

Nathan se laisse tomber sur le divan. « Je ne veux pas le gagner de cette manière. » Il prend un livre. Il ne sait même pas lequel. Ça n'a pas d'importance. « Je préfère continuer chez T. Smollett, merci. » Il lève des yeux menaçants vers Hoyt. « Où sont passés les trois cents dollars que tu recevais tous les mois ?

– Je suis parti plusieurs semaines. J'ai loupé plein de réunions.

– Mais tu es de retour maintenant.

– Pas pour eux. » Hoyt lui retire le livre doucement, le tourne à l'endroit, le rend à Nathan. « Ça sera plus facile à lire comme ça.

– Hoyt, il doit bien exister des boulots honnêtes. Qu'est-ce que tu penses des agences de publicité ? Ils ont besoin de peintres. Et les magazines ?

– Ils vont vouloir voir un portfolio. » Hoyt se laisse tomber à côté de lui. « Je vais mettre des semaines à préparer un portfolio. Après ça il faudra que je prenne des rendez-vous et que je me traîne de bureau en bureau. Ça prendra deux semaines de plus. Nathan, je peux faire ce tableau en quelques jours si tu... » À nouveau il tend la main vers les boutons. Nathan saisit ses poignets.

« Non, merde, Hoyt. Ça me donnerait l'impression de me souiller.

– Tu ne crois pas que tu exagères un peu. On fait l'amour tout le temps. C'est magnifique. Je le peindrai tel quel. »

Nathan se lève d'un bond. « Je ne veux pas que tu le peignes tel quel. Je ne veux pas que tu le peignes du tout. Pour qu'un vieux dégueulasse bave d'admiration et le montre à ses vieux copains répugnants ? » Il court dans la cuisine. Sans savoir pourquoi. Il ouvre le réfrigérateur et regarde fixement à l'intérieur. « Hoyt, pourquoi veux-tu gâcher notre amour ? C'est beau. C'est la meilleure chose qui existe dans ce monde. » Il claque la porte du réfrigérateur. « Pourquoi veux-tu en faire de la merde ? C'est de l'amour, Hoyt. C'est nous. » Il ferme les yeux, lève les poings, et hurle vers le plafond. « Tu ne comprends donc pas ?

– Si tu continues à me l'expliquer sur ce ton-là... » Hoyt le prend dans ses bras par-derrière, tendrement et en riant doucement, « ... tout le quartier va comprendre. Nathan, on ne verra pas les visages. Personne ne saura que c'est nous.

– Lâche-moi. » Nathan se débat. « Je ne le ferai pas. »

Hoyt s'assoit et l'observe. « Tu sais ce qui cloche chez toi ? Tu es en train de te dire qu'il est temps de mettre les choses au point avec Frank. Il est vieux. Tu ne le reverras peut-être jamais. Et tu veux faire bien les choses et lui avouer que tu es homo. Mais tu n'y arrives pas.

– Ne change pas de sujet, dit Nathan.

– Je ne change pas de sujet. Ce qui te fait peur dans ce tableau, c'est la même chose. Tu penses que ça serait comme apposer le sceau de la vérité. Et au fond de toi, tu refuses encore de l'admettre.

– Viens au lit avec moi. Nathan le tire par les mains. Je vais te prouver à quel point tu as tort. »

Il prend le tramway avec Frank sur Sunset pour aller chez Benbow et ils passent la soirée à jouer du piano dans la maison vide en haut de la colline. Nathan joue – ou plutôt accumule les fausses notes. Frank joue comme s'il s'exerçait tous les jours. En ouvrant le tabouret ils trouvent des arrangements pour quatre mains d'airs tirés de

Carmen, qu'ils massacrent en alternant fous rires et regards irrités. Au bout d'un moment ils rient tellement que ça les empêche de jouer, et qu'ils doivent s'arrêter.

« Où sont les toilettes ? » demande Frank en s'essuyant les yeux.

Nathan tend le doigt. « Au fond de cette chambre. »

Frank y va. Nathan cherche parmi les partitions posées sur le piano, déniche un morceau de Bach assez simple, le pose sur le support, commence à jouer prudemment et sent soudain la présence de Frank dans la pièce. Il se retourne. Frank est tout pâle. « Je m'en vais », dit-il. Et lorsque Nathan fait mine de se lever : « Non, non. Reste ici, continue. Tu as besoin de t'exercer le plus possible.

– Tu es malade ? » dit Nathan.

Frank secoue la tête et se détourne. « Simplement fatigué. »

Nathan se lève. « Il vaut mieux que je t'accompagne.

– Je ne veux pas », dit Frank d'une voix cassante, et il commence à monter l'escalier à la recherche de la porte d'entrée. « Merci. »

Nathan s'avance au pied de l'escalier. « Quelque chose ne va pas, dit-il. Frank, qu'est-ce qui se passe ?

– Rien. » Frank traîne sa vieille carcasse solide en haut de l'escalier et disparaît. Perplexe et blessé, Nathan entend les planches craquer au-dessus de sa tête. La porte de la maison s'ouvre et se referme. Les talons de Frank martèlent longtemps l'escalier extérieur en zigzag.

Nathan a envie de lui courir après. Il ne lui court pas après. Il l'aurait fait à une époque, mais cette époque est révolue. Pourquoi Frank ne serait-il pas tout simplement fatigué, comme il l'a prétendu ? Il n'a pas l'habitude de se coucher tard, d'aller à pied à la plage, et ainsi de suite. Mais ils étaient en train de passer un moment agréable – comme au bon vieux temps. Frank avait l'air heureux. Et soudain – quoi ? Que s'est-il passé ? Morose, Nathan revient vers le piano au milieu de son îlot de lumière, s'assoit, pose ses mains sur les touches, et se concentre à nouveau sur le morceau de Bach. Il joue, pas très bien, mais mieux que la fois précédente, retravaille les passages sabotés, et arrive tant bien que mal à la fin. Et juste dans son dos Benbow dit :

« Bravo ! »

Nathan se retourne. « Je ne t'ai pas entendu entrer. »

Benbow saisit une partition posée sur le piano. « Ah. "Piano à quatre mains." Il y a quelqu'un avec toi. » Il regarde autour de lui.

« Mon père était là, dit Nathan. Le musicien de la famille, c'est lui.

– Tu m'as dit qu'il vivait à Minneapolis.

– Il est venu me rendre visite, dit Nathan. J'ai pensé que tu ne verrais pas d'inconvénient à ce que je l'amène ici ce soir.

– Je suis ravi, dit Benbow. Pourquoi n'est-il pas resté ?

– Il a dit qu'il était fatigué, dit Nathan. Il est vieux, tu sais. La plupart du temps les gens pensent que c'est mon grand-père. » Nathan referme le clavier et se lève. « Il s'est bien amusé, ensuite il est allé à la salle de bains, et en revenant il m'a annoncé qu'il partait. Et maintenant il faut que j'y aille moi aussi. »

Benbow le regarde fixement. « La salle de bains ? » Il s'avance jusqu'à la porte de la chambre. « Tu veux dire celle qui est au bout ?

– Il est un peu estropié, dit Nathan. Il ne grimpe pas très bien les escaliers. Il ne fallait pas utiliser ces toilettes ? »

Benbow répond : « Moi je n'y vois pas d'inconvénient, bien entendu. Mais tout dépend de ton père. » Benbow devient grave. « Nathan, est-il au courant pour toi ? »

Nathan secoue tristement la tête. « Je sais comment il réagirait – blessure, dégoût, colère. Je n'ai jamais eu le courage. Mais il est temps. Je vais le lui dire avant qu'il parte.

– J'ai dans l'idée que je t'ai épargné cette peine. » Benbow fait un pas dans la chambre. « Tu ferais bien de venir voir. »

Nathan est pris d'un frisson. Il entre dans la pièce. Les grands portraits brumeux de Hoyt sont pendus au mur, côte à côte, Nathan nu, Hoyt nu. « Qu'est-ce qu'ils font là ?

– À la suite des pluies récentes, il y a eu des fuites dans le garage du Dr Marriott. Il m'a demandé de les prendre en dépôt tant que son neveu présomptif serait son invité.

– Oh merde », dit Nathan.

Il rentre chez lui au lever du jour. L'escalier extérieur est humide de rosée. Il commence à monter d'un pas fatigué et aperçoit Hoyt assis en haut des marches. Endormi. La tête inclinée contre un montant. Bien que Hoyt soit coiffé d'un béret de marin et vêtu d'un chandail et d'un pantalon de velours, Nathan a peur qu'il ait froid. Il le secoue. « Qu'est-ce que tu fais là ? »

Hoyt tressaille. « Je t'attendais. Où diable étais-tu ?

– À l'hôtel Mark Twain, à la gare de l'Union. Je cherchais Frank. Il n'est pas venu ici, n'est-ce pas ? »

Hoyt secoue la tête.

Nathan s'assied à côté de lui. « Ça ne m'étonne pas. Tu as une cigarette ? Les machines étaient vides à la gare. »

Hoyt extrait d'une poche des Domino et ils les allument, mettant leurs mains en paravent pour que la fraîche petite brise matinale ne souffle pas l'allumette. Là-bas sur Highland les voitures et les camions commencent à rouler. Quelque part en haut des collines, un chien aboie.

« Tu as passé la nuit dans cette foutue gare ? »

Nathan lui explique pourquoi. « Il n'a pas voulu rester et me traiter de tous les noms. Il a préféré rentrer à la maison. Il n'aime pas affronter les événements désagréables. Il n'a jamais aimé. J'ai pris le tramway et je suis arrivé au Mark Twain une heure après lui, mais il avait déjà plié bagages. Le réceptionniste m'a dit qu'il était parti en taxi. Je n'ai pas pu le trouver à la gare. Il y avait trop de monde, cinq mille personnes qui tournaient en rond. Je l'ai cherché, cherché, mais d'une manière ou d'une autre il a réussi à m'éviter. Et quand le train de Chicago a fini par partir et que j'ai dû renoncer, l'heure du dernier tramway était passée. »

Hoyt se lève avec raideur. « Allons faire du café. J'ai failli mourir de froid. » Dans la cuisine, pendant que Nathan est assis à table à moitié endormi, Hoyt remplit la bouilloire d'eau chaude, la pose sur le fourneau, allume à fond la flamme bleue. C'est la dernière chose dont Nathan se souvient lorsque, vingt minutes plus tard, Hoyt lui secoue l'épaule. Il s'est endormi la tête posée sur les bras. En bâillant, il se redresse, respire l'odeur de café, s'étire, sourit. Puis il se souvient de Frank.

« Je suis désolé de t'avoir inquiété, dit-il. Je me suis montré puéril en lui courant après, n'est-ce pas ? C'est ce que je me suis dit, et pourtant je lui ai quand même couru après. Paniqué. Je voulais tout lui expliquer, pour le faire changer d'avis. » Le paquet rouge et noir est posé sur la table. Il prend une cigarette et l'allume en riant tristement. « Mais ce qu'il pense est la réalité. » Il secoue l'allumette. « C'était d'autant plus puéril de ma part, n'est-ce pas ? »

Hoyt hausse les épaules en buvant à petites gorgées son café brûlant. « Normal. Pendant une bonne partie de ta vie, tu as tout fait pour qu'il ait une bonne opinion de toi. Tu voulais briller à ses yeux. Ce n'est plus la peine à présent – tu as changé, lui il ne changera jamais. Mais il n'abandonnera jamais ses vieilles habitudes. »

Nathan fume, sirote son café brûlant, rumine ses pensées. « Il le savait, de toute façon. Bien avant les tableaux. Il le savait depuis Fair Oaks et tout ce gâchis avec Desmond Foley. » Il regarde Hoyt à travers la fumée. « Je t'en ai déjà parlé, n'est-ce pas ? » Hoyt hoche la tête. Nathan dit : « Je lui ai présenté mes plus plates excuses, et il a fait semblant de les accepter, mais en y repensant je crois qu'il a deviné. Mais pendant tout ce temps il a essayé de se convaincre que ce n'était pas vrai. Puis ce salaud de Noble se met à lui écrire. Et il débarque ici. Et même si tu avais mis une robe il ne t'aurait pas confondu avec une belle ingénue. Sans parler de Reggie, la *grande dame*[1]. Et de toutes ces vieilles tantes à la voix stridente, qui grignotent leur poulet à la Kiev chez Drossie. Mon Dieu, il fallait voir sa tête ce soir-là. »

Hoyt hoche la tête. « Et puis quelqu'un lui a parlé de Halloween.

– André, cette petite folle vicieuse, dit Nathan.

– Sur le quai d'Ocean Park. » Hoyt sourit jusqu'aux oreilles. « C'est vrai, tu m'as raconté.

– Ce n'est pas drôle, dit Nathan. Frank est vraiment blessé. Et je ne le supporte pas. » Ses yeux se remplissent de larmes. « Vraiment pas. »

Hoyt allume une cigarette en se servant de celle qu'il vient de fumer. « Tu n'as qu'à changer alors. Te trouver une fille. Te marier. Le rendre grand-père. »

Nathan fait une grimace. « Tu es fou ? » Il reprend

1. En français dans le texte. *(N.d.T.)*

du café. « Benbow t'avait dit que les tableaux étaient chez lui ?

– J'imagine qu'il a voulu nous faire une surprise, dit Hoyt.

– Pour une suprise, c'était une surprise. » Nathan frissonne et met ses bras autour de lui. « Le monde va être triste sans Frank.

– Mais dans ton livre Frank sera toujours drôle », dit Hoyt.

Nathan empile les nouveaux livres sur les comptoirs – il essaye en tout cas. Les clients se pressent dans les allées. Ils le bousculent aussi. Il se cogne à eux. Les cheveux rouges d'Angus MacKenzie sont ébouriffés. Tel Ray Bolger[1], il se déplace en dansant, des clients aux étagères, et des étagères à la caisse enregistreuse, dans un état d'heureuse hébétude. Les affaires n'ont jamais été aussi bonnes. M. Constance souffre d'une rage de dents et n'arrête pas de s'en plaindre auprès de Nathan – mais ce n'est pas aujourd'hui qu'il pourra aller chez le dentiste. Derrière le comptoir, la voix claironnante et le cheveu cuivré, Annie MacKenzie s'affaire maladroitement à envelopper les livres dans du papier d'emballage, se collant les doigts avec du scotch, laissant échapper les bobines de rubans colorés qui tombent sur le sol en sifflant. M. Constance leur a pourtant enseigné à tous l'art des jolis nœuds, mais elle n'a pas retenu la leçon. Il ne se passe pas un moment

1. Acteur et danseur américain, 1904-1981. *(N.d.T.)*

sans qu'elle appelle à la rescousse Nathan ou M. Constance. Le téléphone sonne sans relâche – personne n'a le temps d'y répondre. Jusqu'à ce que Nathan se rue pour décrocher.

« Librairie T. Smollett, dit-il.

– Nathan Reed, s'il vous plaît.

– Hoyt ? » Nathan regarde fixement l'appareil, surpris. Hoyt ne l'appelle jamais ici. « C'est toi ?

– C'est Steve, dit la voix. Steve Schaffer. »

Le cœur de Nathan cogne dans sa poitrine. « Tu es vivant. Tu m'avais dit que tu m'écrirais, mais tu ne l'as jamais fait, et je te croyais mort.

– Ils n'ont pas réussi à toucher un seul de mes cheveux, dit Schaffer.

– Où es-tu ? On peut se voir ?

– Tout de suite. Je suis de l'autre côté de la rue, au Christie. Chambre 703.

– Merde, dit Nathan. On est affreusement occupés ici. Ils ne vont jamais me laisser partir.

– Débrouille-toi pour t'éclipser, dit Schaffer. Nathan, mon train part dans à peine deux heures. »

MacKenzie tapote l'épaule de Nathan. « Nathan, pas d'appels personnels. Tu le sais. »

Puis il se dirige d'un pas fringant vers une femme en manteau de fourrure pour lui prendre des mains une pile de livres, et Nathan chuchote dans le combiné : « J'arrive tout de suite. » Il raccroche, et prévient Constance, à la caisse, qu'il va aux toilettes. Mais quand il se fraie un passage à travers les allées encombrées, c'est pour aller chercher sa veste. Sur l'établi, de hautes piles de livres posées sur du papier de couleur vive attendent d'être emballées par ses soins. Sans même leur accorder un regard, il enroule un cache-col autour de sa gorge et disparaît par la porte de derrière. Il ne sait pas pourquoi son cœur bat la chamade. Il ne sait pas pourquoi il se sent si heureux.

Il sort de l'ascenseur grinçant auquel il doit une ascension solitaire et saccadée jusqu'au septième étage. Le couloir est ténébreux. Les ampoules n'émettent qu'une faible lumière. Participeraient-ils à l'effort de guerre en faisant des économies d'électricité, au Christie ? Après s'être trompé à deux reprises, il finit par localiser la chambre 703. Il frappe à la porte en tremblant. « C'est Nathan », dit-il, et il doit le répéter faute d'avoir parlé assez fort. « C'est Nathan.

– C'est ouvert », crie Schaffer.

Nathan pousse la porte et entre. Sur la droite, une porte ouverte laisse échapper buée, lumière et odeur de savon. Il jette un regard à l'intérieur. Nu devant le lavabo, penché sur le miroir, Schaffer est en train de se raser. Il lance un grand sourire à Nathan, enlève la mousse à raser avec un gant de toilette, s'avance vers Nathan, le prend dans ses bras et l'embrasse. Bouche ouverte et pressante. Bien qu'ayant les jambes en coton, Nathan serre les lèvres, et Schaffer s'arrête. Il lâche Nathan et l'observe, tête inclinée, sans s'assombrir, avec un sourire bizarre. Ses doux yeux bruns sont encore plus beaux que dans le souvenir de Nathan – et il y a pensé souvent.

« Alors pourquoi es-tu venu ? dit-il.

– Pourquoi ne m'as-tu pas écrit ? » Nathan erre

dans la pièce, où des sous-vêtements propres sont posés sur le lit en ordre. Le sac à dos est sur une chaise. Un uniforme immaculé, avec des galons de caporal sur les manches, est pendu sur un cintre contre la porte du placard. « Je me suis inquiété pour toi – et puis je me suis dit que, si tu n'étais pas blessé ni mort, alors tu m'avais oublié. Ça aussi, ça fait mal.

– Je ne pouvais pas m'arrêter de penser à toi. » Tout en essuyant son visage, Schaffer le suit. Toujours nu. Il est très beau, nu. Il se dirige vers la table de toilette, lance la serviette en l'air, passe un peigne dans ses cheveux sombres et bouclés. Nathan s'appuie au rebord de la fenêtre, un conduit d'air en brique dans le dos, et l'observe. Schaffer sent son regard. Il dit avec un petit rire ironique : « Je t'ai écrit, mais je n'ai pas envoyé les lettres. Elles étaient... » Il prend un air penaud « ... tu imagines ce qu'elles étaient. » Il touche sa verge. Qui est dressée. « Tu vois bien ce que je ressens.

– Je vois. » Nathan s'assoit tristement au bord du lit. « Tu oublies Hoyt.

– J'aimerais bien pouvoir l'oublier. » Schaffer range le peigne dans un nécessaire de marin posé sur la table de toilette. « J'aimerais bien que tu puisses l'oublier. » Il prend un caleçon kaki posé sur le lit, l'enfile. Nathan le regarde d'un air morne. Schaffer dit : « Je l'ai vu ce matin. Chez vous. Il fallait que je lui dise quelque chose. Il boutonne le caleçon. Ma tête ne lui revient toujours pas, et pourtant je lui ai laissé une cartouche de Camel.

– Il pense que je t'aime trop », dit Nathan.

Schaffer rit d'un air triste. « J'aimerais qu'il ait raison. »

Nathan demande : « Que voulais-tu lui dire ? »

Schaffer enfile un maillot de corps. « Que la mort de ma mère n'est pas un accident, elle a été assassinée. Des amis à elle me l'ont dit la semaine dernière à New York.

– C'est ce que Hoyt a toujours pensé, dit Nathan. Il a passé des mois à essayer de savoir qui l'a tuée. »

Schaffer fronce les sourcils. « Alors pourquoi ne me l'a-t-il pas dit le jour de l'enterrement ? » Il passe une chemise à manches courtes en agitant les bras.

Nathan hausse les épaules. « Sans doute parce qu'il n'avait aucune preuve. Les amis de ta mère savent qui a fait le coup ? »

Schaffer boutonne sa chemise. « Pas encore, mais ils le sauront tôt ou tard. »

Nathan a un rhume. Ces derniers jours il s'est traîné à contrecœur, toussant et éternuant, jusqu'à la librairie T. Smollett, où il a souffert durant des heures interminables et fiévreuses en supportant les clients qui avaient leurs propres problèmes et se fichaient pas mal de son état – et tous les soirs il a remonté à grand-peine l'escalier qui mène à son appartement, persuadé qu'il ne survivrait pas un jour de plus. Enfin le dimanche arrive. Il peut rester au lit à lire *Les Caves du Vatican*, se blottir sous un amoncellement de couvertures lorsqu'il est pris de frissons, et les rabattre lorsqu'il est brûlant de fièvre, et pourtant il fait froid, les fenêtres ne ferment plus, les branches de l'arbre sont devenues trop robustes pour qu'on puisse les repousser à l'extérieur.

Tout en fumant les Camel du PX rapportées par Schaffer – il n'a jamais expliqué leur provenance à Nathan, et Nathan n'a jamais posé de questions – Hoyt travaille sans relâche à son portfolio, assis sur le vieux divan, entouré de petits pots de peinture, une planche à dessin sur les genoux, les pieds en appui sur la table basse, deux pinceaux coincés entre les dents pendant qu'il étend soigneusement la couleur avec un autre pinceau. Il s'inspire de photos arrachées à de vieux magazines qu'il a dénichés dans des braderies et ramenés à la maison, des images qu'il appelle sa morgue, des images qu'il étudie afin d'apprendre l'art du détail.

Environ toutes les heures il s'interrompt pour apporter à Nathan un citron chaud au miel, ou de l'aspirine, ou le sirop pour la toux préféré de Reggie, additionné d'éther, dont chaque dose bénie procure à Nathan une merveilleuse impression de bien-être, en tout cas momentanément. Il est plongé dans cette béatitude, à moitié endormi, lorsqu'il entend des pas lourds dans l'escalier. Il rêve pendant quelques secondes qu'un éléphant est en train de monter chez eux, et cale son énorme tête grise dans l'entrebâillement de la porte. Puis il entend une voix de femme récriminatrice et il ouvre les yeux. Il connaît cette voix. C'est la voix de Flora Belle Short. La mère de Linnet, la logeuse de Rick Ames. Que fait-elle ici ?

« Non, Hoyt, dit-elle, pas d'excuses. Je ne peux pas revenir sans vous. Où est-il ? » Et avant que Nathan ait pu réagir, Flora Belle surgit près du lit, massive, emmaillotée dans des étoffes criardes et mal assorties, une cape en fourrure miteuse sur les épaules, les cheveux noués dans un foulard de bohémienne. Elle lui fait les gros yeux, comme s'il était un chien. « Nez qui coule, toux, fièvre ? raille-t-elle. C'est dans votre tête tout ça.

– Je ne pense pas, dit-il en respirant péniblement.

– Je vais vous le prouver, dit-elle. Vous avez eu des mauvaises nouvelles dernièrement. Et vous ne savez pas quoi faire. J'ai raison, n'est-ce pas ? » Nathan ne répond pas. Il a l'habitude d'entendre Alma débiter ce genre de niaiseries. Flora Belle hoche vivement la tête. « Votre silence est un aveu. Et votre rhume aussi. Vous verrez. Prenez une décision, et le rhume disparaîtra. » Elle se penche et le découvre brutalement. « Vous êtes habillé. Parfait. Mettez vos chaussures et suivez-moi. Percy Hinkley veut vous voir. Le marin est de retour, il revient de la mer[1], et il est extrêmement mécontent.

– Mécontent ? » Nathan s'assoit en chancelant et essuie son nez sur sa manche. « À cause de moi ? Je ne l'ai jamais rencontré. »

1. Vers tiré de « Requiem », un poème de Robert Louis Stevenson. *(N.d.T.)*

Hoyt apparaît dans l'encadrement de la porte de la chambre. « Vous ne pouvez pas traîner ce garçon dehors, avec le froid qu'il fait. Il va attraper une pneumonie. Il a une prédisposition à la pneumonie. Il a même failli en mourir un jour.

– Tout ce qu'il a à faire, c'est de dissiper la confusion de son esprit. » Flora Belle avance lourdement vers lui, et il s'écarte d'un bond pour la laisser passer. Tandis qu'elle attend debout dans le salon lambrissé de bardeaux verts, ses mains couvertes de bagues en verroterie scintillante croisées sur sa plantureuse poitrine, Nathan traîne la jambe jusqu'à la salle de bains. S'armant de courage, il s'appuie de ses bras tremblants sur le lavabo, et observe son visage dans le miroir. Il est en train de mourir, cela saute aux yeux. Si elle ne s'en rend pas compte, lui, si. Chancelant, il se brosse les dents, se lave le visage, se peigne les cheveux. « Nous vous attendons, Nathan », crie Flora Belle. Il sort de la salle de bains.

« Je ne peux pas y aller, dit-il. Je ne peux pas marcher jusque là-bas.

– Si vous ne venez pas tout de suite avec moi, dit Flora Belle, Percy ira dès demain matin déposer au palais de Justice une plainte contre vous. »

Nathan ouvre de grands yeux. « Quoi ? Il plaisante.

– Percy Hinkley ne plaisante jamais. » Elle tourne la poignée, ouvre la porte. « Comme je peux en témoigner à mon grand regret.

– Une plainte ? dit Hoyt. Pourquoi diable ?

– Il m'a interdit de vous le révéler. » Elle sort

d'un pas lourd. « Il préfère vous le dire lui-même. Suivez-moi, s'il vous plaît. »

Hinkley les attend au faîte de la maison, tel un roi dans sa haute tour. Nathan manque s'évanouir en grimpant toutes ces marches. Là-haut, il est obligé de s'asseoir par terre pour reprendre son souffle. Son cœur peine. Pendant que Flora Belle disparaît dans un corridor de fortune, étroit, tortueux et dépourvu du moindre éclairage, Hoyt reste debout près de Nathan, l'air inquiet. « Vas-y, halète Nathan. J'arrive dans une minute. »

Hoyt lance un regard furieux à Flora Belle. « Espèce de rhinocéros.

– Elle a raison, dit Nathan en toussant. J'ai profité d'elle, et de cette sotte de Linnet. Il ne faut jamais faire ça.

– Tu ne leur as rien fait de mal », dit Hoyt.

Nathan secoue la tête. « La question n'est pas là.

– Tu délires. Où est la question ? »

Nathan dit d'une voix entrecoupée : « Je suppose que Percy va nous le dire, non ? »

Au bout du corridor, une voix masculine jappe : « Qu'est-ce que tu fais là toute seule ? Tu ne les as pas amenés ?

– Ils arrivent dans une minute, dit Flora Belle. Le petit Reed est malade ou croit l'être. L'escalier l'a achevé. Il s'est effondré.

– Quoi ? Oh, pauvre Nathan. » Linnet surgit de nulle part et s'agenouille près de lui. « Oh, pauvre Nathan », dit-elle à nouveau, puis, en levant les yeux vers Hoyt : « qu'est-ce qu'on peut faire ?

– Tu en as déjà fait assez comme ça, dit Hoyt. Tu ne crois pas ? »

Linnet fond en larmes. « C'est pas de ma faute.

– Il t'a pendue par les pouces, c'est ça ? dit Hoyt. Il t'a donné quarante coups de fouet sur ton beau derrière ?

– Tu es méchant », dit-elle en se levant d'un bond.

« Donnez-moi un coup de main. » Nathan tente péniblement de se lever, mais il n'a plus de force. « Finissons-en une bonne fois pour toutes. »

Hoyt et Linnet le soutiennent le long du corridor du Dr Caligari[1], et jusqu'à la légendaire chambre de la tour. Abandonnant son tableau de commande disparate chargé des cadrans, de boutons et autres câbles électriques enchevêtrés, Hinkley pivote sur sa chaise et leur fait face. C'est un homme maigre à la peau blanche, avec un nez étroit et busqué, un menton en galoche, dont les lèvres restent crispées dans un ricanement permanent.

Son sanctuaire ne fait pas plus de deux mètres cinquante sur trois, mais il est encombré de camelote – des morceaux de postes de radio sortis ou non de leurs cartons, des tas de revues de science-fiction déchirées, des manuels de maths et de physique déchiquetés, des disques sortis ou non de leurs pochettes, des pièces d'échiquiers éparpillées un peu partout. Une affiche – Bela Lugosi

1. *Le Cabinet du Dr Caligari*, film de Robert Wiene, 1919. *(N.d.T.)*

dans *Dracula* – se décolle d'un mur. Des maquettes poussiéreuses d'engins spatiaux sont suspendues par des fils métalliques à un plafond endommagé par la pluie. La lumière du jour reste tapie derrière les fenêtres crasseuses. À travers des haut-parleurs qui grésillent et crachotent, des voix lointaines et étrangères hurlent que le monde est à feu et à sang.

Le tableau de commande radio est éclairé par une ampoule virulente qui éblouit Nathan et l'empêche dans un premier temps de voir le monstre assis dans un coin. « Voici mon ami Jukes », dit Hinkley avec un geste de la main. Jukes se lève de sa chaise en traînant des pieds. C'est un type pataud avec une maigre moustache de pirate au-dessus d'une bouche molle. Une casquette verte à la visière en celluloïd fendue est posée sur ses longs cheveux miteux. « Non seulement Jukes possède un cerveau qui lui permet d'imaginer une partie d'échecs en trois dimensions, dit Hinkley, mais il est un modèle d'*homo sapiens* dans la mesure où il possède également une force physique hors du commun. » Jukes rit avec indifférence et se rassoit dans son coin obscur, telle une tempête qui s'apaise. Nathan tousse.

« Tu ne vois pas que Nathan est malade ? dit Linnet. Peux-tu en venir au fait, Percy, s'il te plaît ?

– Avec plaisir. Donne-moi les manteaux. » D'on ne sait où, Linnet sort le pardessus et l'imperméable qu'ont portés Nathan et Hoyt pour aller au Chat Noir, la nuit de Halloween. Hinkley se penche hors de son cercle de lumière aveuglante pour sonder l'obscurité. « Stubblefield, Reed, voulez-vous venir jeter un coup d'œil ? »

Ils avancent en butant contre les piles de camelote. Les doublures des manteaux sont maculées de peinture dorée et argentée. Des paillettes sont restées collées à la peinture – trop de peinture, trop de paillettes.

« Ce n'est pas nous, dit Hoyt.

– Alors qui est-ce ? dit doucement Hinkley. Petite Chérie, ne s'agit-il pas des manteaux que tu as prêtés à ces hommes pour Halloween ? »

Les yeux baissés, Linnet marmonne : « Si, Percy. Je te l'ai déjà dit.

– Je tenais à ce que tu leur répètes, dit Hinkley. Ils ont l'air d'avoir oublié. » Les yeux mi-clos, il regarde Nathan et Hoyt. « Vous vous êtes peint le corps d'étoiles dorées et argentées pour aller à une fête, avec comme seul vêtement un cache-sexe pailleté. »

Nathan scrute Linnet à travers l'obscurité. « Je ne t'ai jamais dit ça. » Il regarde Hoyt. « Et toi ? » Hoyt secoue la tête. Nathan dit à Hinkley : « Qui t'a dit ça ?

– Un de mes locataires, dit Hinkley d'un air affecté, un certain Richard Sheridan Ames. Une grosse vieille pédale alcoolo que les réglementations liées à la guerre m'empêchent d'expulser. Mais il s'est révélé utile. Il a entendu parler de vous par quelqu'un qui était à la fête. Vous saviez qu'il existe un téléphone arabe ? Chez les pédales ? Il jette les manteaux sur le côté. Vous êtes bien placés pour le savoir, je suppose. »

Hoyt fait un bruit et s'avance vers Hinkley, les poings crispés. Mais dans son coin Jukes se lève de sa chaise en grondant. « Si tu le touches, je te casse en deux », dit-il. Hoyt décide de ne pas toucher Hinkley. Tel un petit garçon, Jukes grimace un sourire à Hinkley. « Ça ira, Percy ?

– Parfait, dit Hinkley. Merci.

– Les manteaux n'étaient pas tachés de peinture comme ça quand on les a rendus. » Nathan cherche Linnet des yeux et distingue vaguement l'auréole de ses cheveux blonds. « N'est-ce pas, Linnet ? »

Elle hausse les épaules d'un air penaud. « J'ai pas dû le remarquer tout de suite, dit-elle.

– Selon le teinturier, ils sont fichus. Et de toute manière, les filles, vous avez tellement chahuté que vous avez pratiquement arraché les manches. Il va falloir remplacer ces deux manteaux. Je suis allé faire des courses. L'imperméable coûte dans les cinquante dollars, et le pardessus quatre-vingt-quinze. Vous me devez donc cent quarante-cinq dollars.

– Merde, dit Hoyt. Tu les as bousillés toi-même, ces manteaux.

– Même pas la peine d'y penser, dit Nathan. Où veux-tu qu'on trouve cent quarante-cinq dollars ? Je ne gagne que vingt dollars par semaine. Et Hoyt n'a pas de boulot.

– Vous auriez dû y penser – Hinkley sourit – avant de disposer librement de mes affaires.

– Ce n'est pas nous, dit Nathan. C'est Linnet qui...

– Oh, bien sûr, Linnet vous les a prêtés. » Il tend une main osseuse. « Viens là, poupée. » D'un air boudeur, Linnet fait un pas hors de l'obscurité et prend sa main. Hinkley lui sourit. « Je suis allé dans tous les ports de toutes les mers du monde, et c'est la plus adorable femelle que j'ai rencontrée, mais elle est jeune. Vous l'avez dupée, vous avez abusé de son innocence. » Il décroise ses jambes squelettiques et se lève du siège. « A-t-on jamais vu ça ? » Il écarte Nathan et Hoyt de son chemin. « Viens, Jukes. En bas, au garage. Venez tous. » Il sort de la chambre de la tour, suivi de Linnet, Flora Belle, et de Jukes, ce gros balourd. Hoyt et Nathan ferment la marche.

« Quoi encore ? dit Nathan.

– Le camion, dit Hinkley. Tu te souviens ? »

Nathan a la voix trop enrouée pour crier dans l'escalier, mais il essaye quand même. « On ne lui a rien fait à ton sale camion. »

Hinkley répond : « Vous ne lui avez pas fait de bien, ça c'est sûr. »

Le garage ténébreux est encombré de cartons d'emballage qui s'élèvent jusqu'aux chevrons gauchis au-dessus de leurs têtes. Sans parler des fauteuils à bascule, des bicyclettes, des planches de surf, et d'un canoë. Il y a juste assez de place pour le camion. Lorsque Hinkley ouvre le cadenas et les vieilles portes tordues qui raclent sur l'allée craquelée, et appuie sur un interrupteur, la faible ampoule qui pendille au-dessus de leurs têtes ne sert pas à grand-chose. Si ce n'est à leur montrer que Hinkley n'a pas mutilé le camion comme il l'a fait des manteaux. Les phares sont intacts. Il n'y a pas de traces de chocs récents, les fenêtres n'ont pas été brisées en morceaux. Nathan pousse un soupir de soulagement, mais c'est alors qu'il remarque les pneus. Il n'a jamais vu de pneus dans un état pareil. Le vieux caoutchouc gris est tellement usé que l'on voit la toile. Et trois d'entre eux sont à plat.

« Bon sang ». Percy s'accroupit à côté de la roue avant gauche. « Regardez-moi ça. J'ai gonflé ces pneus pas plus tard que ce matin. Ils sont fichus. » Il lève vers eux son visage tout en nez. Affable, décontenancé, loyal. « Ça se voit, n'est-ce pas ?

– Où les as-tu achetés ? dit Nathan.

– Tu ferais mieux de les rapporter et de te les faire rembourser, dit Hoyt.

– Qu'est-ce que vous voulez dire ? dit Hinkley en se relevant. Ce sont les mêmes pneus que lorsque je suis parti en mer.

– Tu es un menteur », dit Hoyt, et derrière lui Jukes grommelle.

« On n'a pas dépassé Westwood, dit Nathan.

– Ce n'est pas ce que dit le compteur kilométrique. » Hinkley ouvre la portière de la guérite. « Vous voulez vérifier ? Vous avez fait pas loin de trois mille kilomètres.

– N'importe qui peut trafiquer un compteur et lui faire dire n'importe quoi, dit Hoyt. Puis : Aïe, sacré nom de Dieu. Arrête ça. » Jukes a tordu le bras de Hoyt derrière son dos en le forçant à s'agenouiller.

« Jukes, arrête », dit Linnet.

Jukes ricane de son rire creux et lâche Hoyt.

« Est-ce que vous avez seulement une idée... » Hinkley claque la portière « ... de la difficulté de trouver un train de pneus en ce moment ? Il faut les acheter au marché noir. Ils en veulent cent dollars pièce, vous le saviez ?

– Alors tu ferais mieux de le mettre sur cales, dit Hoyt en massant son bras. Ne compte pas sur nous pour te donner quatre cents dollars.

– Cinq cents, corrige Hinkley. On ne peut pas voyager sur les routes mexicaines sans une roue de secours. Petite Chérie et moi on va au Mexique pour Noël.

– Cinq cents, c'est pas possible non plus, dit Nathan. Écoute. Je suis désolé d'avoir emprunté le camion. Je ne voulais pas causer de problèmes. Comme personne ne s'en servait, je pensais que tu n'y verrais pas d'inconvénient.

– Vous me devez aussi vingt gallons d'essence, dit Hinkley. J'avais fait le plein avant de partir. Et c'est pas facile non plus de trouver de l'essence.

– Où sont les roues d'origine ? dit Hoyt. Tu as installé ces vieux machins toi-même.

– Tu peux le prouver ? dit Hinkley.

– L'extorsion est un crime », dit Nathan.

Hinkley renifle avec mépris. « Tu prends le problème à l'envers. Vous êtes les criminels, et je suis la victime. Mais je suis pas rancunier. J'ai pas l'intention de vous punir. Je veux juste récupérer ce qui m'est dû. Vous avez abîmé mes deux meilleurs manteaux, et usé mes pneus. Remboursez-les-moi, et je ferai une croix sur l'essence. Et sur les honoraires de Petite Chérie.

– Honoraires... ? dit Hoyt d'un air hébété.

– Pour ce tableau d'elle que tu as fait. Si j'ai bien compris, lorsqu'un modèle pose, il est payé.

– Il lui a donné des cours d'espagnol, dit Nathan.

– Ah bon ? » Hinkley allonge le cou pour voir Linnet, qui est restée en retrait dans l'allée, aux côtés de son énorme mère. « Dis-moi quelque chose en espagnol, Petite Chérie.

– Je ne peux pas, gémit-elle. Perc, tu sais bien que j'en suis incapable.

– Tu peux garder le tableau, dit Hoyt.

– J'ai bien peur de l'avoir déjà déchiré », dit Hinkley, et il les pousse tous hors du garage, et referme la porte.

« Tu as fait une erreur, dit Nathan. Un jour ou l'autre ce tableau vaudra beaucoup d'argent.

– En matière d'argent... » Hinkley ferme le cadenas et se retourne en souriant... « l'expression “un jour ou l'autre” ne m'intéresse pas.

– En matière d'argent, dit Hoyt, c'est la seule expression qu'on connaisse.

– Trouvez-en une autre, ou je ferai en sorte que le tribunal saisisse la paie de Reed à la librairie. Et de quoi vivrez-vous, alors ?

– Mais tout ça n'est qu'un tissu de mensonges, dit Hoyt. Tu n'as aucune preuve. C'est ta parole contre la nôtre. Et puis tu n'étais même pas là, tu étais en mer.

– Vous avez vu la preuve et j'ai deux témoins. » Hinkley hoche la tête d'un air suffisant en direction de Flora Belle et de Linnet qui frissonnent debout dans le vent gris de décembre. « Elles n'étaient pas parties en mer. Elles étaient là. Elles sont au courant de ce que vous avez fait, quand et comment. Elles ont tout vu. » Ses vêtements claquent autour de ses membres maigres comme des bâtons, il passe sous la porte cochère d'un pas tranquille. « Elles jureront n'importe quoi. » Et avec un signe de la main, il monte des marches en ciment craquelé, entre dans la maison, et ferme la porte.

Nathan dit à Linnet : « Tu comptes mentir au tribunal ? Tu sais que tout ça est faux.

– Eh bien, vous avez porté ces manteaux, dit-elle, et je sais pas ce qui est arrivé aux pneus. Ils étaient pas comme ça quand Perc est parti. Ils étaient pratiquement neufs. »

Hoyt prend Nathan par le bras et lui fait descendre l'allée. « Ne gaspille pas ta salive, dit-il.

– Jeunes gens, je vous conseille de trouver cet argent quelque part, crie Flora Belle avec amabilité. Percy Hinkley ne lance jamais de menaces en l'air. »

Et derrière elle, ce balourd de Jukes rigole.

Hesketh Kreisler est un monsieur à lunettes d'une cinquantaine d'années, dont le visage gris serait assez banal s'il n'avait ce gros nez couvert de protubérances. Il a une sorte de tache pâle en forme de triangle au niveau de la gorge. La grande maison qu'il habite est cossue, mais le col et les manchettes de sa chemise, blanche à fines rayures bleues, sont élimés. Quant à sa cravate, elle donne l'impression d'être restée pendant longtemps aplatie dans un tiroir. À vue de nez, il a emprunté le costume de quelqu'un d'autre. Il adresse un signe de tête furtif au Dr Marriott et scrute d'un regard craintif les garçons qui attendent derrière lui sous le crachin. Il fait sombre. Il y a bien une lampe près de la porte d'entrée, mais elle n'est pas très vive. Il les invite à entrer d'un geste paniqué puis, lorsque les garçons ont posé dans le vestibule le grand tableau dans son épais emballage, il s'empresse de refermer la porte. Et s'efforce de leur adresser un sourire de bienvenue.

« Eh bien, nous y voilà, dit-il.

– J'espère que nous sommes venus assez tard, dit Marriott. Il n'y a plus une seule lumière dans tout le quartier.

– Je vous remercie. Il est assez tard, c'est certain », dit Kreisler sans avoir l'air d'en croire un mot. Il regarde la toile ficelée et emmaillotée dans des journaux humides. « Apportons-la par ici. J'étais si impatient de la voir que je n'ai pas pu manger un seul morceau.

– Puis-je vous présenter Hoyt Stubblefield », dit Marriott en restant en retrait pour observer le décorum, « et Nathan Reed ». Ils se serrent la main. La poignée de main de Kreisler ne serait pas plus chaleureuse s'il était dans son cercueil. « Monsieur Stubblefield est le peintre de talent à qui l'on doit ce tableau. »

De ses yeux morts Kreisler examine Hoyt de la tête aux pieds, puis Nathan. Il passe sa langue sur ses lèvres fines. S'adressant à Nathan, il dit : « Et vous êtes son... talentueux modèle. » Puis d'un mouvement brusque il s'engage dans un couloir. « Par ici, s'il vous plaît. »

Ils traversent avec difficulté la salle à manger plongée dans la pénombre, puis la cuisine et l'office, passent une porte secrète, et débouchent dans un bureau qui sent la peinture, le plâtre et la moquette neuve. Une table, deux chaises droites, un vieux sofa en cuir à boutons, et une bibliothèque où sont entassés ce qui ressemble à des livres de photographie. C'est une salle secrète. Sans fenêtres. Kreisler referme la porte derrière eux et se frotte les mains, souriant franchement à présent. « J'ai préparé cette pièce juste pour votre tableau, dit-il à Hoyt. Une chapelle, en quelque sorte. S'il vous plaît, pourriez-vous le défaire, le dévoiler – tout de suite ? » Il en tremble. Ses yeux brillent. Sa bouche est humide. « J'ai l'impression d'attendre ce moment depuis toujours. »

Hoyt coupe la ficelle avec son canif, déchire le journal, s'attaque au papier paraffiné dont il a recouvert la toile en raison de la pluie – mais Kreisler le pousse pour le faire lui-même. Le tableau est à l'envers. « Tournez-le, tournez-le », dit Kreisler, les mains frémissantes et les yeux exorbités. Hoyt et Nathan le remettent à l'endroit. Les jambes de Kreisler semblent se dérober. Le Dr Marriott le saisit par le coude et le fait asseoir sur le canapé. « Oh, mon Dieu, dit Kreisler dans un souffle. C'est magnifique. C'est parfait. » Les mains serrées avec vénération à hauteur de poitrine, il s'assied et contemple le tableau. Extatique.

Nathan a beaucoup de mal à se retenir de vomir sur la moquette neuve. Kreisler se lève d'un bond et étreint Hoyt, à la grande surprise de ce dernier. « Comment pourrai-je jamais vous remercier ! C'est le tableau dont j'ai rêvé toute ma vie...

– Ouais, euh, notre but est de faire plaisir », dit Hoyt en repoussant le type. Riant de joie, Kreisler serre ensuite sur son cœur le gros petit Marriott en le remerciant maintes et maintes fois, en lui serrant la main vigoureusement et indéfiniment. Il se tourne vers Nathan, qui se réfugie derrière le bureau. L'humeur de Kreisler bascule. Le voilà qui pleure à présent. « Pendez-le, sanglote-t-il. Les crochets sont déjà fixés. »

Hoyt a muni le châssis d'un fil de fer. En l'espace d'une minute, le tableau – deux jeunes hommes sveltes en plein coït aux corps enchevêtrés et baignés du même air d'autrefois, triste et flou, caractéristique de toutes les toiles de Hoyt – est accroché bien en évidence sur le mur blanc fraîchement repeint. Reculant d'un pas au milieu des papiers froissés, Kreisler dit d'une voix chevrotante :

« Les mots me manquent, les mots me manquent.

– Les mots, j'en ai bien peur, lui dit Marriott, se résument à “cinq cents dollars”. Ces garçons meurent de faim.

– Oh non, oh non. » Prenant un air affligé, Kreisler ouvre un tiroir du bureau, en sort une enveloppe, et la tend à Hoyt. « C'est du liquide, j'espère que ça ira.

– Merci. » Hoyt se retourne vers la porte dérobée, la fait glisser, et pousse Nathan devant lui. « Joyeux Noël. »

Au lit, dans le noir, tandis que la pluie chuchote sur le toit, ils se tiennent dans les bras l'un de l'autre, enfouis sous toutes les couvertures qu'ils ont pu trouver, et pourtant ils continuent de claquer des dents. Hoyt dit : « Tu as remarqué l'église devant laquelle on est passés ?

– Eh bien quoi ? dit Nathan.

– J'ai lu l'enseigne sur la façade, dit Hoyt. Tu veux que je te donne le nom du pasteur ?

– Laisse-moi deviner, dit Nathan. Hesketh Kreisler ? Je me demandais pourquoi il avait l'air mal à l'aise dans ces vêtements. Il a l'habitude de porter un col romain et un costume noir, n'est-ce pas ? Nathan a un petit rire. Il ne s'est pas rendu compte que le seul visage qui apparaît dans le tableau n'est ni le mien ni le tien.

– Dommage que le vieux Percy ne puisse pas le voir, dit Hoyt. Ça lui apprendrait à reconnaître ce qu'il appelle des pédales.

– Hoyt, dit Nathan. Nous *sommes* des pédales.

– J'aurais dû me l'envoyer, ronchonne Hoyt. Elle n'attendait que ça. Elle n'aurait jamais parlé à Percy du camion, des manteaux, de rien. » Il a un hoquet de surprise et son corps tressaille. « Hé, qu'est-ce que tu fais ?

– C'est dans le manuel de survie, dit Nathan. Comment se réchauffer quand il n'y a plus d'autre solution ?

– Frotter deux scouts l'un contre l'autre ? dit Hoyt.

– Exactement. Tu n'as pas l'impression qu'il n'y a plus d'autre solution ? »

Hoyt rit. « Pourquoi attendre d'en être sûr ? »

Il veut offrir à Hoyt une nouvelle paire de bottes de cow-boy pour Noël. Il a repéré celles qu'il veut dans une petite baraque de Olvera Street où s'entassent des sandales mexicaines suspendues ça et là, des sacs à main, des ceintures et des boléros, et où l'odeur du cuir est si puissante qu'elle réussit presque à dominer celle du piment qui mijote dans toutes les gargotes. Hoyt et Nathan ont découvert qu'on peut manger à peu de frais à Olvera Street, même en rajoutant le prix du trajet. Assis aux tables en bois rugueux de ces baraques, on peut s'empiffrer pour vingt-cinq *cents*, et se remplir à ras bord pour cinquante *cents*. Or il faut justement qu'ils dépensent le moins possible pour manger. Percy Hinkley était sérieusement déçu lorsque le lendemain de la livraison du tableau, par une matinée pluvieuse, ils lui ont rapporté cinq cents dollars.

« Et les manteaux ? » a-t-il dit en se balançant sur son siège tournant devant le tableau de commande radio, et en comptant une nouvelle fois les billets provenant de l'enveloppe du pasteur Hesketh Kreisler. « Vous me devez encore cent quarante-cinq dollars pour les manteaux. » Il leva brusquement les yeux, loucha vers le plafond, puis tendit à Hoyt une boîte de café vide. « Voilà que ça commence de ce côté-là. » Il montra du doigt. « Pose ça en dessous. » Dans toute la pièce, des boîtes et des casseroles étaient perchées çà et là pour récolter l'eau s'égouttant du toit. Percy avait déplacé sa camelote pour la garder au sec. « C'est emmerdant la pluie, dit-il.

– Il y a aussi des avantages, dit Nathan. Ça a lavé les fenêtres. Comme ça la lumière du jour va pouvoir entrer un peu.

– Tu vas faire des économies sur ta facture d'électricité », dit Hoyt.

Nathan jeta un coup d'œil à l'affiche de Bela Lugosi. « À moins que tu préfères te réfugier en courant dans ton cercueil. »

Hinkley fit une grimace. « Bande de comédiens. Petite Chérie et moi on part au Mexique demain. Ne vous sentez pas pour autant libérés de vos obligations. Vous donnerez l'argent à Flora Belle. Je resterai en contact avec elle. Elle me le dira si vous ne l'apportez pas. » De lourds bruits de pas résonnèrent dans le couloir improvisé, et il tendit le cou pour regarder derrière les garçons. Son visage s'éclaira. « Ah, voilà justement l'homme que je voulais voir. »

Vêtu d'un ciré jaune, Jukes surgit dans l'encadrement de la porte. Ses petits yeux revêches parcoururent Nathan et Hoyt. « De retour ? dit-il.

– Pour payer leurs justes dettes, dit Hinkley. Mais pas entièrement, hélas. » Il agita les billets sous le nez de l'ogre, qui se débattait pour ôter son ciré. « Il manque cent quarante-cinq dollars. » Vêtu d'un chandail noir effiloché et d'une salopette graisseuse, Jukes s'assit lourdement sur sa chaise d'angle et retira ses caoutchoucs, révélant ses pieds immenses. Hinkley dit : « Et si d'ici la fin du mois ils ne les ont pas apportés à Flora Belle, je te serai reconnaissant de ne pas les louper, le soir des réjouissances de la Saint-Sylvestre, d'accord, Jukes ? »

Jukes lorgna les garçons d'un air méchant. « Ça sera un plaisir pour moi, Percy », dit-il avec un rire creux.

À Olvera Street, où Hoyt et Nathan viennent donc souvent manger, des hommes en vêtements de cow-boys mexicains – sombreros, gilets et pantalons noirs gansés de blancs – jouent sur leurs guitares et leurs trompettes une musique légère qui flotte dans l'air parfumé ; à Olvera Street, des petits enfants en costumes fantaisie dansent, et les acheteurs vadrouillent dans l'étroite ruelle couverte de tuiles rouges tordues qui se faufile entre les murs blancs et galeux de maisons en adobes délabrées datant du dix-huitième siècle. Se sachant condamnés à mourir atrocement entre les mains de Jukes avant le début de l'année 1944, les garçons perdent des soirées entières à faire des allées et venues dans la rue et à bayer aux corneilles.

Et Nathan a vu ces bottes fantastiques, furieusement ciselées sur toute leur surface, et teintes dans les magenta, les violets et les verts les plus extravagants. Jamais on n'a vu une telle paire de bottes de cow-boy. Après les avoir essayées en secret, Nathan sait qu'elles iront à Hoyt. D'une certaine manière, il aurait préféré qu'elles ne lui aillent pas. Le problème aurait été réglé. Mais elles étaient exactement de sa taille. Et il faillit pleurer en s'en rendant compte. Il lui faut ces bottes, mais les choses étant ce qu'elles sont, comment pourra-t-il les acheter ? Le petit cordonnier aux allures de gnome, aussi brun et plissé que ses articles, a beau se répandre en excuses qui résonnent comme des castagnettes, il ne peut pas les vendre moins de cinquante dollars. Et Nathan sait qu'elles les valent – diable, elles valent le double. D'ailleurs en ce qui le concerne elles pourraient tout aussi bien coûter dix fois le prix, si faibles sont ses chances de pouvoir les acheter.

Mais deux jours avant Noël, en enfilant un énième chandail dans la salle arrière de la librairie T. Smollett, avant de rentrer chez lui à pied, il pense encore à elles lorsque Angus MacKenzie, pâle et tremblant d'agitation et d'épuisement à cause de tous ces merveilleux bénéfices de Noël qu'il a amassés, vient lui donner sa paie. Dehors dans le vent froid, en sortant sur Hollywood Boulevard qui s'assombrit à vue d'œil malgré les décorations de Noël scintillant dans les vitrines des magasins, Nathan déchire l'enveloppe. Ses doigts tremblent. En plus de son chèque habituel, il espère une prime. Et la voilà : un billet de cinquante dollars tout craquant. Il laisse échapper un cri de joie et traverse la rue en fonçant droit au milieu des voitures. Coups de frein brutaux, hurlements de pneus, jurons des conducteurs. Il n'y prête pas attention. Il ne veut pas manquer le tramway pour Olvera Street, qui est en train de partir. Il attrape juste à temps la rampe en fer rouge des marches de derrière et se hisse à bord. Dans le grondement des grosses roues en fer sur les rails, Nathan se réprimande, affalé sur la toile verte et dure d'un siège. Il se conduit comme un enfant. Mais, bon sang, même en les ajoutant aux trente-cinq dollars qu'ils ont mis de côté au lieu de payer le loyer, ces cinquante dollars ne suffiraient pas à satisfaire le sarcastique Hinkley. Nathan se redresse sur son siège. Il a déjà été tabassé, et il n'en est pas mort. Que Jukes aille au diable. Laissons-le venir. Hoyt aura ces bottes.

Après le dîner, cédant aux instances de Benbow, Nathan s'assied au piano et joue des airs de Noël. Tout le monde l'entoure et se met à chanter : Benbow ; sa mère, dont le visage est encore rouge à cause de la préparation d'un gros repas dans la cuisine surchauffée ; George Lafleur, le visage rouge à cause du vin ; la robuste sœur de Benbow ; son mari, l'Arménien qui travaille pour le sénateur ; le petit Dr Marriott avec son teint de rose ; et Hoyt. Un grand arbre de Noël rougeoie et scintille dans un coin. Des rubans et du papier fantaisie jonchent le tapis. Des livres, des disques, des chandails sont entassés çà et là. Des boîtes de chocolats et de fruits secs pillées traînent sur les tables basses. Après avoir épuisé le répertoire des chansons les plus familières, les voix se taisent une à une. Finalement seuls Benbow et Nathan continuent de chanter à tue-tête *Le Chant du cerisier*. Mme Harsch sert une dernière tournée de lait de poule et de gâteau aux fruits, tout le monde se dit merci et bonne nuit, et dans l'air froid et noir Hoyt et Nathan commencent à descendre la colline d'un pied incertain en direction de Sunset Boulevard et du tramway. Hoyt s'endort dans le tramway, la tête sur l'épaule de Nathan. Nathan est trop inquiet pour dormir. Il a pris Benbow à part et lui a raconté ce qui les attendait et pourquoi. Benbow l'a écouté avec sympathie, mais bien sûr Nathan ne lui a pas demandé directement de leur prêter cent quarante-cinq dollars, et Benbow ne lui a pas proposé. Peut-être ne les a-t-il même pas. Sa maison est grande, mais délabrée. Il a beau être puissant, il n'est pas riche. Nathan s'assoupit, et se réveille juste avant l'arrêt de Highland Avenue.

Hoyt gravit péniblement les escaliers. Il n'a pas plu aujourd'hui, mais il a fait froid et sombre. Il a mis ses nouvelles bottes, son plus beau chapeau de cow-boy, et le costume. Son portfolio est glissé sous son bras. Nathan vient de rentrer de chez T. Smollett. Après l'agitation fébrile des fêtes de Noël, les journées lui paraissent monotones et lui laissent tout le loisir de s'inquiéter au sujet de Jukes. L'appartement est froid et pourtant Hoyt, sans écouter les protestations de Nathan, a coupé les branches pour pouvoir fermer les fenêtres. Après avoir allumé le four en le laissant ouvert, réchauffé du café, enfilé un pantalon de velours côtelé, plusieurs chandails, un béret de marin et un cache-col mangé par les mites, Nathan vient à peine de s'asseoir devant sa machine à écrire avec une tasse de café lorsqu'il entend les pas de Hoyt. Il se lève pour lui ouvrir la porte. Hoyt a l'air dépité. Il jette le portfolio sur le divan, balance son chapeau, enlève la veste de son costume d'un mouvement brusque.

« Devine ce que je viens de voir, dit-il.

– Tu veux du café ? dit Nathan en s'éloignant. Viens à la cuisine. Il fait chaud.

– Le portrait de Linnet », dit Hoyt en lui emboîtant le pas.

Nathan rince une tasse. « Perc a dit qu'il l'avait détruit. »

Hoyt racle les pieds de la chaise sur le linoléum et se laisse tomber sur son siège. « Eh bien non. D'ailleurs tu lui as dit que ça valait de l'argent. » Cela fait des jours et des jours qu'ils n'ont pas fumé, mais dans une boutique il a trouvé un paquet de Wing. Il en allume une. « Toujours serviable, ce Nathan. »

Nathan lui donne une tasse de café. « Tu veux dire qu'il l'a vendu ?

– Je l'ai vu dans une galerie là-bas derrière dans ce nid de boutiques à deux pas du boulevard. Juste à côté de chez T. Smollett. Bien encadré. Dans la vitrine. » Hoyt renifle avec mépris. « Soixante-cinq dollars. »

Nathan siffle, va chercher sa tasse sur son bureau, et s'assoit face à Hoyt. « Tu crois que la galerie lui a donné combien ?

– Je ne crois pas, je le sais », dit Hoyt sinistrement. « J'ai demandé. Ils ne voulaient pas me le dire, mais je les ai convaincus que j'étais le peintre en leur montrant mon portfolio. Dix dollars. »

Nathan prend une cigarette. « Il s'est fait voler. »

Hoyt a un petit sourire. « Tu es charmant, tu sais ?

– Tu as eu de la veine, aujourd'hui ? dit Nathan. Quelqu'un t'a engagé ? »

Hoyt secoue la tête. « Tout le monde est parti en vacances, et la plupart des bureaux étaient fermés. J'ai fini par trouver deux personnes, mais ni l'une ni l'autre ne pouvait engager quelqu'un. Je n'ai même pas eu besoin d'ouvrir mon portfolio avant d'entrer dans la galerie.

– Attends le début de l'année, tu verras. » Nathan allume une cigarette. « Tu vas crouler sous le boulot.

– À condition que je n'aie pas le bras en écharpe.

– Qu'est-ce que tu veux dire ?

– Si on ne rembourse pas ces manteaux dans les deux jours qui viennent, dit Hoyt, Jukes va nous casser les bras. Et aussi une ou deux jambes, tant qu'il y est. » Il montre du doigt une enveloppe déchirée posée près du coude de Nathan. « Du courrier aujourd'hui ?

– Une carte de Noël de Frank. » Nathan la pousse vers Hoyt. « En retard, bien sûr. On peut compter sur Frank pour ça. »

Frank a plié une lettre à l'intérieur de la carte à deux sous :

Bien que très occupé, tu m'as accordé beaucoup d'attention et tu m'as fait passer des moments agréables pendant que j'étais là, et j'ai eu tort de te laisser tomber comme ça, sans même un mot de remerciement. Mes nerfs ont lâché. Et ce n'était pas la première fois. Vois-tu, je t'ai rendu visite avec une seule chose en tête – essayer de t'arracher à cette vie. Ça ne va pas, Nathan. Non seulement ça te ferme des portes et ça te transforme en hors-la-loi, mais pense que plus tard, quand tu seras vieux, tu n'auras plus personne. Si tu ne te caches pas et que tu vis ta différence avec honnêteté, ce qui me semble correspondre à ta nature, alors les gens ordinaires te mépriseront. Si tu gardes le secret, alors tu devras passer ta vie à mentir et à simuler, et à te détester de le faire. Nathan, si les conventions sont des conventions, c'est parce qu'elles fonctionnent. Elles ont été éprouvées par le temps et sont à l'abri de toute défaillance, si tant est que cela soit possible. Je suppose que ça a l'air naïf, mais en y réfléchissant, tu reconnaîtras que j'ai raison. Fais comme tout le monde, et tu seras toujours entouré. Sinon, attends-toi à être seul, et je te parie dix contre un que tu courras à ta perte. Il y a une bibliothèque publique près de l'hôtel Mark Twain, et pendant que tu travaillais j'y ai passé plusieurs heures à essayer de me renseigner sur l'homosexualité, mais plus je lisais, plus j'avais du mal à comprendre comment tu es tombé là-dedans. Tu es un beau jeune homme loyal et en bonne santé, et non pas un être frêle et efféminé, boutonneux et minaudier. Ta mère ne t'a jamais habillé en fille. Tu ne jouais pas à la poupée – tu faisais du vélo. Tu nageais. Tu patinais. Nathan – tu ne corresponds pas à ce que disent les livres. Je ne sais pas qu'en penser. Es-tu encore en train d'essayer de te venger de mon départ sur les routes, lorsque tu étais petit ? Mon fils, c'est le seul travail que j'ai pu trouver. Je pensais qu'on avait réglé ça depuis longtemps. Tu es encore très jeune. Il n'est pas trop tard pour te séparer de Stubblefield, de Poole, et de tous ces gens, et te mettre à agir comme le reste de l'humanité. C'est très bien d'être écrivain, mais à ma connaissance il n'est écrit nulle part qu'un écrivain ne peut pas vivre une vie normale avec des gens normaux. Zut ! il y a plein d'inadaptés dans le monde de la musique – si tu l'ignores, moi je le sais. Mais je n'ai jamais pensé pour autant que je devais leur ressembler. Bon, fin du sermon. Je suis désolé de t'avoir causé du souci en partant en catimini, mais je n'avais pas envie de te crier après, et on en serait forcément arrivés là. J'étais au bord du désespoir. Peut-être même que j'aurais essayé de te ramener de force à la maison, comme me l'avait demandé ta mère. Mais dans six mois tu auras vingt et un ans, et je n'aurai plus le droit de te donner des ordres, si tant est que je l'aie jamais eu – et ces six mois n'auraient été agréables pour personne. Tu as toujours eu plus de bon sens que ta mère et moi réunis, alors peut-être que de toi-même tu vas remettre de l'ordre dans ta vie. Je l'espère. Je voudrais que tu aies une vie heureuse, parce que tu es mon fils, et que je t'aime. Ce sera tout pour cette fois, à part joyeux Noël et une année 1944 pleine de succès pour ton livre !

Hoyt soupire, plie la lettre, la remet à l'intérieur de la carte, range la carte dans l'enveloppe, la rend à Nathan.

« Tu vas changer ? » demande-t-il.

Nathan hoche la tête. « Autant essayer de changer la couleur de mes yeux. »

Ne sachant que faire d'autre, ils attendent minuit en passant plusieurs heures serrés dans la salle de bar étroite du Slim Gaylord, en compagnie d'une centaine d'autres anomalies avec ou sans uniforme, et après qu'ils ont tous pleuré, qu'ils se sont tous réjouis et jetés au cou des uns et des autres, et qu'ils ont chanté *Auld Lang Syne*[1], ils rentrent chez eux.

« J'aimerais bien que Reggie soit là, dit Nathan.

– Je ne pense pas que ce soit un bagarreur, dit Hoyt.

– Il pourrait l'assommer d'un petit coup d'éventail », dit Nathan, et il ouvre la porte. Jukes n'est peut-être qu'une menace en l'air, mais s'il vient, il arrivera forcément par l'escalier ; ils l'entendront et pourront s'échapper par-derrière en détalant comme des lapins. Par mesure de prudence, ils décident de rester habillés.

Mais Jukes est déjà là. Il est tapi à l'intérieur, dans le noir, dans la pièce où écrit Nathan, il attend qu'ils soient allés aux toilettes, qu'ils aient enlevé leurs chaussures, qu'ils se soient mis au lit

1. Chanson d'après un poème de Robert Burnes, traditionnellement chantée le soir du 24 décembre. *(N.d.T.)*

et qu'ils aient éteint la lumière. Puis il leur saute dessus. Il fond sur eux en poussant un rugissement, les saisit par les cheveux, et cogne leurs têtes l'une contre l'autre. Ils hurlent.

Jukes décoche un coup de poing dans le ventre de Nathan. Ça lui coupe la respiration. Il tombe du lit et reste roulé en boule par terre en suffoquant. Il entend les poings de Jukes qui s'écrasent sur le visage de Hoyt. Malade de douleur, il se redresse en chancelant, se jette sur le dos de Jukes, le tire en arrière. Jukes ne marque aucune pause. Il se contente de grogner et de repousser Nathan.

Et dans son dos quelqu'un soutient Nathan et l'aide à se relever. Il y a un autre type dans la pièce, qui écarte Nathan comme s'il ne pesait rien, saisit Jukes, et l'arrache violemment à Hoyt. Malgré l'obscurité, Nathan peut suivre ce qui se passe. Le type donne un coup de pied dans l'entrejambe de Jukes ; puis, tandis que Jukes hurle et se plie en deux, il écrase de toutes ses forces ses deux poings joints sur la nuque de Jukes. Jukes pousse un grognement, s'écroule face contre terre, et reste là, comme mort.

Avec des cris plaintifs, Hoyt tend la main à l'aveuglette et allume la lampe. Son nez et une de ses oreilles meurtries saignent, et le sang lui coule dans la bouche, le long de son menton et de son cou, et trempe sa chemise. Il s'essuie la bouche tout en regardant leur sauveteur d'un air hébété. Nathan le dévisage lui aussi, incrédule. Le type qui les a sauvés et qui se tient maintenant, pantelant, au-dessus de Jukes, n'est autre que Mike Voynich.

Il porte un beau costume neuf. Il lève son poignet épais contre sa grande oreille et écoute sa nouvelle montre avec inquiétude. Il la tapote doucement.

« Ça arrive de casser sa montre dans une bagarre, dit-il.

– *Quel dommage*[1] », dit Hoyt en essayant d'éponger le sang avec une poignée de Kleenex.

Voynich sourit d'une oreille à l'autre. « *Qui aurait pu penser que le jeune homme ait autant de sang en lui ?* C'est dans *Macbeth*.

– Presque. » Hoyt sort du lit à quatre pattes et déguerpit, la main sur son nez. L'instant d'après, l'eau jaillit dans la salle de bains.

Nathan dit : « Tu viens d'où ?

– Je vous ai entendus hurler, dit Voynich. J'attendais chez Reggie, dans le noir, pour lui faire une surprise. » Il se penche, retourne Jukes, toujours inerte, l'empoigne sous les aisselles, et commence à le traîner. « Où est-il ? Tu as une idée ?

– Chez Grady Sutton ? tente Nathan.

– Non. Voynich secoue la tête. C'est là-bas que je vis. Aide-moi, tu veux ? »

Nathan prend Jukes par les genoux. Il est lourd et puant. Tandis qu'ils passent la porte et traversent le salon d'un pas chancelant à cause de leur fardeau, Nathan dit à Voynich : « Tu t'es bien débrouillé. J'avais promis à Reggie que tu retomberais sur tes pattes.

– Ah ouais ? » Voynich traverse le salon à reculons. « Qu'est-ce que tu veux qu'on fasse de lui ?

1. En français dans le texte. *(N.d.T.)*

– Merde, dit Nathan à bout de souffle, j'en sais rien. »

Ils le sortent sur le palier et le font rouler jusqu'en bas de l'escalier comme un sac de linge sale. Il reste coincé en travers des marches. De retour dans l'appartement, Nathan ferme la porte à clef.

« Pour quoi faire ? dit Voynich. Il ne va pas recommencer. Il ne m'a pas vu. Il a cru que c'était toi.

– J'espère bien, dit Nathan. Comment comptais-tu surprendre Reggie ? »

Hoyt sort de la salle de bains torse nu, pâle, les cheveux humides. Son nez ne saigne plus et son oreille est enveloppée d'un bandage inégal. Il s'adosse au chambranle de la porte en touchant son nez avec précaution. « En lui rendant son argent, c'est ça ?

– Le sien et le vôtre. J'ai du boulot. Deux films. Et comme mon vieux me l'a dit et répété, au début de l'année, commence par rembourser tes dettes.

– Je n'avais pas compris que tu l'avais seulement emprunté, dit Nathan.

– Tu me prends pour qui ? dit Voynich. Merde, je suis pas un voleur. » Il enfonce la main dans une poche, en sort une liasse de billets, détache cinq billets de vingt dollars, et les tend à Nathan. « J'ai été élevé comme un bon catholique. Mon vieux me tuerait s'il pensait que je suis capable de voler.

– On ne lui dira pas », dit Nathan.

Hoyt dit : « Quels films ? »

Voynich hausse les épaules. « Je connais pas les

titres. Lloyd Nolan. Chester Morris. Dans le premier je conduis un taxi. Dans l'autre je suis un ex-GI infirme, qui essaye d'empêcher sa mère de marier sa sœur à un bandit.

– Reggie va être ravi », dit Nathan.

Voynich ne saisit pas l'ironie. « J'ai fourré cinquante dollars dans un de ses bocaux. » Il le regarde de côté. « Ça liquide plus ou moins ma dette. Tu crois que c'est assez ?

– Je ne sais pas, dit Nathan. Mais ça lui fera plaisir. Il t'aimait, Mike. Il croyait en toi. Il a eu le cœur brisé quand tu l'as laissé tomber.

– La dame de Santa-Barbara se serait moqué de moi. Vous le saviez. Je n'étais pas fait pour Shakespeare. Je le serai jamais. Reg a trop d'imagination. C'est un rêveur. Grady n'a pas essayé de me transformer, lui. Il m'a trouvé du boulot.

– Tu penses toujours que tu vas être une star ? dit Hoyt.

– Je suis plus beau que Chester Morris », dit Voynich.

Flora Belle Short dit : « Ils sont en prison à Calexico. »

Hoyt arrondit les épaules. Ses yeux gonflés sont presque fermés. Les boursouflures sont violettes. « En prison ?

– Et c'est à cause de vous. » Flora Belle hoche la tête.

Elle est arrivée un peu plus tôt en soufflant et en haletant dans les escaliers. Il pleuviote. Les gouttes de pluie scintillent sur la vieille fourrure galeuse de sa cape et sur le satin graisseux de son turban. Hoyt est allé ouvrir la porte pendant que Nathan se rasait et s'apprêtait à partir à la librairie. Hoyt a invité Flora Belle à s'asseoir et lui a proposé du café, mais elle a refusé d'un mouvement de tête sévère. Nathan sort de la salle de bains et s'arrête devant la porte de la cuisine en essuyant son visage avec une serviette de toilette.

« À cause de nous ? dit-il. Pourquoi ?

– Les gardes-frontière ont trouvé des fusils dans le camion, dit la grande femme, sous le siège. Des fusils militaires. Percy affirme que ce n'est pas lui qui les y a déposés. Mais le gouvernement l'a arrêté pour contrebande d'armes.

– Et il vous a dit qu'on l'avait fait ? dit Hoyt.

– Pour vous venger. Et lui rendre la monnaie de sa pièce.

– Mais c'est impossible, dit Hoyt. On n'a pas bougé d'ici. Et si on avait déposé les fusils, ils auraient été découverts à l'aller, pas au retour. »

Flora Belle fait non de la tête. « Il affirme que vous avez des acolytes au sud de la frontière. Des amis. Probablement, excusez-moi, des homosexuels. Mexico est votre autre patrie. Vous l'avez dit à Linnet. »

Hoyt rit avec incrédulité. « J'y suis allé plusieurs fois quand j'étais adolescent. Pour boire et bourlinguer un peu. S'il y a des homosexuels là-bas, je ne les ai jamais rencontrés. Non, si Percy fait de la contrebande d'armes à la fois pour s'amuser et pour gagner de l'argent, c'est lui qui a des amis mexicains.

– Où trouverait-on l'argent pour acheter des fusils ? » Nathan va dans la chambre chercher une chemise. « On n'a pas un centime – il est bien placé pour le savoir.

– Il est convaincu que vous êtes derrière tout ça. Et il m'a chargé de vous dire que si vous le tirez d'affaire, il vous rendra votre argent et ne vous embêtera plus jamais. »

Hoyt dit : « Ce n'est pas à cause de nous qu'il est en prison, et on ne peut pas le faire sortir, mais s'il a vraiment envie de le croire, alors il a intérêt à inclure Jukes dans sa promesse. Regardez ce qu'il m'a fait pour la Saint-Sylvestre. »

Flora Belle a évité de le regarder jusqu'à maintenant. Elle lui lance un bref coup d'œil, fait la grimace, détourne à nouveau le regard. « Je suis tellement désolée. » Et, inopinément, elle se met à pleurer. « C'est entièrement de ma faute. » De ses gros doigts couverts de bagues bon marché, elle farfouille dans son énorme sac, déniche un mouchoir, sèche ses larmes. « J'aurais dû interdire à Linnet de vous prêter les affaires de Percy. Il est furieux contre moi. Dieu sait ce que je vais devenir maintenant.

– Il est fou amoureux de Linnet, dit Nathan. Tant qu'il est avec elle, il ne vous arrivera rien. »

Elle se mouche. « Merci. J'espère que vous avez raison. » Elle s'apprête à partir. « J'aimerais simplement que Linnet soit un peu plus... digne de confiance. » Ses écharpes flottant autour d'elle, elle descend les escaliers en se penchant de tout son poids sur ses chevilles enflées.

Ils la regardent s'éloigner par la fenêtre. Puis Hoyt dévisage Nathan en fronçant les sourcils. « Je n'ai jamais parlé de Percy à Benbow.

– Moi, si. À Noël. Je lui ai raconté toute cette histoire pitoyable. » Nathan va s'asseoir sur le lit et met ses chaussures. « J'avais peur de Jukes. Ça m'a rendu bavard. J'espérais sans doute que Benbow nous prêterait les cent quarante-cinq dollars. »

Hoyt grimace un sourire. « Il a fait mieux que ça. »

Nathan noue ses lacets. « Ce n'est pas étonnant qu'il adore le pouvoir. Et si le sénateur n'était pas réélu la prochaine fois ?

– Benbow trouvera un autre organisme à parasiter », dit Hoyt.

Nathan lui fait un clin d'œil. « Je viens de terminer *Les Caves du Vatican*. Tu sais pourquoi il te l'a fait lire ?

– Pour faire germer dans mon esprit l'idée que peut-être quelqu'un avait poussé Eva Schaffer sous ce tramway pour la seule beauté du geste.

– Pourquoi tu ne lui en as pas parlé ? dit Nathan.

– Pour lui faire croire que je n'avais pas compris. Je suis persuadé qu'il a tort, et qu'Eva a été tuée pour une raison particulière. Tu vois, je sais qu'elle a été vraiment bouleversée par quelque chose. Elle m'avait fait passer un mot pour que je la retrouve ce soir-là, et qu'elle m'en parle.

– Et tu t'es figuré qu'elle en avait déjà parlé à quelqu'un d'autre ?

– À celui qui l'a tuée. »

Nathan choisit une cravate, remonte son col, passe la cravate autour de son cou. Il dit au reflet de Hoyt dans le miroir : « Mais tu ne le cherches plus ?

– Ça ne sert à rien. J'étais trop tourmenté, j'ai posé trop de questions, et tout le monde a pris peur. Il secoue la tête. Je ne sais pas. Avant Noël, Steve m'a dit qu'à New York ils penchaient pour le meurtre. Mais comment le savent-ils ? À quatre mille cinq cents kilomètres d'ici ? Il soupire. C'était peut-être un accident. Ce qui est diablement sûr, c'est que je n'ai jamais réussi à prouver le contraire. »

Nathan enroule la cravate sur elle-même. « Eva savait que tu étais un espion ? »

Hoyt le regarde de travers. « Qu'est-ce que tu as dit ? » Il met sa main devant la bouche de Nathan. « Non, tais-toi, j'ai entendu. Elle ne pouvait pas le savoir puisqu'elle était déjà morte, Nathan. Je recherchais son assassin. » Il enlève sa main en riant, mais regarde Nathan avec gêne. « C'était après, d'accord ?

– De quoi crois-tu qu'elle voulait te parler ce soir-là ?

– Pas d'espions, en tout cas. Ça, ça ne l'aurait pas inquiétée. Il y a toujours eu des espions au sein du PC. Elle le savait. »

Nathan glisse la cravate dans la boucle pour faire un nœud. « Est-ce que George Lafleur... en était un ? »

Hoyt se raidit. « Qui t'a dit ça ?

– Personne, mais selon Noble, le type du FBI, George était un ancien membre du Parti communiste, et je trouve que ça ne rime à rien. Il se fiche de la politique. »

Hoyt grimace. « George étant ce qu'il est, il essayait peut-être simplement de s'introduire dans le pantalon d'un joli camarade. George, espion ? Tu as une sacrée imagination. Tu devrais écrire un livre.

– J'y pense de temps en temps. » Nathan termine son nœud et le remonte au niveau du col. « Mais ça ne va pas plus loin. »

Hoyt dit : « Le *Daily Worker* met sans arrêt en garde les camarades contre les espions, mais personne ne démissionne. L'Amérique et la Russie sont alliées dans la lutte contre le fascisme, n'est-ce pas, si bien qu'en ce moment le Parti communiste américain a plus de membres qu'il n'en a jamais eu. Mais tu crois qu'ils sont clandestins ? Merde ! Le gouvernement a tous leurs noms. Moi-même je me suis retrouvé sur une demi-douzaine de listes. Et Hitler ne va pas durer éternellement. Alors la Russie deviendra l'ennemi. Une nouvelle fois. Ce sont des gens très naïfs, comme tous les vrais croyants. Mais Eva n'était pas comme ça. »

Lassé de la discussion, Nathan replie son col, ajuste sa cravate. « C'était gentil de la part de Benbow de nous aider.

– Ouais, mais il va exiger qu'on le rembourse. Attends un peu et tu verras. » Hoyt regarde Nathan pendant qu'il va chercher sa veste dans le placard. « Téléphone-lui de la librairie, veux-tu ?

Remercie-le, dis-lui que ça a marché, et qu'il peut faire marche arrière maintenant.

– Il n'y a pas le feu, dit Nathan. Ça ne m'est pas désagréable d'imaginer le vieux Perc en train de pourrir dans la prison de Calexico. Pourquoi ne pas attendre une semaine ? Ou un an. Tu es vraiment si pressé qu'il rentre ?

– C'est à cause de Linnet, dit Hoyt. Tu ne savais pas ? Je suis profondément amoureux de Linnet. »

Nathan gronde et lui montre le poing.

Après être allé faire élargir les bottes de Hoyt chez le petit cordonnier d'Olvera Street, il attend le tramway assis sur un banc, les bottes posées près de lui dans leur boîte, lorsqu'une limousine noire s'arrête le long du trottoir. Le chauffeur ne lui jette même pas un regard. C'est la portière arrière qui s'ouvre. « Je peux te conduire quelque part, petit ? » Nathan a le soleil dans les yeux, ce qui le fait loucher. Le passager n'est autre que Dryrot, le producteur de cinéma trapu et sourcilleux. Vêtu d'un costume sombre à fines rayures blanches et coiffé d'un feutre souple, il fume un cigare. Sans sourire, il dit : « Tu t'appelles Reed, c'est ça ? Tu ne te souviens pas de moi ? Harry Dryrot. Allez, grimpe. » Et, comme dans un rêve, Nathan quitte le trottoir, monte dans la voiture, ferme la portière, et la voiture démarre. « Où tu vas ? dit Dryrot.

– Librairie T. Smollett, dit Nathan. Sur Hollywood Boulevard. Je travaille là-bas.

– Ah ouais ? Je croyais que tu étais écrivain.

– Il faut bien manger, dit Nathan.

– Qu'est-ce qu'il y a dans la boîte ? Dryrot renifle. Des *tamales*[1] chauds ?

– J'aimerais bien, dit Nathan. Non... des bottes de cow-boy. En cuir brut.

– J'ai lu le résumé de ton livre, dit Dryrot. Stanley Page me l'a envoyé. Je regrette, mais il n'y a pas de quoi faire un film.

– Vous ne le regrettez pas autant que moi, dit Nathan.

– Ouais. Dryrot rit. Un peu d'argent serait le bienvenu, je suppose. La librairie, ça doit pas très bien payer.

– Pourquoi ne peut-on pas en faire un film ? » demande Nathan.

Dryrot soupire et tapote adroitement les cendres de son cigare dans le cendrier de la portière. « Ça parle d'un petit gosse qui est un génie de la musique, c'est ça ? Et de son vieux qui joue toutes sortes de cors et de cette dame qui est diseuse de bonne aventure ? Et ils sont toujours fauchés ?

– Oui, c'est ça », dit Nathan.

Dryrot lui adresse un petit sourire malin. « Tu croyais que j'avais oublié, hein ?

– Je vous remercie de ne pas m'avoir oublié, dit Nathan. Et de la promenade.

– Laisse-moi t'expliquer ce qui cloche dans ton histoire, dit Dryrot. Ça t'aidera pour la prochaine fois.

1. Plat mexicain. *(N.d.T.)*

– Merci, dit Nathan.

– Tu vois, les personnages de ton histoire – ils ne ressemblent pas aux gens normaux, donc les gens normaux ne vont pas les comprendre, donc ils n'iront pas au cinéma pour les voir, donc personne ne gagnera d'argent. Tu comprends ?

– Les gens normaux ne sont pas non plus des cow-boys, dit Nathan. Mais ça ne les empêche pas d'aller voir des films de cow-boys.

– C'est moi qui t'aide, dit Dryrot ou c'est toi qui m'aides ? Depuis quand tu es directeur d'un grand studio de cinéma ?

– Ils sont drôles, pourtant, dit Nathan.

– Tu veux dire comme dans *Vous ne l'emporterez pas avec vous*[1] ? Même pas.

– Ce n'est pas ce que je veux dire, dit Nathan. Mes parents ne ressemblent à aucune autre famille. Tout était exagéré quand j'étais enfant. Comme une sorte de farce. Ce n'était pas réaliste du tout. Ils sont peut-être un peu bizarres, mais ils sont authentiques.

– Ah, authentiques. Dryrot hoche la tête. Laisse tomber, petit.

– Pourquoi ? N'est-ce pas tout l'intérêt de l'écriture, de faire entrer les gens dans la vie d'autres gens, de leur montrer ce que c'est que d'être quelqu'un d'autre ? »

Dryrot secoue la tête. « Tu réfléchis trop. Fais-les rire, fais-les pleurer, fais-leur peur si tu peux. Pour la plupart des gens, la vie est moche. Ils ont

1. Film de Frank Capra, 1938. *(N.d.T.)*

besoin de s'évader quelques heures au pays des rêves. Ils ne veulent pas de gens vrais ni de vrais problèmes. » Il donne une petite tape sur le genou de Nathan, se penche en avant, fait glisser le panneau vitré, et dit : « Librairie T. Smollett, Spencer. Pour monsieur Reed. » Le chauffeur répond quelque chose. Dryrot ferme le panneau et s'enfonce à nouveau dans son siège. « De toute manière, ton histoire n'est pas faite pour le cinéma. Il n'y a pas d'histoire d'amour. Personne n'est riche et magnifique. Un gosse en veut à son père ? Qu'est-ce qu'on en a à faire ?

– Vous voulez dire que ça sort de l'ordinaire, dit Nathan. Vous pourriez essayer. Peut-être que ça plairait aux gens.

– Mais non. Dryrot secoue à nouveau la tête. On n'"essaye" pas. On écrit ce qu'on connaît. Les gens veulent toujours les mêmes vieilles histoires. Pourquoi tourner le dos à ce qui marche ? Ça fait perdre de l'argent, c'est tout.

– Et Hitler ?

– Qu'est-ce qu'il a, ce fils de pute ?

– Je connais un écrivain qui a une bonne histoire sur Hitler. » Ils sont presque arrivés à la librairie. Nathan se hâte de résumer en quelques phrases la ridicule intrigue de Reggie Poole sur le Führer et Colette.

« Une femme de lettres française ? dit Dryrot. J'ai une soi-disant actrice française sous contrat. Cette gonzesse, Colette, elle est jeune et belle ?

– Dans la réalité, elle est vieille et grosse et elle a le visage poudré et blanc comme celui d'un clown, dit Nathan. Mais vous pourriez en faire une belle jeune femme. La magie du cinéma ?

– Ouais, pourquoi pas ? » Dryrot hoche la tête.

La limousine s'arrête.

Nathan ramasse la boîte contenant les bottes. « Je vous fais porter la pièce par son agent ?

– Ouais, pourquoi pas ? », dit Dryrot.

Nathan ouvre la portière, sort dans le froid soleil d'hiver et s'arrête sur le trottoir en serrant la boîte contre sa poitrine. « Ou ce serait vous faire perdre encore votre temps ? dit-il. Je suis désolé. Ça sort aussi de l'ordinaire, n'est-ce pas ? »

Dryrot sourit à peine. « Pas si ça parle d'Hitler.

– Bien. N'oubliez pas son nom. Reginald Poole.

– Est-ce que j'ai oublié le tien ? » dit Dryrot en fermant la portière.

Si Percy Hinkley a bronzé au soleil de Mexico, il a tout perdu dans la prison de Calexico. Il est encore plus pâle qu'avant, et plus maigre. Mais malgré ses yeux battus, il a conservé tout son sarcasme. Hoyt et Nathan sont montés jusqu'à la chambre de la tour, sans Flora Belle. Quant à Linnet, elle est à la cuisine, dans les bas-fonds de la maison. En les entendant entrer, elle les a regardés à la dérobée. Nathan l'a vue.

Il regarde autour de lui. « Où est Jukes ?

– Je ne lui ai pas dit de venir. J'ai l'intention de vous rendre votre argent. Je me suis dit que je n'avais pas besoin de protection pour ça.

– De toute façon il ne serait pas venu. » Hoyt a

du mal à se retenir de rire. « Pas après ce que Nathan lui a fait à la Saint-Sylvestre. »

Hinkley pivote sur sa chaise grinçante pour mesurer Nathan du regard. « Tu lui as fracturé une cervicale, dit-il. Tu te rends compte ? Il aurait pu rester paralysé à vie. »

Nathan hausse les épaules. « C'était ton idée, pas la mienne.

– Il est deux fois plus gros que toi », dit Hinkley.

Hoyt dit : « Nous les pédales, on réserve bien des surprises.

– Je m'en suis aperçu. N'en parlons plus. Tenez. Je vous rends votre argent. Et maintenant, sortez de ma vie, d'accord ? »

Hoyt compte l'argent. « Il manque dix dollars.

– Comment ça ? dit Hinkley.

– Tu me les dois pour le portrait que j'ai fait de Linnet, dit Hoyt.

– Merde, grommelle Hinkley. Ils sont au courant de tout », et il extrait un autre billet et le pose dans la main de Hoyt.

Ils redescendent en courant. La grande maison est étrangement calme. Ouverte en temps normal, la porte d'entrée est aujourd'hui fermée à cause du froid. Les rumeurs de la circulation sur Franklin sont donc étouffées, et les gémissements parfaitement audibles. Hoyt s'arrête et attrape Nathan par le bras. Immobiles sur le tapis usé et sableux, ils tendent l'oreille. Les plaintes proviennent de l'appartement de Rick Ames. Hoyt fronce les sourcils d'un air interrogatif. Nathan frappe délicatement à la porte et dit doucement : « Rick ? Ça va ? »

Pas de réponse. Il tourne la poignée, pousse la porte et, Hoyt sur ses talons, pénètre dans la belle grande pièce. Il fait sombre. Les stores tannés sont baissés. Ils sortent de l'aile où Rick a installé son bureau et sa machine à écrire, et s'avancent dans la partie principale de la pièce, au fond de laquelle est installé le lit. Tony est couché sur le lit. C'est lui qui gémit. Nathan s'approche de lui. Il dégage une forte odeur d'urine et de quelque chose de sucré et de pourri. Nathan ferme les yeux un instant, les rouvre, et secoue avec douceur l'épaule de Tony.

« Qu'est-ce qui s'est passé ? Où est Rick ? »

Les grands yeux marron s'ouvrent dans un visage hagard, hâve et couvert d'une barbe de plusieurs jours. Tony a perdu beaucoup de poids depuis la dernière fois que Nathan l'a vu. « Nathan ? Comment es-tu entré ? Je croyais que c'était Rick.

– Je ne sais pas où il est. On t'a entendu gémir.

– Il est allé chez sa mère pour essayer de lui emprunter de l'argent, dit Tony. Et il n'est jamais revenu. »

Hoyt a rejoint Nathan. « Quand est-il parti chez sa mère ? Depuis quand es-tu comme ça ?

– Depuis hier matin. Je ne peux pas marcher. » Tony se met à pleurer, et tourne sa tête sur l'oreiller. « J'ai pissé au lit. J'ai tellement honte. Je ne suis pas présentable. » Il tâtonne en direction de la table de nuit. Un verre est posé là. Il le fait tomber, mais rien ne se renverse. Le verre est vide. « De l'eau ? » dit-il.

Nathan apporte le verre à la cuisine. Les cheveux maintenus par un grand peigne mexicain noir, Linnet est assise à table, en train de boire un Coca et de feuilleter un magazine de cinéma. Elle l'ignore. Nathan rince le verre et le remplit au robinet. « Tu as passé un bon Noël au Mexique ? dit-il.

– Tu es ignoble, dit-elle.

– Qui se ressemble s'assemble, dit Nathan. Tu savais que depuis vingt-quatre heures Tony est allongé sur son lit, malade, sans personne pour s'occuper de lui ?

– Comment je le saurais ? dit Linnet. On n'espionne pas les locataires ici, et puis on n'est pas une clinique.

– Je suppose que non », dit Nathan en emportant le verre.

Hoyt est assis au bureau de Rick. Il raccroche le téléphone. « J'ai appelé une ambulance, dit-il doucement. Il faut qu'il aille à l'hôpital. Ses jambes, c'est la gangrène, Nathan. J'ai déjà vu ça. Comment ont-ils pu le laisser comme ça, merde ? Il risque de perdre ses jambes. Il risque de mourir.

– C'est sans doute ce qui a poussé Rick à aller emprunter de l'argent, dit Nathan. Il devait être aux abois. Il déteste aller chez sa mère. Elle est riche, elle est propriétaire de pas mal d'hôtels, mais une fois sur deux elle refuse de lui donner quoi que ce soit. Pour le punir d'être une pédale, un soûlard, un parasite. C'est ce qui a dû se passer cette fois encore. »

Hoyt dit : « Et comme il n'a pas osé annoncer la

mauvaise nouvelle à Tony, il a acheté une bouteille de vin, et à l'heure qu'il est...

– ... il en train de cuver son vin dans un terrain vague ? » dit Nathan.

Hoyt secoue la tête. « Ça fait trop longtemps qu'il est parti. Il y a plus de probabilités qu'il soit en prison, dans la cellule de dégrisement. » Hoyt se lève de sa chaise. « Je vais essayer de nettoyer un peu Tony. Tu n'as qu'à sortir pour attendre l'ambulance.

– Ils vont réclamer de l'argent à l'hôpital », dit Nathan.

Hoyt tapote sa poche de jean. « On a de l'argent.

– Tu as travaillé dur pour ça, bon Dieu.

– Je ne m'attendais pas à les récupérer, n'est-ce pas ? » Hoyt hausse les épaules. « C'est l'argent des fées. »

Nathan rit. « C'est une manière de voir les choses.

– Avec ce qui nous restera, dit Hoyt, on paiera la caution de Rick. Comme ça il pourra le dire à Percy. Ça fera plaisir à Percy, tu ne crois pas ? »

Au loin, une sirène mugit. Dans les profondeurs indistinctes et puantes de la pièce, Tony geint à nouveau. Hoyt prend le verre d'eau des mains de Nathan et l'apporte jusqu'au lit. Nathan sort dans le froid pour attendre l'ambulance en frissonnant sur le bord du trottoir, les épaules voûtées, les mains dans les poches.

« Qu'est-ce que tu fous là, petit ? »

C'est Stanley Page, aussi pimpant que d'habitude, costume marron, chemise rouge foncé, cravate framboise, chapeau. Accompagné d'une foule d'hommes vêtus de manière similaire, il a fait son entrée dans la librairie quelques minutes avant la fermeture, à vingt et une heures. Juste après avoir dîné chez Musso & Frank. Ce sont les mêmes hommes, ou en tout cas le même genre d'hommes, que ceux qui entouraient Stanley sur la pelouse lors de cette fête à Beverly Hills – la nuit, sous les arbres, à la lumière des lanternes chinoises. Altérées par l'alcool, leurs voix paraissent criardes. Plantés au milieu des tables de livres brillants, ils fument, échangent des plaisanteries, rient.

« Je travaille, monsieur Page, dit Nathan.

– Tu devrais terminer ce livre, dit Page. C'est un bon livre. Original. Tu as du talent. Il ne faut pas abandonner.

– Je n'ai pas abandonné, dit Nathan. Mais l'argent a filé. Et vous avez disparu. Je suis allé vous voir mais vous étiez partis, vous, votre femme et votre bébé – plus personne. Vous avez jeté mon roman et mon contrat. Je les ai retrouvés dans les poubelles.

– C'est Maud, dit Page. J'étais pas là. Elle a commencé par me jeter dehors. Les femmes sont comme ça. Jamais satisfaites. Veulent te changer à tout prix. Mais j'ai quand même donné ton synopsis aux Films du Pinacle. Dryrot l'a refusé. »

Nathan raconte son trajet en voiture avec Dryrot et ce que lui a dit le producteur. « Si j'ai bien compris, ça ne ressemblait pas assez à *Marionnettes humaines*, n'est-ce pas ? »

Page fait la grimace. « Il y a d'autres studios. » Il promène son regard dans la boutique. « Sacrée cave. Il manque juste des stalactites et une volée de chauves-souris. Il scrute le visage de Nathan. Combien te paie MacKenzie ?

– Vingt dollars par semaine, dit Nathan. Pour quarante-quatre heures de boulot.

– Ouais... c'est bien les Écossais, dit Page. Pires que les youpins. Et tu écris quand ?

– Tôt le matin, dit Nathan. Le soir, je suis trop fatigué. » Il rit tristement. « Et parfois je suis trop fatigué pour me réveiller à cinq heures.

– Viens travailler pour moi, dit Page. Deux heures le matin. Deux jours par semaine, disons le mardi et le vendredi, d'accord ? Comme ça tu auras le temps d'écrire. Dix dollars de l'heure, ça te va ?

– Bien sûr. Qu'est-ce qu'il faudra que je fasse ?

– Taper des lettres, des contrats, libeller des chèques, emballer des manuscrits et les apporter à la poste. Tout ce qui se présente. Simple comme bonjour.

– Ça semble facile, dit Nathan. Vous êtes sérieux ?

– Les affaires vont de mieux en mieux. J'ai besoin d'aide.

– D'accord. » Nathan lui serre la main. « Merci. »

Les types avec qui Page est entré sont attroupés autour d'une table où deux d'entre eux se livrent à un bras de fer. Les observateurs crient leurs encouragements en agitant des billets. On entend un cri de douleur. Une pile de livres tombe par terre avec fracas. Ainsi que l'un des concurrents – le moustachu. Nathan pense qu'il s'agit de William Saroyan. Explosion de rires, de gémissements, de railleries.

« Il faut que je ferme », dit Nathan.

Page lui tend sa carte de visite. « Voilà où tu peux me trouver, dit-il. Mardi prochain. Dix heures. » Il s'en va en criant à ses amis, qui aident Saroyan à se remettre debout, lui rendent son chapeau, ôtent la poussière de ses vêtements : « Allez venez, allons boire un verre quelque part. »

Ils s'en vont en traînant le pas, tapageurs, se bousculant comme des collégiens, lançant leurs mises et les récupérant par terre. Nathan ramasse les livres, les repose sur la table, va chercher sa veste et son cache-col dans l'arrière-salle, éteint les lumières, roule à l'intérieur le chariot grinçant des livres d'occasion, tire la lourde porte, et ferme la boutique à clef. Pour la dernière fois, espère-t-il.

Page habite dans la cité Avondale à Cahuenga Pass. C'est à l'est de chez Nathan, et l'on peut facilement s'y rendre à pied. Il est tôt lorsque Nathan ouvre la lourde porte vitrée et entre dans le vestibule silencieux. Le sol en marbre qui vient d'être nettoyé est encore humide, et une puissante odeur de désinfectant le fait pleurer. Il appuie sur le bouton en caoutchouc de la cage d'ascenseur, attend, mais rien ne se passe. Il grimpe dans l'escalier obscur et se retrouve au bout d'un long couloir sombre. Le plâtre est d'un gris sale, les dormants et les portes sont marron foncé, et le silence est tel qu'on pourrait se croire dans une maison de morts. Après avoir longuement marché sur un tapis usé, Nathan trouve la porte de Page et frappe. De l'intérieur lui parviennent des phrases rauques et des marmonnements. Un bruit de pas sourd. Une chaîne de sûreté cliquette, une serrure à ressort coulisse, et la porte s'ouvre. Page grogne « Entrez » et fait demi-tour. Il est vêtu en tout et pour tout d'un caleçon à rayures rouges et blanches. Ses cheveux sont ébouriffés par le sommeil. Nathan entre et referme la porte. Il fait sombre. Les persiennes poussiéreuses de l'unique fenêtre sont fermées. Page s'arrête devant la table de toilette. Dans le miroir, son visage a l'air bouffi, et ses yeux sont injectés de sang. Il prend de l'argent et le met dans la main de Nathan.

« Va me chercher mon petit déjeuner, tu veux, petit ? » Il tousse.

« D'accord, dit Nathan. Qu'est-ce que vous voulez ?

– Une grande boîte de jus d'orange. » Page s'allonge sur le lit et se couvre les yeux avec son bras. « Et une petite bouteille de vodka. Le marchand de vin est juste au coin de la rue.

– Pourquoi est-ce si tranquille ici ? dit Nathan.

– Hé, tu es dans le Quartier de la Vaseline, petit. » Le rire forcé de Page dégénère en une nouvelle quinte de toux. « C'est comme ça que le surnommait Pep West[1].

1. Nathaniel West, écrivain américain, 1903-1940. *(N.d.T.)*

– *Miss Lonelyhearts ? L'incendie de Los Angeles ?*

– Jadis on allait à la chasse au cerf ensemble, dit Page. Il avait un break avec un faux toit. Des compartiments de rangement où on fourrait les carcasses. Comme ça tu peux aller chasser quand tu veux. Tu n'as pas besoin d'attendre que ce foutu gouvernement t'annonce que la foutue chasse est ouverte. C'est dans cette voiture qu'il s'est tué, tu sais. Il a débouché d'un chemin vicinal et s'est engagé directement sur une grande route. Sans regarder. Le plus mauvais conducteur du monde.

– Le Quartier de la Vaseline ? dit Nathan. Je ne comprends pas.

– Comme les studios lui versaient un salaire de misère, et qu'il avait des romans à écrire, il logeait dans le quartier pour faire des économies. » Page lève une main et montre du doigt. « À deux rues d'ici. Ivar Street. Du pareil au même. Les appartements sont tous pleins de putes. Quartier de la Vaseline... compris ? Quand une fille travaille tard le soir, elle fait la grasse matinée, c'est ce qui explique que tout est si calme le matin. » Il couvre à nouveau ses yeux avec son bras.

« Je reviens tout de suite », dit Nathan.

Page ayant les mains tremblantes, Nathan lui verse son petit déjeuner dans le verre à dents. Avec un ouvre-boîtes que Page appelle une « clef d'église », il perfore le couvercle de la grande boîte de jus d'orange. Suivant les instructions de

Page, il remplit à moitié le verre de jus d'orange, puis verse la vodka par-dessus et remue le mélange avec le manche de la brosse à dents de Page. Page s'assoit au bord du lit, boit et fume des cigarettes, pendant que Nathan tape des lettres, écrit des adresses sur des enveloppes, remplit les blancs sur des contrats, et libelle des chèques que Page signera lorsque sa main aura cessé de trembler. Les écrivains sont payés. Nathan s'en félicite.

Une fois que Nathan a fini son travail, Page se sent d'humeur bavarde. « Assieds-toi, petit », ordonne-t-il. Son deuxième « petit déjeuner » à portée de main, il s'allonge sur le lit, appuyé sur des coussins, et débite ses histoires. « Merde, je lui trouve tout le temps ses titres. » Il parle de Saroyan. « *Jim Dandy* ? Tu connais cette pièce ? » Nathan la connaît. Il l'a vue au théâtre de Pasadena avec Abou Bekker. « C'est moi qui lui ai donné le titre. Là-haut dans sa ville natale. Des Arméniens. Rien que des vendeurs de tapis. Et ils sont tous de la même famille.

– Comme dans *Quand même un Américain*, dit Nathan. Il est cousin avec tout le monde.

– Je l'ai repéré sur un camion publicitaire qui est passé devant nous, dit Page. "Jim Dandy teinturiers". Alors je lui ai montré.

– C'est une bonne pièce, dit Nathan.

– On sort d'une taverne à deux heures du matin, dit Page, et c'est le vrai désert, pas âme qui vive dans toute la ville. On est sur la lune, tu vois ? Tout seuls sur la lune. Silence absolu. Alors je marche jusqu'au bord du trottoir et je mets mes mains en porte-voix et je crie : “ Réveillez-vous là-bas dedans !”

– C’est une pièce en un seul acte, dit Nathan.

– Tu crois qu’il se souvient de qui lui a trouvé le titre ? Penses-tu. Les écrivains ne prennent pas les idées des autres, c’est bien connu. Il n’y a qu’eux qui aient des idées. » Il boit, et continue à médire sur les écrivains, les conseillers littéraires, les éditeurs, les gens de cinéma jusqu’à ce qu’il n’y ait plus de vodka. Puis il s’assoit brusquement. « Merde. Quelle heure est-il ? »

Il y a un réveil sur le bureau. « Midi, dit Nathan.

– Il faut que j’y aille. » Page descend du lit. « J’ai un déjeuner avec Saroyan chez Musso’s. Fais-toi un chèque. Je serai prêt dans dix minutes. » Il entre dans la salle de bains, et la douche jaillit. Au bureau, Nathan tape un chèque à son intention et le dépose sur la table de toilette avec les autres. Il s’assied et lit quelques pages d’un tapuscrit couvert de ratures et de corrections – la biographie d’un général de cavalerie du nom de Hood, durant la guerre de Sécession – jusqu’à ce que Page émerge, la taille ceinte d’une serviette humide, peigné et rasé, pour signer les chèques, tous les chèques, d’une main on ne peut plus sûre. Pendant que Page s’habille, Nathan les met dans des enveloppes et cachette celles-ci. Les yeux brillants, l’air bien portant et d’une propreté irréprochable, Page sort avec Nathan dans le couloir lugubre, et ferme la porte. Les riches effluves de son eau de Cologne l’emportent presque sur la puanteur de désinfectant dans l’air.

En ces journées courtes, grises et pluvieuses, Nathan a plus de temps pour écrire qu'il ne s'y attendait. Emmitouflé dans ses chandails, son cache-col et son béret de marin, buvant café sur café, il peut rester devant sa machine à écrire pendant plusieurs heures à travailler à *L'Appartement en enfilade*. Hoyt n'est pas à la maison. Il a trouvé du travail – comme peintre aquarelliste chez Roy Lockerby. Pour des cartes de vœux. Les illustrations sont stupides. L'entreprise ne veut pas de ses idées. C'est un autre service qui distribue les idées. Tout ce qu'on lui demande, c'est de dessiner et de peindre de mignons chiots et chatons, de jeunes enfants, des lys blancs, des promenades en traîneaux, des vols de canards sur fond de couchers de soleil, des gerbes de maïs et des potirons. Ça le dégoûte et il devient un compagnon maussade pendant les rares heures où Nathan et lui peuvent être ensemble – mais chaque vendredi il sourit lorsqu'il grimpe l'escalier en courant avec son chèque. Ils sont riches. Ils mangent au restaurant chinois, au restaurant hongrois, chez Drossie. Ils achètent de nouveaux jeans, des pantalons de velours côtelé, des chemises en flanelle, des chandails, et même des imperméables. Ils achètent des livres d'art – Le Caravage, Donatello. Et des disques – Beethoven par le Quatuor de Budapest, Bach par E. Power Biggs. Ils envisagent même de faire installer le téléphone. Une aisance qui leur fait tourner la tête.

Et le quatorze février, Nathan termine son livre. Après avoir achevé la scène où Nathan et

Frank jouent un morceau à quatre mains – signe qu'ils se sont enfin réconciliés – il reste cloué sur sa chaise, assommé, sans quitter des yeux le mot « Fin », osant à peine en imaginer les conséquences. Il hésite entre rire, pleurer et tomber dans les pommes. Finalement, il prend une grande inspiration, fait sortir la feuille de la machine, la pose par-dessus les autres, et apporte le tout sur la table de la cuisine, où à nouveau il découpe un sac en papier, y glisse les chapitres, cachette le paquet à l'aide de la bande de papier gommé de Reggie, colle l'étiquette qu'il a dactylographiée avec un peu trop d'empressement plusieurs jours auparavant, enfile son nouvel imperméable, et descend vers Highland.

En pénétrant dans le bureau de poste et l'odeur de laine mouillée dégagée par les vêtements des clients qui font la queue devant les deux petites fenêtres grillagées, Nathan se trouve une nouvelle fois nez à nez avec Rick Ames. Ventru et rouge de visage, vêtu de son vieux mackintosh déchiré, il s'apprête à partir. Dans sa main, un paquet plat qu'il vient manifestement de venir chercher – il est sec. Nathan lui annonce que son roman est fini.

« En voyant la sérénité de ton visage, dit Ames, j'ai pressenti que quelque chose de merveilleux venait d'arriver. Félicitations. » Avec crainte et révérence, il touche le paquet que tient Nathan. « Je t'inviterais bien à renouveler notre gala intimiste au champagne de l'autre fois, dont je chéris encore le souvenir, mais j'ai banni le raisin de mon alimentation.

– Vraiment ? dit Nathan.

– Tony est passé à deux doigts de la mort, dit Ames. Et s'il s'en est sorti, c'est seulement grâce à Hoyt et toi. L'alcool m'avait ôté tout sens des responsabilités. J'étais littéralement en train de laisser mourir mon plus cher ami sur cette terre de manière atroce sous mes yeux, et je ne faisais rien, rien pour l'empêcher.

– Tu as tout de même essayé. » Nathan arrive en tête de file. Il regarde le petit homme gris peser son paquet, lui glisse quelques pièces pour payer les timbres, et ressort sous la pluie avec Ames. La pluie persiste, froide, indifférente ; sur le goudron usé de Highland, les voitures passent dans un sifflement de pneus. « Et j'ai juré de ne jamais, jamais plus boire. C'est insidieux, tu sais. Tu te rends à peine compte que c'est en train de te détruire à petit feu.

– Comment vont les jambes de Tony ?

– Elles sont horribles à voir, mais il pourra bientôt remarcher. Selon les docteurs, il ne boitera même pas. Et, surtout, les années de souffrance sont à jamais révolues. En attendant... » Ames lève son paquet « ...il profite de sa convalescence pour étudier la gestion hôtelière. Un cours par correspondance.

– Qui paye ? dit Nathan.

– Ma mère, madame Scrooge[1]. À partir du

1. Allusion à M. Scrooge, personnage des *Contes de Noël*, de Dickens, un méchant avare. *(N.d.T.)*

moment où j'ai réussi à la convaincre que j'étais définitivement au régime, et Tony aussi, bien sûr... »

Bien sûr. Ils ne feraient jamais rien l'un sans l'autre, n'est-ce pas ?

« ... à partir du moment où elle a admis ça, elle s'est montrée très généreuse. Enfin, à sa manière. Lorsque Tony aura terminé son stage, elle a promis de l'engager dans son hôtel de Visalia.

– Et, toi, que feras-tu ?

– J'écrirai, naturellement, dit Ames avec raideur. Jadis la vieille ogresse croyait en mon talent. Elle se dit prête à y croire à nouveau. »

Nathan sourit. « Ne vas-tu pas avoir du mal à continuer à la détester ? »

Ames fait la grimace. « Peut-être. Mais ce n'est pas facile d'aimer quelqu'un qui ne s'est jamais trompé sur ton caractère débauché... » – il commence à s'éloigner en se dandinant à travers les flaques, sur ses pieds plats chaussés de baskets élimées « ... d'autant plus qu'elle ne se prive pas de te le rappeler à la moindre occasion. »

La matinée semble mal choisie pour monter à bord d'un bateau. Il fait froid. Une bruine fine tombe. Des rafales de vent aspergent de pluie leurs visages – ceux de Nathan, Stanley Page et Gentleman Jim Hawker. Le ciel menace. La mer agitée est d'un gris acier et se soulève en une longue houle, sifflant autour des pieux couverts d'anatifes de la jetée, et ballottant le bateau. C'est une vieille vedette peinte en blanc, avec des traînées de rouille là où l'eau a coulé des rivets. Les vagues cognent la coque contre la jetée avec un son creux. L'embarcation n'a pas l'air assez solide pour prendre la mer. Nathan se dit qu'il n'aurait pas dû venir.

Mais Page lui fait signe de monter à bord en premier avec son fusil de chasse dans son étui en toile et en cuir, et sans comprendre pourquoi, il passe ses jambes par-dessus bord et se tord la cheville dans les dalots du pont. Chaussures de tennis aux pieds, les orteils cramponnés aux caillebotis branlants à cause du roulis du navire, il saisit des mains de Page l'étui à fusil, un sac à dos, et un panier de pique-nique, et l'aide à garder son équilibre tandis que, vêtu de son nouvel ensemble kaki – veste, pantalon, bottes – il enjambe tant bien que mal le bastingage rongé. Puis Nathan s'empare du fusil de Hawker et lui tend la main. Hawker est plus léger, plus agile, et ses vêtements de chasse sont vieux. Les deux hommes sont surexcités, et s'efforcent autant l'un que l'autre de le cacher, mais en prenant le bras de Hawker, Nathan a l'impression qu'il est agité de vibrations.

Un Mexicain d'un certain âge, avec une barbe de plusieurs jours, descend du poste de navigation pour leur dire quelque chose en espagnol. Ils se mettent tous à rire, le pilote remonte l'échelle, et l'agent et l'écrivain disparaissent en dessous avec leur attirail. C'est une expédition de chasse. Aux îles Channel, à trente kilomètres au large. Pour chasser des sangliers. D'où les fusils. En prévision de la journée, le panier de chez Musso & Frank contient des sandwiches au rosbif et au jambon, du poulet fumé et du homard froid, et des pots de mayonnaise et de moutarde fantaisie – sans oublier trois bouteilles de whisky. L'une des bouteilles est déjà à moitié vide : les deux hommes s'y sont attaqués dans la voiture. Nathan ne les suit pas dans la cabine. Il est déjà las de leur compagnie.

Le Mexicain démarre le moteur en criant quelque chose à un maigre adolescent brun qui frissonne debout sur le quai, et le gosse sort ses mains de ses poches pour dérouler de leurs taquets les bosses d'amarrage d'avant en arrière et les lancer à bord. La *Sirène* s'éloigne de la rive en grondant. L'étrave fend les vagues en claquant et la grosse vedette se cabre, elle continue à claquer et à se cabrer et ainsi de suite. Les lattes de caillebotis, mal ajustées, vibrent et tressautent. Nathan s'assied sur un banc froid et mouillé et, malgré les embruns et le vent, il finit par réussir à allumer une cigarette.

Il lève le regard vers le Mexicain à la barre. L'homme rit tout seul et s'envoie toutes les cinq minutes une grande lampée d'une bouteille enveloppée dans un sac en papier froissé. Nathan se prépare tristement à mourir en mer avec Stanley Page et James Hawker et ce Mexicain, dont il se fiche éperdument et qui se fichent éperdument de lui. Soudain il commence à pleuvoir comme si quelqu'un avait renversé un tonneau. D'une chiquenaude il envoie sa cigarette par-dessus bord, grimpe à quatre pattes l'échelle qui mène au poste de navigation, claque la porte, et se met à regretter de n'avoir pu convaincre Hoyt de l'accompagner.

« Chasser, pour quoi faire ? a dit Hoyt. Ils ne meurent pas de faim, que je sache. Ils ne vont pas les manger, ces sangliers. Alors pourquoi les tuer ?

– C'est un rite de virilité, ou quelque chose de ce genre. Hawker en parle sans arrêt dans ses livres. Quelle importance ? Tu n'as pas besoin de tuer des sangliers. Je ne le ferai pas moi-même. J'ai juste envie d'être avec toi.

– Moi aussi. Ici même. Va téléphoner de l'autre côté de la rue, dis à Page que tu as un empêchement et que tu es obligé d'annuler.

– Non, il a dépensé de l'argent, il a fait toutes sortes de préparatifs. Il n'aurait jamais emprunté une voiture si je n'avais pas promis de conduire. Il n'a pas le droit d'avoir un permis, et Hawker ne sait même pas conduire.

– Ils auraient dû louer un avion. Il sait piloter, n'est-ce pas ? Il soutient qu'il était dans la RAF canadienne pendant la Première Guerre mondiale.

– Bref, ils n'ont pas loué d'avion. Ils comptent sur moi, Hoyt. Stanley s'est montré généreux avec moi. Il me surpaye comme un fou. Je lui suis redevable. Je te demande juste de venir avec moi.

– Nathan, a dit Hoyt, as-tu déjà eu le mal de mer ?

– Les lacs de Minneapolis sont assez calmes en général.

– Ouais, eh bien j'espère que ça te sera épargné. Plutôt mourir que revivre ça. »

Le Mexicain lui adresse un sourire aux dents

noircies par le tabac, le salue comiquement en portant la main à la visière de sa casquette de capitaine crasseuse, et commence à chanter son *corazon* en espagnol. Il a une belle voix, chante juste, et connaît de nombreuses chansons, et pendant environ une heure Nathan reste assis à l'écouter pendant que le bateau rebondit sur les vagues en mugissant.

Mais soudain il se rend compte que deux choses vont l'empêcher de faire tout le voyage dans la timonerie. D'abord, il s'est levé à trois heures du matin et a dû rester éveillé et vigilant pendant le trajet jusqu'à Santa Barbara si bien qu'à présent, malgré le froid, il tombe de sommeil. Ensuite, il a faim. Toute cette nourriture succulente dans le panier lui trotte dans la tête. Et lorsque le Mexicain farfouille d'une main sale dans un sac en papier marron, et en sort un énorme *burrito* qu'il commence à dévorer tout en continuant de gouverner – si tant est qu'on puisse appeler ça gouverner – c'est la goutte d'eau qui fait déborder le vase.

Nathan descend l'échelle, écarte les portes à planchettes, et dégringole le petit escalier qui mène à la cabine des passagers. Les hublots laissent filtrer une lueur grise et trouble dans la pièce basse de plafond qui sent le whisky, le tabac et, Dieu soit loué, la nourriture. Le divin panier est ouvert et posé sur une petite table entourée d'un petit garde-fou destiné à empêcher les verres et les assiettes de glisser – mais aujourd'hui personne n'utilise ni assiettes ni verres.

« Hé petit, viens manger », crie Page en agitant une cuisse de poulet. « C'est de la bonne bouffe.

– Rien de tel que l'air marin, dit Hawker, pour aiguiser l'appétit. »

Rabattant ses cheveux mouillés, Nathan se laisse tomber sur un banc devant la table. Il attrape à l'aveuglette un sandwich dans le panier, le déballe, et mord dedans avec voracité. Le pain est frais ; le jambon est fondant, sucré, et tendre. Il mange la moitié du sandwich avant de reprendre souffle et de trouver la moutarde. Il en ajoute dans son sandwich.

« Merveilleux, dit-il la bouche pleine. Je n'ai jamais mangé une telle moutarde. »

La petite bouche de Hawker sourit. « Stanley fait preuve d'un grand discernement dans les affaires gustatives.

– Pourquoi ne pas opter pour le meilleur ? dit Page. Trempe un gros morceau de homard dans cette mayonnaise. Laisse-moi te dire que tu n'as jamais goûté non plus une telle mayonnaise.

– Merci, dit Nathan. Dans une minute. »

Hawker s'envoie une lampée de whisky directement à la bouteille et la lui tend, mais Nathan fait non de la tête. Très tôt ce matin, il a ramassé dans la corbeille à papiers de Page une bouteille de vodka, l'a remplie d'eau au robinet de la salle de bains, et l'a fourrée dans le panier, et il la retrouve à présent et en boit une gorgée. L'eau n'a-t-elle pas un goût de Vaseline ? C'est sûrement son imagination. Malgré tout, il se hâte de chasser le goût en mordant une dernière fois dans son sandwich, avant de s'attaquer au homard. Il ne s'était jamais retrouvé face à un homard. C'est si bon qu'il manque s'évanouir.

« Comment vais-je pouvoir manger normalement après ça ? dit-il.

– Dès qu'on aura vendu ton livre au cinéma – Page boit à la bouteille à son tour – la question ne se posera même pas. » Alors qu'il s'apprête à reposer la bouteille, le bateau tangue. La bouteille tombe, et le whisky se renverse en glougloutant sur les genoux de Page. Tout en jurant, Page essaye maladroitement de redresser la bouteille. Nathan tend la main, attrape la bouteille, la relève, et la rebouche.

Hawker dit : « Jadis j'ai vendu un livre pour le cinéma, et regardez-moi. Je me nourris quotidiennement de langues de faisans. Dans mon somptueux palazzo italien. Avec quarante domestiques qui veillent à mes moindres caprices. » Il se lève brusquement. Ses petits yeux enfoncés sont vitreux, son petit corps rigide. « Je crois que je vais faire une promenade digestive sur le pont. » Il commence à monter l'escalier, chancelant sur ses pieds, trébuchant sur les marches raides et étroites. En haut, il pousse les portes, et une bourrasque d'air humide et froid envahit la cabine. Nathan a l'impression qu'au-dessus de sa tête des lattes du caillebotis se sont détachées et glissent l'une par-dessus l'autre. Hawker crie : « Quelqu'un veut se joindre à moi ?

– Plus tard », dit Page. Il est déjà en train de rouler tout habillé sur une couchette. « J'ai besoin d'un petit somme.

– Je suis incapable de garder les yeux ouverts, dit Nathan. Désolé. » Là-haut les portes se ferment dans un bruit sec. Tout engourdi, il remballe les restes du repas, se dépouille de sa veste mouillée, et se traîne jusqu'à une couchette vide. Le moteur bruyant bourdonne. La coque siffle et claque à travers les vagues. Et Nathan s'endort.

Il ouvre les yeux, se retourne dans la couchette, et cligne des paupières en regardant le hublot. La lumière n'est plus la même. Elle est aussi brumeuse, mais l'angle a changé. Le verre épais et rond est encore trouble d'écume, mais la lumière grise entre à la verticale. Il doit être midi. Il fait toujours froid – peut-être même plus que tout à l'heure. Il frissonne, sort de la couchette, va pisser dans la minuscule poulaine, sort et enfile sa veste. Le bateau continue à fendre les flots. Il n'a pas ralenti. Le moteur n'a pas lâché. Mais la voix du Mexicain, si. Il ne chante plus. Dans sa couchette, Stanley Page ronfle. Se sentant seul, Nathan baisse la tête et grimpe l'escalier à la recherche de Hawker.

Pas besoin de chercher. Hawker est couché sur le pont. Les caillebotis se sont amoncelés contre la lisse de poupe. L'eau jaillit sur le pont. Il en a jusqu'aux chevilles, et Hawker est couché dedans, face contre terre. Nathan crie : « À l'aide ! », empoigne les vieux vêtements de chasse, et retourne Hawker. Il est verdâtre. De l'eau sort de sa bouche et de son nez. Il reste inerte et muet. « Oh merde ! crie Nathan. À l'aide, bon Dieu ! »

Il s'agenouille dans l'eau de cale, prend appui, et soulève Hawker en position assise. À nouveau de l'eau coule de sa bouche, mais sa tête reste pendante. Nathan touche son visage. Il est froid. Zut, il ne faut pas qu'il meure. « À l'aide ! », hurle Nathan. « Stanley, réveillez-vous ! Il y a un problème avec Hawker ! » Page ne vient pas. Nathan lève un regard frénétique vers la timonerie, mais le Mexicain ne vient pas non plus. Tout en se disant qu'il n'est pas capable de le faire, Nathan le fait – il soulève le flasque Hawker hors de l'eau. En tenant l'écrivain par-derrière, les bras serrés juste sous sa cage thoracique, il exerce une pression brutale et soudaine. De l'eau sort en jet de la bouche de Hawker, ainsi que du whisky, tout ce qu'il a mangé au déjeuner, et un dentier. Hawker frémit, geint, et lève faiblement la tête. Nathan rit de soulagement. Les portes de la cabine de passagers s'ouvrent brutalement.

Page tressaille sous la pluie. « Qu'est-ce qui se passe, putain ?

– Tout va bien, dit Nathan. Il est vivant. Aidez-moi. »

Ils le transportent en bas, l'étendent sur la couchette que Page vient de quitter, le déshabillent, et l'enveloppent dans des couvertures.

Le Mexicain descend les escaliers. « *Qué pasa ?*

– Cet homme a failli se noyer, dit Nathan. Où étiez-vous ?

– Je suis inquiet, dit le Mexicain. Il y a beaucoup de navires droit devant. On dirait des navires de guerre.

– Quel marin vous faites ! dit Nathan. Vous vous êtes endormi, n'est-ce pas ? On arrive sans doute à la base navale de Long Beach. »

Page bouscule le Mexicain et monte l'escalier devant lui. « Il faut que je voie ça. »

Hawker attrape Nathan par la manche. « Un moment, croasse-t-il. Écoutez. C'est la deuxième fois que vous me sauvez la vie. Je vous suis profondément redevable. Si jamais, dans le futur, vous avez besoin d'aide – venez me voir. »

« Mais ce n'était pas Long Beach, raconte Nathan à Benbow. On était bien arrivés sur l'île. Et pour une bêtise, c'était une bêtise ! »

Venu pour s'entraîner au piano, il a rencontré Benbow devant sa porte, très professoral dans son complet de cheviotte et son gros chandail, porte-documents à la main, en route pour l'université où il doit faire une conférence sur l'histoire de la culture allemande devant une nouvelle fournée d'officiers du bureau des renseignements. Pourtant il ne se hâte pas de partir. Gardant la porte ouverte sur la nuit froide, il attend en souriant que Nathan lui raconte la fin de son histoire.

Nathan dit : « La marine fait des tirs d'entraînement là-bas. C'est interdit aux civils.

– Et le batelier n'était pas au courant ?

– Il était tellement surpris qu'il en a presque dessoûlé d'un coup.

– Est-ce que la marine tirait des coups de canon ? Ça m'aurait certainement dessoûlé. »

Nathan rit. « Ils ont commencé juste à ce

moment-là. On était dans la timonerie. Stanley et le Mexicain se sont jetés par terre, les bras sur la tête. “À plat ventre, petit !” m'a hurlé Stanley. “Ils nous tirent dessus. ”

“*Madre de Dios*, a dit le Mexicain. C'est les Japs !”

« Mais si ça avait été le cas, on aurait pu en conclure qu'ils étaient là pour les mêmes raisons que nous, pour chasser le sanglier. Malgré le brouillard, on pouvait voir les obus exploser sur l'île. Et soudain ce canot fonce droit sur nous. Avec un gros projecteur brillant à l'avant. Heureusement que le Mexicain n'a pas vu ça.

– Les gardes-côtes ? dit Benbow.

– Je me demande comment ils ont pu nous accoster avec la houle qu'il y avait, mais ils y sont arrivés. Hérissés de fusils. S'ils étaient fâchés ? Un peu ! J'ai vraiment cru qu'on allait se faire fusiller sur place pour haute trahison. À condition que le lieutenant n'explose pas avant. Il avait perdu son chapeau et une chaussure par-dessus bord. Gros type, visage rouge, nous criant dessus. Stanley était en état de choc. Un ex-détenu ? Libéré sous condition ? Avec un fusil dans son attirail ? Il n'arrivait même plus à marmonner quoi que ce soit. Le Mexicain était assis par terre et pleurait.

– J'aurais moi-même eu recours à cette solution, dit Benbow en riant. Je suppose qu'il y en avait une meilleure ?

– Hawker. Il a débouché de l'escalier, avec son allure de rat noyé, toujours enveloppé dans ses couvertures, sans dents, et pourtant c'était un aristocrate dans toute l'acception du terme. Il lui a suffi de lever le menton, d'un regard glacial, et d'un petit discours tranquille. « Messieurs ? Je m'appelle Hawker, James Hawker. Expliquez-moi, je vous prie, la raison de cette intrusion agressive et cacophonique.

– Les avantages de la célébrité ? demande Benbow. Le lieutenant connaissait ses livres ?

– Je reçois de temps à autre des nouvelles d'un ami qui est garde-côtes. Ils ont tout le temps de lire. Nathan sourit. Alors la grande chasse aux sangliers a été annulée. Le Mexicain s'est fait confisquer son permis. Mais on s'en est tiré avec un avertissement. Et une escorte armée jusqu'au continent. Page et Hawker ont boudé comme des gosses. Je me sentais verni d'être en vie. »

Reggie Poole donne une fête. C'est l'après-midi. Son petit salon est bondé de jolis marins, de jeunes et plus-si-jeunes civils sveltes au tempérament artiste, et de vieilles dames fanées couvertes de maquillage et de bijoux. Assise dans un coin, l'une d'elles lit à voix haute avec un faux accent français, papillonnant de ses faux cils charbonneux et agitant son maigre bras pour que ses bracelets s'entrechoquent. Ses cheveux sont aussi floconneux qu'un pissenlit monté en graine. Son visage est poudré de blanc. En se faisant les lèvres, elle a barbouillé ses dents de rouge. Voici Fay Bower, en train d'imiter Colette. Et de lire la pièce de Reggie.

Trois des types sveltes, et un garçon chétif dont

Reggie affirme qu'il est le futur Jascha Heifetz, sont assis à ses pieds et l'écoutent avec extase. Mais la plupart des invités ne font pas attention à elle, si ce n'est qu'ils doivent élever la voix pour s'entendre. Elle a une voix forte et claire, bien posée. Dans la mesure où elle est une ancienne star du cinéma muet, Nathan se demande comment elle a appris le truc. Reggie lui serre chaleureusement le bras. Il a une mine superbe dans son nouveau costume, bien qu'un peu congestionnée par le champagne. Il est dans un état d'exaltation depuis que Dorcas Blaufish, l'une des vieilles dames présentes aujourd'hui, l'a appelé chez Drossie il y a quelques jours en lui annonçant que Harry Dryrot avait décidé d'acheter sa pièce pour les Films du Pinacle.

Reggie dit : « N'est-elle pas parfaite ? Absolument parfaite pour le rôle. Je suis si ému. Fay Bower, à nouveau star après toutes ces années.

– Reggie, dit Nathan. Non.

– Quoi ? » Reggie lui lâche le bras. « Qu'est-ce que tu veux dire : " non " ?

– Harry Dryrot a déjà distribué le rôle, dit Nathan. Elle est française, elle est jeune et belle, et elle est sous contrat.

– Mais... mais... » Reggie pâlit. « Mais je l'ai écrit pour Mlle Bower. » Il pilote Nathan vers le couloir. « Tu en es sûr ? Qui te l'a dit ?

– Monsieur Dryrot lui-même, le jour où je lui ai parlé de ton histoire. Je suis désolé, c'est toi qui as raison. Je veux dire, elle ressemble vraiment à Colette.

– Toute l'idée est là, dit Reggie.

– Exactement. Et ce qu'il veut faire, ce sera un mensonge, mais d'un autre côté ton amie est une vieille bonne femme ; elle est aussi mal fichue qu'une bouche d'incendie. Il veut des courbes, Reggie, du charme, du sex-appeal. Il se fiche de la vraisemblance. Tout ce qui l'intéresse, c'est l'argent.

– L'argent ? Mais l'argent va entrer à flots. Fay Bower est une légende. Elle va lui rapporter une fortune.

– Reggie, dit Nathan, avant que tu me la présentes aujourd'hui, je n'avais jamais entendu parler de Fay Bower. J'en ai parlé à Steve Schaffer. Il ne la connaissait pas lui non plus.

– Ma pièce n'est pas pour les enfants, dit Reggie d'un ton sec. Oh, mon Dieu... c'est une catastrophe. » Il se tord les mains. « Je lui ai promis le rôle.

– Promis ? Comment as-tu pu faire ça ? Reggie, tu connais ce milieu. Moi-même je sais que les auteurs n'ont pas leur mot à dire sur la distribution des rôles.

– Je voulais tellement que ça se passe comme ça, dit Reggie, les larmes aux yeux. C'était mon rêve. De la ramener triomphalement sur les écrans. Elle est vieille, Nathan. C'était sa dernière chance. Qu'est-ce que je vais lui dire ? Comment lui expliquer ?

– Mlle Blaufisch s'en chargera, dit Nathan. D'ailleurs elle aurait dû te mettre en garde immédiatement. »

Reggie renifle avec dédain. « Toi aussi.

– Comment aurais-je pu ? Tu ne m'as jamais parlé de Fay Bower.

– Pour commencer, tu n'avais pas le droit de parler de ma pièce à Harry Dryrot. Ce philistin. Regarde où on en est maintenant à cause de toi. »

Nathan est piqué au vif. « Je voulais juste t'aider. Ça te plaît donc tant que ça de vivre des misérables pourboires que tu ramasses sur des tables dégoûtantes ?

– Oh non, non, non. » Reggie l'enveloppe dans une étreinte d'ours et le berce d'un côté et de l'autre. « Pardonne-moi. Une fois de plus je me suis conduit comme un idiot, un idiot romantique, et je suis furieux. Contre moi, pas contre toi, non. Je te serai reconnaissant pour toujours. Tu m'as permis de redémarrer ma carrière. » Il embrasse Nathan sur le front et lance un regard vers la fête. « Ça va aller. Dorcas et moi on va le lui dire simplement. Elle va faire une scène, mais ça n'ira pas plus loin. » Il redresse les épaules. « On va lui faire avaler deux gins bien tassés et en un rien de temps elle sourira à travers ses larmes. » Il prend une grande inspiration et s'avance dans la pièce bruyante. « Elle sait aussi bien que moi à quel point Hollywood peut être cruel. »

C'est le sixième jour du mois de mars. Pluvieux. Il est content d'avoir son imperméable mais il est fatigué de la pluie. Mélancolique, se demandant si Craven & Hyde vont se décider à lui écrire au sujet de son livre, il marche en traînant la jambe sur Franklin, sous les arbres sombres et ruisselants. Au coin de Cahuenga, il pousse la porte du marchand de vin, chez qui il fait sec à défaut de faire chaud. La femme blonde et osseuse qui tient toujours le comptoir à cette heure matinale, est enrhumée. Elle est vêtue d'un vieux cardigan trop grand pour elle. En essuyant son nez rouge avec des Kleenex, elle lui demande ce qu'elle peut pour lui. Depuis le temps, elle devrait pourtant le savoir. C'est toujours la même chose. Il le lui répète néanmoins. Elle va lui chercher la boîte de jus d'orange et la bouteille plate de vodka, les met dans un sac et encaisse son argent.

« Je n'ai jamais vu un hiver aussi humide, dit-elle.

– Ça doit être à cause de la guerre. » Nathan sort de la boutique. Et une voiture klaxonne. Garée le long du trottoir. La portière s'ouvre. Nathan se penche et regarde à l'intérieur en plissant les yeux. Le conducteur n'est autre que John F. Noble. Nathan contourne les flaques sur le trottoir et s'approche de la voiture. « Qu'est-ce que vous voulez ?

– Te parler, dit Noble. Monte.

– Il faut que j'aille travailler, dit Nathan.

– C'est justement de ça que je veux te parler. Ne t'inquiète pas. Ça ne prendra que quelques minutes. »

Nathan entre dans la voiture et claque la portière. « Je ne vous ai pas vu depuis des mois. Je pensais que vous étiez parti pour de bon.

– De toute évidence je suis resté absent trop

longtemps. » Noble roule doucement dans la rue. Les essuie-glaces grincent en oscillant. « Savais-tu que Stanley Page est un ancien détenu ?

– Il a endossé la faute pour ses associés, dit Nathan. Et de toute manière, ce n'était pas un crime. C'était une erreur. Il a réédité un vieux livre humoristique. *Chick Sale*. Ils lui ont dit qu'il était dans le domaine public. Mais c'était faux. Il était encore déposé.

– Tu sais pourquoi il a dit ça ? dit Noble. Pour essayer de se procurer de l'argent pour payer ses créanciers. Il était propriétaire d'une librairie. Qui a fait faillite.

– Il me l'a dit, dit Nathan. Monsieur Noble, pourquoi vous ne me laissez pas tranquille ?

– Il a fait faillite, dit Noble, parce qu'il a joué les bénéfices. Aux courses. Et ce qu'il n'a pas joué, il l'a bu. C'est un poivrot, Nathan.

– Il a toujours été gentil avec moi. Où va-t-on ?

– Juste faire un petit tour, dit Noble en tournant dans Vine Street. Ce n'est pas une personne convenable pour toi.

– Avez-vous le droit de m'épier de cette manière ?

– J'essaye de te protéger, dit Noble.

– Je n'ai pas besoin de protection, dit Nathan.

– Ce n'est pas ce que m'ont dit les gardes-côtes », dit Noble.

Nathan saisit la poignée de porte. « Laissez-moi sortir.

– Ça n'est pas passé loin, dit Noble. Page va finir en prison un de ces jours, et il risque bien de t'y entraîner. Il faut éviter d'en arriver là. Tu es un garçon intelligent. J'ai vu tes résultats de QI. Et doué. À l'école, ils m'ont montré ces articles que tu avais écrits pour le journal. Ils pensent que tu as des chances d'être un écrivain à succès.

– Et Stanley peut m'aider, dit Nathan. Il connaît toutes sortes de conseillers littéraires, d'éditeurs et de gens de cinéma.

– Qui savent très bien qu'il est alcoolique au dernier degré et qu'il n'ira nulle part sauf à la morgue, dit Noble. Je te l'ai déjà dit : on est jugé sur ses fréquentations. Avec toi, c'est d'abord les communistes et les homosexuels, et maintenant, Page. Ne comprends-tu pas que tu es en train de gâcher tes chances ? Nathan – vas-tu s'il te plaît te décider à rentrer chez tes parents ?

– Nous y voilà, dit Nathan. De quel droit avez-vous envoyé un rapport à mon père ?

– Tu es mineur », dit Noble en rétrogradant, et en s'arrêtant prudemment à un feu rouge. « Tu es sous sa responsabilité. Mais il vit à Minneapolis, et toi ici. Il avait besoin des faits. Il se trouve que j'étais en possession des faits.

– Tous vos foutus faits, dit Nathan, n'ont servi qu'à détruire l'amour entre mon père et moi. Vous êtes satisfait ?

– Mais pas entre Stubblefield et toi, dit Noble. Tu es toujours avec Stubblefield. »

Nathan ouvre la portière. « Et je resterai toujours avec lui.

– Je ne crois pas. Il est en danger, Nathan. Bien plus qu'il ne le croit. »

Nathan renifle avec dédain. « Quel danger ? Vous essayez juste de me faire peur.

– Pas de te faire peur, de te mettre en garde, dit Noble. Rentre chez toi, Nathan. »

Nathan sort sous la pluie. « Là où est Hoyt, dit-il, c'est chez moi. » Il claque la portière. Et plonge les pieds dans l'eau profonde du caniveau. Dans sa hâte d'en sortir, il trébuche sur le rebord du trottoir et s'étale. La boîte de jus d'orange roule, intacte. Mais il va devoir aller racheter de la vodka.

Il dépose sur la table de toilette les lettres et les chèques qu'il a tapés, s'assoit pour lire le manuscrit sur le général Hood ; Stanley Page sort de la douche rasé et peigné avec une serviette mouillée autour de la taille, et Nathan lève les yeux :

« C'est ma dernière journée, monsieur Page, dit-il.

– Pourquoi donc ? » À l'aide du stylo que Nathan a posé sur la table de toilette, Page signe les lettres et les chèques. « Craven & Hyde t'ont enfin payé pour ton livre ?

– Ce n'est pas ça. » Nathan abandonne le manuscrit et se lève. « Le FBI me surveille. Et ça veut dire qu'ils vous surveillent aussi. Et je ne veux pas de ça.

– Merde. » Page le regarde fixement. « Je n'en veux pas non plus.

– Ça ne m'étonne pas. » Nathan rassemble les papiers signés. « Et c'est pourquoi je m'en vais. »

Page lui tend le stylo. « Pourquoi diable te surveillent-ils ?

– Ils disent que j'ai des amis communistes. » Sur le petit bureau, Nathan plie les lettres et les insère avec les chèques dans les enveloppes sur lesquelles il a préalablement collé les timbres et noté les adresses. « Ça a commencé l'année dernière. Mais comme je n'avais pas vu l'agent depuis longtemps, je croyais qu'il avait abandonné. Et voilà qu'il a refait surface ce matin. D'où mon retard.

– Merde. » dit Page. Il enfile un caleçon propre. « Moi qui pensais que tu étais une chochotte. »

Nathan est en train de lécher la colle sur le rabat d'une enveloppe. Il s'arrête, les yeux dans le vague. « Une chochotte ?

– Tu vois ce que je veux dire. » Page s'assied pour enfiler ses chaussettes. Il n'a pas l'air déconcerté le moins du monde. « Que tu aimais les garçons.

« "Chochotte" ? » Nathan rit.

Page met une chemise couleur prune en agitant les bras. Il raille. « Est-ce qu'on a jamais entendu parler d'une chochotte communiste ?

– Il savait tout sur notre expédition de chasse. »

Page le regarde de travers. « Tu parles !

– Et sur votre... euh... votre passé, dit Nathan.

– Pourquoi, putain ? Je suis pas un rouge.

– Si je pars, dit Nathan, peut-être qu'il vous oubliera. »

Page lui tend son manteau. « Salut, petit. » Il ouvre la porte, tapote le dos de Nathan. « Ça m'a fait plaisir de te connaître. »

Nu dans le lit sombre, serrant Nathan dans ses bras, Hoyt dit : « Il t'a raconté des foutaises. Le danger est passé. Je te l'ai dit. Je ne suis plus à la recherche de l'assassin d'Eva. »

Nathan reste immobile, et regarde les fenêtres indistinctes et les silhouettes feuillues à l'extérieur. « Tu l'aimais, n'est-ce pas ?

– Sois sérieux. Tu l'as dit toi-même – je suis une pédale.

– Je pense que non. Je pense que tu étais son amant. C'est pour ça que tu t'es obstiné à essayer de trouver son meurtrier. Tu as été son amant, dans cette chambre même, dans ce lit. »

Hoyt se met en appui sur ses bras pour contempler le visage de Nathan. « Bon d'accord. Pendant un moment. Mais j'étais trop jeune. C'est ce qu'elle disait. Elle a voulu qu'on arrête.

– Pourquoi tu ne me l'as pas dit ? » dit Nathan.

Hoyt soupire et se recouche. « Je ne te l'ai pas dit parce que c'était lié à tout ce que je faisais, et que c'était dangereux pour toi de savoir tout ça. Benbow m'a recruté parce qu'Eva était une communiste haut placée. Avec un peu de chance, elle pouvait me dire des choses importantes. George avait été l'agent de Benbow, mais le Parti s'est rendu compte qu'il était pédé et s'en est débarrassé. À l'époque Benbow m'a demandé de prendre la place de George et j'ai refusé. Puis, lorsqu'il a appris qu'Eva et moi nous étions amants, il m'a fait chanter.

– Espion pour qui, pour quoi ? dit Nathan.

– Pour le “Comité spécial du sénat américain à

la sécurité interne en temps de guerre", dit Hoyt. Si l'on en croit Benbow Harsch.

– Et tu ne le crois pas ?

– J'ai vérifié. Il n'existe aucun comité de ce nom. »

Nathan siffle doucement. « Comment t'a-t-il fait chanter ?

– On s'écrivait des lettres, Eva et moi. Benbow a mis la main dessus. Et m'a dit que j'avais intérêt à l'aider parce que sinon, quand le gouvernement mettrait Eva en prison pour subversion, il ferait en sorte que j'y aille aussi.

– Mais elle a été tuée, dit Nathan. Pourquoi as-tu ?...

– J'avais fait mon trou dans le Parti quand c'est arrivé. Il me tenait toujours.

– Mais il t'a renvoyé quand tu es rentré du Texas.

– Je te l'ai dit : les camarades s'étaient mis à me soupçonner. De toute manière, quelqu'un d'autre est intervenu pour prendre les choses en main. Le vieux Benbow va quitter UCLA pour un bureau à Washington, D.C. Avec uniforme sur mesure et chapeau orné d'un galon.

– Quel cauchemar. » Nathan frissonne, et serre Hoyt contre lui. « Et tu as dû garder tout ça pour toi. » Au bord des larmes, il balance ses pieds sur le plancher et tend la main vers la commode pour attraper des cigarettes et des allumettes. « Je ne t'ai servi à rien. Il t'aurait fallu quelqu'un d'autre, quelqu'un de plus vieux, de plus intelligent, de plus fort.

– Mais je ne voulais personne d'autre que toi », dit Hoyt en lui prenant des mains cigarettes et allumettes, et en l'embrassant fort et profondément. « C'est toi que je voulais. Alors. Maintenant. Pour toujours. »

Et ils font l'amour, et Nathan trouve que ça n'a jamais été aussi bon – parce qu'enfin, Hoyt n'a plus de secret pour lui. Enfin, Hoyt est aussi nu que lui.

Craven & Hyde écrivent :

Nous nous excusons d'avoir des nouvelles décevantes à vous annoncer. Comme vous le savez, nous sommes tous tombés amoureux des premiers chapitres de L'Appartement en enfilade, *et nous attendions tous avec impatience que le livre remplisse ses promesses. Vous écrivez bien, vous avez un subtil sens de l'humour, l'esprit caustique, et sous votre plume à la fois sagace et douce, vos personnages prennent vie.*

Malheureusement, tous ces talents n'ont pas suffi à aboutir à un roman publiable. Le fait que Frank s'absente pendant si longtemps au milieu du livre continue de nous sembler une faute importante, mais dans l'hypothèse où vous seriez prêt à y remédier, cela ne vous empêcherait pas d'être confronté à d'autres difficultés encore plus épineuses.

Séduits par vos délicieux chapitres d'ouverture, nous n'avons pas tenu compte des signaux d'alarme pourtant évidents dans le résumé que vous nous avez envoyé en même temps. Le problème fondamental de L'Appartement en enfilade, *c'est qu'il s'agit au fond de la prolongation d'une anecdote, or s'il est vrai que votre histoire sympathique et authentique suffirait sans doute à remplir une nouvelle ou même une pièce, il ne nous semble pas qu'elle puisse tenir le coup sur la longueur d'un roman.*

Bien entendu, notre décision va bouleverser vos projets, et nous-mêmes sommes affligés que les choses ne puissent pas se faire. Mais nous sommes certains que vous voulez éviter à tout prix de rater vos débuts, et que nous aurions tort de vous encourager dans cette voie. Croyez-nous lorsque nous affirmons que nous n'avons pas perdu notre foi dans votre talent de premier ordre, et que nous attendons avec beaucoup d'espoir votre prochain livre.

En plein après-midi il attend sur le trottoir dans l'ombre allongée de l'hôtel Highland. Il tient à la main le manuscrit de *L'Appartement en enfilade*. Adossé au mur en stuc blanc, tourné vers Cahuenga Pass, il fume en guettant la De Soto bleu foncé de l'écrivain qui véhicule Gentleman Jim Hawker entre son domicile et la Warner Bros. Mais comme les trois jours précédents, elle ne vient pas. Il ne regarde jamais de l'autre côté de la rue, aussi lorsque Hoyt, qui passe par là en rentrant du travail, le touche, il sursaute, et pourtant c'est la quatrième fois que ça arrive. Hoyt dit :

« C'est de la folie. Pourquoi ne pas laisser ton manuscrit à son attention ? À la réception ?

– Je te l'ai dit, il faut que je lui parle.

– Rajoute un mot. Dis-lui de l'envoyer à son éditeur. Il t'a dit qu'il t'aiderait si tu le lui demandais, eh bien demande-lui, aujourd'hui.

– Et si ça ne lui plaît pas ? dit Nathan.

– Qu'est-ce que ça a à voir ? Est-ce que ça t'a "plu" de le sauver sur ce foutu bateau ? Tu t'es contenté de le faire, n'est-ce pas ?

– C'était différent. Où veux-tu en venir ?

– Ne lui demande pas de le lire, dis-lui de l'envoyer. »

Nathan ouvre la bouche toute grande. « Tu crois qu'il le ferait ?

– C'est ce que Sherwood Anderson a fait pour le premier livre de Hawker. Viens. » Hoyt le prend par le bras et lui fait grimper les marches bleues jusqu'à la porte de l'hôtel. « Tu n'as même pas besoin d'écrire le mot. » Il pénètre à l'intérieur. « Je m'en charge. »

C'est dimanche et il fait beau. Tandis que des tasses de café refroidissent par terre près du lit, que des cigarettes se consument dans le cendrier, et que la radio joue Mozart dans la pièce d'à côté, ils se font des choses, nus, qui sont délicieuses et toujours inédites quel que soit le nombre de fois où ils les ont faites auparavant. Le soleil illumine le lit. Et en haut de la colline une machine à écrire crépite. Nathan ignore depuis combien de temps elle crépite, mais soudain il l'entend.

« Qu'est-ce qui se passe ? dit Hoyt.

– Hawker est de retour. » Nathan sort du lit à quatre pattes, essaye de regarder en haut de la colline à travers la fenêtre, mais les branches de l'arbre l'en empêchent. « Il doit travailler dehors. » Il saute dans son jean, ramasse vivement une chemise par terre, glisse ses bras dedans. « Il faut que je lui parle.

– Tu ferais mieux de te laver d'abord, dit Hoyt. Pendant ce temps, je préparerai le petit déjeuner.

– Après. » Nathan se débarrasse de la chemise et du jean et court à la salle de bains. « Je mangerai après. »

Mais lorsqu'il sort de la salle de bains, Hoyt a déjà préparé le repas, alors Nathan se met à table. Pour ne pas froisser Hoyt. Au moins les œufs au jambon, et une gorgée de café. Quant au toast, il commence à le manger en dégringolant les escaliers. Il dépasse l'arbre à caoutchouc au pas de course et lève les yeux. La machine à écrire ne fait plus tac-tac-tac, mais Nathan aperçoit le chapeau de paille de Hawker au-dessus du rebord du balcon. Il est là en effet, assis à sa table de travail. Nathan trottine dans la rue tout en finissant le toast. Essuyant ses doigts pleins de beurre sur son pantalon, il entre dans le vestibule obscur de l'hôtel Highland et se rue dans les escaliers. Au bout de quelques étages il est forcé de ralentir son allure, et c'est en haletant, le cœur cognant dans la poitrine, qu'il arrive devant la porte de Hawker, et frappe. Il n'entend plus la machine à écrire. Il n'entend rien. Alors il frappe à nouveau et crie :

« Monsieur Hawker ? C'est moi. Nathan Reed. »

Rien.

Il refrappe. « Monsieur Hawker ? Vous m'entendez ? »

Toujours rien.

Il pousse la porte. Elle n'est pas fermée à clef. Il entre. Au fond de la pièce encombrée, la porte vitrée coulissante est ouverte sur le balcon ensoleillé. Et Hawker est là avec son chapeau de paille et sa chemise hawaïenne. Mais ses mains ne sont pas posées sur la machine à écrire. Ses mains pendent le long de la chaise en métal et en toile sur laquelle il est assis. Et sa tête repose sur la machine à écrire. Il s'est encore soûlé au point de tomber dans les pommes. En soupirant, Nathan se fraye un passage au milieu des bouteilles et des livres qui jonchent le sol, et sort sur le balcon. Il touche l'épaule de Hawker.

« Monsieur Hawker ? Ça va ? »

Hawker bascule. Les lunettes noires qui n'étaient plus attachées qu'à une oreille tombent avec un bruit délicat. La silhouette fluette du grand écrivain est penchée contre le parapet du balcon. Son chapeau s'envole dans la brise. Avec un bruit perçant, les pieds de la chaise dérapent. Nathan attrape le bras de Hawker, trop tard pour l'empêcher de tomber par terre. Le pied pointu de la chaise percute la jambe de Nathan. Il donne un coup de pied dans la chaise, s'agenouille, et secoue Hawker.

« Monsieur Hawker. Réveillez-vous. »

La panique l'envahit. Comment s'assurer que Hawker respire ? Il saisit le bras mou de l'écrivain et essaye de prendre son pouls à son poignet. Il n'a jamais fait ça, et s'y prend peut-être mal, toujours est-il qu'il ne sent pas de pouls. Il lâche le bras et pose son oreille sur la poitrine de Hawker. Pas de battement de cœur. En se redressant, il se cogne la tête sous le plateau rouillé de la table. Il fixe avec impuissance le célèbre visage au nez pincé avec sa barbe blanche de plusieurs jours et sa petite bouche.

« Dites quelque chose, supplie le garçon. Réveillez-vous. S'il vous plaît. »

Mais Hawker reste immobile, les yeux fermés, le menton sur la poitrine.

Comme engourdi, Nathan s'approche du téléphone posé sur le bureau de Hawker. Parmi les blagues à tabac, les pipes en églantier, et les manuscrits, se trouve *L'Appartement en enfilade*. Il décroche le combiné. Il ne sait pas quel numéro faire. Et de toute manière, les chiffres se brouillent devant ses yeux parce qu'il pleure. Il se prépare à raccrocher, lorsqu'il entend :

« La réception.

– J'appelle de chez James Hawker, dit Nathan.

– Oh mon Dieu, dit la voix. Qu'est-ce qu'il a encore fait cette fois ?

– Cette fois, dit Nathan, je crois qu'il est mort. »

M. Constance étant en vacances, Nathan doit assurer les nocturnes pendant deux semaines. Lorsque à vingt et une heures quinze il grimpe avec lassitude l'escalier sombre de la maison en bardeaux verts, il trouve la porte de Reggie Poole ouverte. En manches de chemise, Reggie est en train d'emballer ses livres. La pièce est pratiquement vide. Il déménage dans un quartier plus chic, une maison dans les collines – stuc blanc, tuiles rouges. Elle n'est pas grande, mais c'est une bonne adresse, avec une belle vue sur le bassin, le « Lac » de Hollywood. Et Reggie a désormais une voiture pour monter les rues escarpées et sinueuses au milieu des arbres.

Nathan se penche dans l'encadrement de la porte. « Tu vas me manquer. »

Reggie se redresse et lui sourit. « Que Dieu te bénisse, mon enfant. Mais ne crois pas qu'on sera des étrangers. » À l'aide d'un plumeau, il dépoussière les livres avant de les déposer dans un carton. « Je ne pars qu'à quelques pâtés de maisons d'ici.

– Comment ça se passe, ton boulot pour le Philistin ? demande Nathan.

– C'est extrêmement bien payé. » Reggie porte le carton dans le couloir, éteint la lumière. « Il ne faut pas essayer d'échapper à son destin. Il ferme sa porte. Je m'en vais. Bonne nuit.

– Bonne nuit. » Nathan traverse le couloir, ouvre la porte, referme la porte, et aperçoit quelque chose qui lui donne un coup au cœur. Un sac à dos est posé sur le divan. Mais il n'y a personne dans la pièce. Aucun bruit de voix. La cuisine est allumée, mais vide. Il se retourne, sourcils froncés.

« Hoyt ? dit-il. Steve ? »

Pas de réponse. Il regarde dans la chambre. Grâce à la porte à moitié vitrée, il n'a pas besoin d'allumer la lampe pour voir que le lit est occupé.

Il éprouve la même sensation que le jour où Jukes l'a assommé. Seulement cette fois c'est comme si son esprit n'arrivait pas à retrouver son souffle lui non plus. Que s'est-il passé ? Le réveil s'est-il arrêté ? Tout à son excitation de pouvoir coucher avec le splendide Steve, Hoyt a-t-il oublié les horaires de Nathan en ce moment ? Et qu'a-t-il fait de son aversion pour Schaffer ? Qu'est-ce qui l'attire en lui ? Steve ressemble donc tant que ça à Eva ? Les questions se bousculent dans sa tête. Il est à la fois peiné et fâché, mais plus fâché que peiné, alors il fait un pas dans la chambre ténébreuse et dit :

« Je suis sacrément désolé, mais... »

Et se rend compte qu'il n'y a qu'une personne dans le lit, pas deux.

« Hoyt ? » Il tend la main et allume la lampe. Ce n'est pas Hoyt. C'est Schaffer, qui remue, marmonne, puis ouvre grand les yeux et s'assoit vivement. Il est échevelé, pas rasé, et Nathan sent l'odeur de sa sueur. Son uniforme chiffonné est entassé sur le sol. Il a des galons de sergent, à présent.

« Quelle heure il est ? » demande-t-il d'une voix éraillée.

« Dix heures et demie, dit Nathan. Où est Hoyt ?

– Je pourrais avoir du café ? » Schaffer balance ses jambes sur le sol. Il est nu. À nouveau. « Il faut que je fonce à la base aérienne – si je loupe l'avion de minuit, je suis foutu.

– Qu'est-ce que tu fais là ?

– Je suis venu pour mettre Hoyt en garde. » D'un air las, Schaffer attrape son tricot de corps. « Je me suis trafiqué une permission de vingt-quatre heures. » Il passe sa tête dans son tricot. « Et j'ai pris un avion cargo militaire pour L.A. De vrais aménagements de luxe. Même pas de sièges. Et pas de couchettes non plus, cela va sans dire. » Il lève le derrière pour enfiler son caleçon. « Faut que je sois dans les bassins de New York à midi. De grandes réjouissances se préparent en Europe. Faudrait pas que je loupe le bateau, n'est-ce pas ? » Il tire sur ses chaussettes. « S'il te plaît, Nathan. Café ?

– Mettre Hoyt en garde ? Contre quoi ? »

Steve ramasse sa chemise et se lève. « À New York les amis de ma mère ont enfin établi qui l'a tuée. » Il enfile la chemise, la boutonne.

« Établi ? » Les tiroirs de la commode sont ouverts. Les affaires de Hoyt ont disparu. Schaffer met son pantalon. Nathan passe devant lui et fait un pas vers le placard. Les vêtements de Hoyt ne sont plus sur les cintres. Lorsqu'il se retourne, Schaffer est en train de lacer ses chaussures. Nathan dit : « Steve, où est-il parti ?

– Il n'a pas voulu me le dire. » Haussant les épaules dans sa tunique, Schaffer se dirige vers la cuisine. « À moi, moins qu'à personne. »

Nathan le suit. « Mais pourquoi ? Je veux dire, pourquoi est-il parti ? »

Schaffer plonge le regard dans la cafetière. « Parce que c'est lui qui l'a fait, et qu'ils envoient quelqu'un à ses trousses.

– Il a fait quoi ? Tu veux dire qu'il l'a tuée ? Allons donc, Steve. Il a recherché son meurtrier pendant des mois, alors qu'ici les amis de ta mère soutenaient qu'il s'agissait d'un accident. Il savait bien que ce n'était pas le cas.

– Vous êtes le seul à le penser, mon cher. » Schaffer allume le gaz à fond sous la cafetière. « Nathan, il a fait semblant de rechercher l'assassin pour que personne ne le soupçonne.

– Ils peuvent le prouver ? dit Nathan dans un état d'engourdissement.

– Ils peuvent prouver qu'Eva a découvert que ce garçon qu'elle aimait, qui était son protégé... » Schaffer rince des tasses sous le robinet d'eau chaude « ... était un espion. Elle a voulu le retrouver cette nuit-là dans une rue sombre et déserte du centre ville, pour lui faire avouer la vérité. » Il ferme le robinet, prend un torchon en loques sur le dos d'une chaise, essuie les tasses. « Et il l'a poussée sous ce tramway pour la faire taire. »

Nathan doit s'asseoir parce que ses jambes se dérobent sous lui. « Savent-ils pour qui il espionnait ? »

Schaffer pose les tasses sur la table et hausse les épaules. « Ouais. Pour des vieux Californiens. Qui détestent les communistes, les Chinois, les Japonais, les Mexicains, les Juifs, les Noirs. La Fondation “Sauvez l'Amérique” ? Un truc comme ça.

– Mais pourquoi Hoyt aurait-il tué ta mère, pour les protéger ? dit Nathan. Tu ne penses pas sérieusement qu'il ait fait ça. »

Schaffer se retourne pour prendre la cafetière. « Ah bon ? Pourquoi ?

– Parce que tu l'as laissé partir », dit Nathan.

Schaffer remplit les tasses à café. « Il ne courra pas éternellement.

– Mais pourquoi t'être donné autant de mal pour le prévenir ?

– Parce que vous n'avez pas le téléphone, et que l'homme qu'ils ont envoyé ne perdra pas de temps. » Schaffer repose bruyamment la cafetière sur le poêle, recule une chaise, et s'assoit. Sous sa barbe de plusieurs jours, il est pâle, visiblement épuisé. Il boit à gorgées sonores le café à moitié réchauffé. Ses yeux injectés de sang plongent dans ceux de Nathan. « Je ne voulais pas sauver ce fils de pute. Je voulais le tuer. J'aurais pu. Ils t'apprennent à le faire, à l'armée. » Il sort sa cravate d'une poche et la met. « J'aurais dû. C'était ma mère. Mais quelqu'un le fera, ce n'est qu'une question de temps. Et si je l'avais fait, tu m'aurais haï. » Il se lève lourdement et dépose un baiser sur la bouche de Nathan. « Et je ne veux pas que tu me haïsses. Je veux que tu m'aimes.

– Quand ? Tu m'oublieras.

– Jamais. » Dans le salon, Schaffer sort du sac à dos une cartouche de Lucky Strike, les pose sur la table, boucle le sac, et le soulève. Il ouvre la porte en souriant. « Regarde bien les listes des blessés et des disparus. Si mon nom n'y figure pas, je reviendrai. » Il descend les escaliers, et Nathan reste à le regarder du haut du palier. Au pied des marches, dans le noir, Schaffer se souvient de son béret et le met sur sa tête. Il lève les yeux. « C'est mieux pour toi d'être débarrassé de lui, Nathan.

– Il ne l'a pas fait, dit Nathan. Pas Hoyt – je le connais.

– Personne ne connaît les types de son genre, dit Schaffer. Au revoir. » Avec un geste de la main, il s'enfonce lourdement dans la nuit.

« Je le connais, crie Nathan en pleurant. Je le connais. »

Mais cette fois c'est lui le menteur, n'est-ce pas ?

« Nathan, réveillez-vous. Vous m'entendez ? Réveillez-vous. »

Une main lui secoue l'épaule. Il marmonne d'une voix étouffée : « Non, allez-vous-en », serre les paupières, plonge sa tête sous les couvertures. Il ne s'est pas endormi avant le lever du soleil. Ce fut la pire nuit de sa vie. Il est si fatigué qu'il se sent malade. « Laissez-moi tranquille. » Mais la main tire violemment sur les couvertures en le dénudant à moitié, et dit :

« Nathan, où est-il parti ? »

Il s'assoit et rabat vivement les couvertures pour cacher sa nudité. Le visage crispé, il cligne des yeux à cause du soleil. C'est Flora Belle Short, massive dans une robe hawaïenne à fleurs, celle qu'elle portait la première fois qu'il l'a vue. Le grand sac en cuir éraflé est pendu à son épaule. Nathan dit d'une voix rauque : « Qu'est-ce qui se passe ?

– Où est Hoyt Stubblefield ?

– Je ne sais pas, mademoiselle Short. J'étais encore au travail quand il est parti. Et il ne m'a pas laissé de mot. » Il la regarde de travers. « Qu'est-ce que vous lui voulez ?

– Le camion a disparu, dit-elle. Quand Percy est reparti en mer, il a donné comme instruction à Jukes de vérifier tous les matins. C'est ce qu'il fait. Et ce matin, les portes du garage étaient grandes ouvertes, et le camion avait disparu.

– Eh bien, ce n'est pas moi qui l'ai pris. Pas cette fois. Ces jours-là sont finis. »

Nathan balance ses pieds au sol en essayant de cacher son érection matinale sous une couverture tandis qu'il allonge le bras pour attraper le paquet de Lucky sur la commode. « Vous n'avez pas vu le camion par ici, n'est-ce pas ?

– Non, et ça ne m'étonne pas, dit Flora Belle. Vous n'êtes pas du genre à voler la femme d'un autre.

– Quoi ? » Nathan avale la fumée de sa cigarette et tousse. « Qu'est-ce que vous dites ?

– Linnet, dit Flora Belle. Elle n'est pas dans sa chambre. Ses vêtements non plus. Elle s'est enfuie avec Stubblefield.

– Merde alors. » Nathan est si surpris qu'il se lève, faisant tomber la couverture.

Flora Belle met brusquement sa main devant ses yeux et s'écrie, telle une vierge effarouchée : « Cachez-moi ça ! »

Rivages/noir

Joan Aiken
Mort un dimanche de pluie (n° 11)

André Allemand
Au cœur de l'île rouge (n° 329)

Robert Edmond Alter
Attractions : Meurtres (n° 72)

Claude Amoz
L'Ancien crime (n° 321)

Jean-Baptiste Baronian
Le Tueur fou (n° 202)

William Bayer
Labyrinthe de miroirs (n° 281)

Marc Behm
La Reine de la nuit (n° 135)
Trouille (n° 163)
À côté de la plaque (n° 188)
Et ne cherche pas à savoir (n° 235)
Crabe (n° 275)
Tout un roman ! (n° 327)

Tonino Benacquista
Les Morsures de l'aube (n° 143)
La Machine à broyer les petites filles (n° 169)

Bruce Benderson
Toxico (n° 306)

Stéphanie Benson
Un meurtre de corbeaux (n° 326)

Pieke Biermann
Potsdamer Platz (n° 131)
Violetta (n° 160)
Battements de cœur (n° 248)

Michael Blodgett
Captain Blood (n° 185)

Daniel Brajkovic
Chiens féroces (n° 307)

Wolfgang Brenner
Welcome Ossi ! (n° 308)

Paul Buck
Les Tueurs de la lune de miel (n° 175)

Yves Buin
Kapitza (n° 320)

Edward Bunker
Aucune bête aussi féroce (n° 127)
La Bête contre les murs (n° 174)
La Bête au ventre (n° 225)

James Lee Burke
Prisonniers du ciel (n° 132)
Black Cherry Blues (n° 159)
Une saison pour la peur (n° 238)
Le Bagnard (n° 272)
Une tache sur l'éternité (n° 293)
Dans la brume électrique avec les morts confédérés (n° 314)
La Pluie de néon (n° 339)

W.R. Burnett
Romelle (n° 36)
King Cole (n° 56)
Fin de parcours (n° 60)

Jean-Jacques Busino
Un café, une cigarette (n° 172)
Dieu a tort (n° 236)
Le Bal des capons (n° 278)
La Dette du diable (n° 311)

Daniel Chavarría
Adiós muchachos (n° 269)
Un thé en Amazonie (n° 302)

Daniel Chavarría/Justo Vasco
Boomerang (n° 322)

George Chesbro
Une affaire de sorciers (n° 95)
L'Ombre d'un homme brisé (n° 147)
Bone (n° 164)
La Cité où les pierres murmurent (n° 184)
Les Cantiques de l'Archange (n° 251)

Les Bêtes du Walhalla (n° 252)
L'Odeur froide de la pierre sacrée (n° 291)
Le Second Cavalier de l'Apocalypse (n° 336)

Andrew Coburn
Toutes peines confondues (n° 129)

Michael Collins
L'Égorgeur (n° 148)
Rosa la Rouge (n° 267)

Robin Cook
Cauchemar dans la rue (n° 64)
J'étais Dora Suarez (n° 116)
Vices privés, vertus publiques (n° 166)
La Rue obscène (n° 200)
Quand se lève le brouillard rouge (n° 231)
Le Mort à vif (n° 241)
Bombe surprise (n° 260)

Peter Corris
La Plage vide (n° 46)
Des morts dans l'âme (n° 57)
Chair blanche (n° 65)
Le Garçon merveilleux (n° 80)
Héroïne Annie (n° 102)
Escorte pour une mort douce (n° 111)
Le Fils perdu (n° 128)
Le Camp des vainqueurs (n° 176)

Hélène Couturier
Fils de femme (n° 233)

James Crumley
Putes (n° 92)

Mildred Davis
Dark Place (n° 10)

Jean-Paul Demure
Milac (n° 240)
Fin de chasse (n° 289)

Jean-Claude Derey
Black Cendrillon (n° 323)

Pascal Dessaint
La vie n'est pas une punition (n° 224)
Bouche d'ombre (n° 255)

À trop courber l'échine (n° 280)
Du bruit sous le silence (n° 312)

Thomas Disch/John Sladek
Black Alice (n° 154)

Wessel Ebersohn
La Nuit divisée (n° 153)
Coin perdu pour mourir (n° 193)
Le Cercle fermé (n° 249)

Stanley Ellin
La Corrida des pendus (n° 14)

James Ellroy
Lune sanglante (n° 27)
À cause de la nuit (n° 31)
La Colline aux suicidés (n° 40)
Brown's Requiem (n° 54)
Clandestin (n° 97)
Le Dahlia noir (n° 100)
Un tueur sur la route (n° 109)
Le Grand Nulle Part (n° 112)
L.A. Confidential (n° 120)
White Jazz (n° 141)
Dick Contino's Blues (n° 212)
American Tabloid (n° 282)
Ma part d'ombre (n° 319)

Howard Fast
Sylvia (n° 85)
L'Ange déchu (n° 106)

Kinky Friedman
Meurtre à Greenwich Village (n° 62)
Quand le chat n'est pas là (n° 108)
Meurtres au Lone Star Café (n° 151)
Le Vieux Coup de la sauterelle (n° 197)
Elvis, Jésus et Coca-Cola (n° 264)

Samuel Fuller
L'Inexorable Enquête (n° 190)
La Grande Mêlée (n° 230)

Barry Gifford
Port Tropique (n° 68)
Sailor et Lula (n° 107)

Michel Lebrun
Autoroute (n° 165)
Le Géant (n° 245)

Christian Lehmann
Un monde sans crime (n° 316)

Elmore Leonard
Zig Zag Movie (n° 220)
Maximum Bob (n° 234)
Punch Créole (n° 294)

Bob Leuci
Captain Butterfly (n° 149)
Odessa Beach (n° 290)

Ted Lewis
Le Retour de Jack (n° 119)
Sévices (n° 152)
Jack Carter et la loi (n° 232)
Plender (n° 258)

Richard Lortz
Les Enfants de Dracula (n° 146)
Deuil après deuil (n° 182)
L'Amour mort ou vif (n° 206)

John D. Mac Donald
Réponse mortelle (n° 21)
Un temps pour mourir (n° 29)
Un cadavre dans ses rêves (n° 45)
Le Combat pour l'île (n° 51)
L'Héritage de la haine (n° 74)

Jean-Patrick Manchette
La Princesse du sang (n° 324)

Dominique Manotti
À nos chevaux ! (n° 330)

John P. Marquand
Merci Mr Moto (n° 7)
Bien joué, Mr Moto (n° 8)
Mr Moto est désolé (n° 18)
Rira bien, Mr Moto (n° 87)

Richard Matheson
Échos (n° 217)

Helen McCloy
La Somnambule (n° 105)
William McIlvanney
Les Papiers de Tony Veitch (n° 23)
Laidlaw (n° 24)
Big Man (n° 90)
Étranges Loyautés (n° 139)
Marc Menonville
Jeux de paumes (n° 222)
Walkyrie vendredi (n° 250)
Dies Irae en rouge (n° 279)
Ronald Munson
Courrier de fan (n° 226)
Tobie Nathan
Saraka bô (n° 186)
Dieu-Dope (n° 271)
Jim Nisbet
Les damnés ne meurent jamais (n° 84)
Injection mortelle (n° 103)
Le Démon dans ma tête (n° 137)
Le Chien d'Ulysse (n° 161)
Sous le signe du rasoir (n° 273)
Kyotaro Nishimura
Petits crimes japonais (n° 218)
Jack O'Connell
B.P. 9 (n° 209)
Liam O'Flaherty
L'Assassin (n° 247)
Jean-Hugues Oppel
Brocéliande-sur-Marne (n° 183)
Ambernave (n° 204)
Six-Pack (n° 246)
Ténèbre (n° 285)
Abigail Padgett
L'Enfant du silence (n° 207)
Le Visage de paille (n° 265)
Oiseau de Lune (n° 334)
Hugues Pagan
Les Eaux mortes (n° 17)

Les Standiford

Pandémonium (n° 136)

Johnny Deal (n° 259)

Johnny Deal dans la tourmente (n° 328)

Richard Stark

La Demoiselle (n° 41)

La Dame (n° 170)

Richard Stratton

L'Idole des camés (n° 257)

Vidar Svensson

Retour à L.A. (n° 181)

Paco Ignacio Taibo II

Ombre de l'ombre (n° 124)

La Vie même (n° 142)

Cosa fácil (n° 173)

Quelques nuages (n° 198)

À quatre mains (n° 227)

Pas de fin heureuse (n° 268)

Même ville sous la pluie (n° 297)

La Bicyclette de Léonard (n° 298)

Ross Thomas

Les Faisans des îles (n° 125)

La Quatrième Durango (n° 171)

Crépuscule chez Mac (n° 276)

Traîtrise ! (n° 317)

Voodoo Ltd (n° 318)

Jim Thompson

Liberté sous condition (n° 1)

Un nid de crotales (n° 12)

Sang mêlé (n° 22)

Nuit de fureur (n° 32)

À deux pas du ciel (n° 39)

Rage noire (n° 47)

La mort viendra, petite (n° 52)

Les Alcooliques (n° 55)

Les Arnaqueurs (n° 58)

Vaurien (n° 63)

Une combine en or (n° 77)

Le Texas par la queue (n° 83)

Le Chasseur de papillons (n° 101)
Retour au Maine (n° 286)
Le Papou d'Amsterdam (n° 313)
Maria de Curaçao (n° 331)

Harry Whittington
Des feux qui détruisent (n° 13)
Le diable a des ailes (n° 28)

Charles Willeford
Une fille facile (n° 86)
Hérésie (n° 99)
Miami Blues (n° 115)
Une seconde chance pour les morts (n° 123)
Dérapages (n° 192)
Ainsi va la mort (n° 213)

Charles Williams
La Fille des collines (n° 2)
Go Home, Stranger (n° 73)
Et la mer profonde et bleue (n° 82)

Timothy Williams
Le Montreur d'ombres (n° 157)
Persona non grata (n° 203)

Daniel Woodrell
Sous la lumière cruelle (n° 117)
Battement d'aile (n° 121)
Les Ombres du passé (n° 194)
Faites-nous la bise (n° 296)

Rivages/Mystère

Charlotte Armstrong
Le Jour des Parques (n° 13)
L'Inconnu aux yeux noirs (n° 15)
Une dose de poison (n° 21)

Francis Beeding
La Maison du Dr Edwardes (n° 9)
La mort qui rôde (n° 12)
Un dîner d'anniversaire (n° 18)

Algernon Blackwood
John Silence (n° 8)

Fortuné du Boisgobey
Le Coup d'œil de M. Piédouche (n° 32)

Jypé Carraud
Tim-Tim Bois-Sec (n° 22)
Le Squelette cuit (n° 25)
Les Poulets du Cristobal (n° 31)

Collectif
La Griffe du chat (n° 28)

F. W. Crofts
Le Tonneau (n° 24)

Amanda Cross
En dernière analyse (n° 23)
Insidieusement vôtre (n° 26)
Justice poétique (n° 27)
Une mort si douce (n° 30)

Mildred Davis
Crime et chuchotements (n° 14)
Passé décomposé (n° 16)
Un homme est mort (n° 20)

Michael Dibdin
L'Ultime Défi de Sherlock Holmes (n° 17)

John Dickson Carr
En dépit du tonnerre (n° 5)

Jacques Futrelle
Treize enquêtes de la machine à penser (n° 29)

Edward D. Hoch
Les Chambres closes du Dr Hawthorne (n° 34)
William Kotzwinkle
Fata Morgana (n° 2)
Alexis Lecaye
Einstein et Sherlock Holmes (n° 19)
John P. Marquand
À votre tour, Mister Moto (n° 4)
Kai Meyer
La Conjuration des visionnaires (n° 33)
Anthony Shaffer
Absolution (n° 10)
J. Storer-Clouston
La Mémorable et Tragique Aventure de Mr Irwin Molyneux (n° 11)
Rex Stout
Le Secret de la bande élastique (n° 1)
La Cassette rouge (n° 3)
Meurtre au vestiaire (n° 6)
Josephine Tey
Le plus beau des anges (n° 7)

Achevé d'imprimer en octobre 1999
par Maury-Eurolivres S.A.
45300 Manchecourt

Imprimé en France
Dépôt légal : Octobre 1999